文明互鉴：中国与世界

唐文化圈视域下的
东亚诗歌互动研究

徐 臻◎著

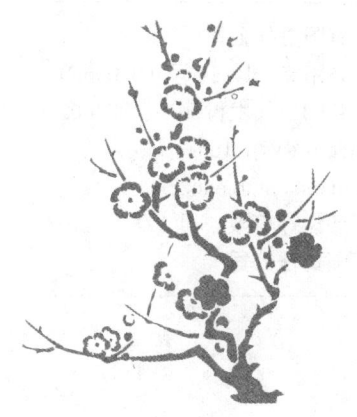

四川大学出版社
SICHUAN UNIVERSITY PRESS

图书在版编目（CIP）数据

唐文化圈视域下的东亚诗歌互动研究 / 徐臻著. —成都：四川大学出版社，2022.7
（文明互鉴：中国与世界 / 曹顺庆总主编）
ISBN 978-7-5690-5610-5

Ⅰ. ①唐… Ⅱ. ①徐… Ⅲ. ①汉诗—诗歌研究—东亚—古代 Ⅳ. ① I310.072

中国版本图书馆 CIP 数据核字（2022）第 130142 号

书　　名：	唐文化圈视域下的东亚诗歌互动研究
	Tang Wenhuaquan Shiyu xia de Dongya Shige Hudong Yanjiu
著　　者：	徐　臻
丛 书 名：	文明互鉴：中国与世界
总 主 编：	曹顺庆

丛书策划：	张宏辉　欧风偃
选题策划：	余　芳
责任编辑：	余　芳
责任校对：	于　俊
装帧设计：	墨创文化
责任印制：	王　炜

出版发行：	四川大学出版社有限责任公司
地　址：	成都市一环路南一段 24 号（610065）
电　话：	（028）85408311（发行部）、85400276（总编室）
电子邮箱：	scupress@vip.163.com
网　址：	https://press.scu.edu.cn
印前制作：	四川胜翔数码印务设计有限公司
印刷装订：	四川五洲彩印有限责任公司

成品尺寸：	170 mm×240 mm
印　张：	15.75
字　数：	264 千字

版　次：	2022 年 8 月 第 1 版
印　次：	2022 年 8 月 第 1 次印刷
定　价：	78.00 元

本社图书如有印装质量问题，请联系发行部调换

版权所有 ◆ **侵权必究**

四川大学出版社
微信公众号

自　序

　　庚子年间，新型冠状病毒席卷全球，人类面临前所未有的生存危机。在日益肆虐的疫情面前，全世界结成愈加紧密的人类命运共同体。疫情期间，与我国一衣带水的日本捐款捐物，为我国抗击疫情筹措相关援助，并在运往我国的物资包裹上赫然印有颇具文艺风的"山川异域，风月同天""岂曰无衣？与子同裳""青山一道同云雨，明月何曾是两乡"等古典诗句，一时间引发了国内媒体与民间百姓的热议。而后，我国在日本与韩国面临新型冠状病毒肺炎疫情之际，及时"还诗"友邻，在驰援日韩的物资包装上吟诗作赋："投我以木桃，报之以琼瑶""道不远人，人无异国"。可见在东亚汉文化圈内汉诗是共通的社交语言，通过赠诗可以拉近彼此的心理距离，获得文化认同。东亚各国间"诗赋外交"的文化传统始于一千多年前的唐代。唐代是东亚汉文化圈最终定型的时代，亦是中国古典诗歌的繁荣期，还是日本与朝鲜汉诗创作的发轫期。这一时期，日本遣唐使、朝鲜地区的渤海使、新罗使频繁往返于东亚各国间，数量可观的遣唐使与唐人、渤海使与日人、新罗使与日人的酬唱诗歌在东亚国家交往的背景下产生。"诗赋外交"极大地改善了东亚各国的关系，堪称东亚友好往来的佳话。本书的立意正是通过梳理文献考察唐文化圈内诗赋外交的情况，实现东亚各国间汉诗研究学界的交流与对话。

　　本书在现有的唐代东亚交往诗整理与注释成果的基础上另辟蹊径，着眼于这些诗歌的产生和影响，探讨汉诗在古代东亚世界流播的基本情况和特点，并从东亚文化交流的背景出发，以东亚各国的"复眼"研究唐朝、日本及渤海文人的唱酬诗，廓清诗歌周边的人物关系，解读汉诗在东亚世界中产生的外交、文学和文化意义。本书是笔者承担的教育部人文社科研究青年基金项目"唐文化圈视域下的东亚'诗歌互动'研究"

(15YJCZH195)的结题成果。除第五章"三、《怀风藻》所载'长王宅宴新罗客'诗群考"部分是与江苏师范大学王丽博士共同撰写外，其余均为笔者独立完成。在完成教育部课题的过程中，本书主要章节的相关内容已在《日本思想文化研究》《广东外语外贸大学学报》《唐都学刊》《北方工业大学学报》《华西语文学刊》等期刊上发表，在结集成书之际稍有改动。最后，要感谢为本书的撰写翻译过大量资料的四川大学日文系张维薇副教授，以及四川大学出版社黄新路老师和余芳老师，没有他们的帮助便不会有此书的诞生。

是为自序。

徐 臻
西南交通大学外国语学院
2022年6月15日

目 录

序 章 ………………………………………………………（ 1 ）
  一、古代东亚世界的文化共通点 ……………………（ 3 ）
  二、汉诗在东亚世界传播的文化因素 ………………（ 4 ）
  三、东亚汉诗研究史回顾 ……………………………（ 8 ）
  四、本书的视角和研究方法 …………………………（ 15 ）

第一章　汉文与汉籍的东渐溯源 ………………………（ 19 ）
  一、五世纪以前的汉文化东渐 ………………………（ 21 ）
  二、汉文化东渐的中转地——朝鲜半岛 ……………（ 24 ）
  三、日本遣唐使时代的汉文典籍东渐 ………………（ 28 ）
  四、律令国家的汉学人才培养 ………………………（ 35 ）

第二章　汉诗在唐代东亚地区的传播与接受 …………（ 41 ）
  一、汉诗的传播方式与文化作用 ……………………（ 43 ）
  二、汉诗的传播历程 …………………………………（ 49 ）
  三、日本汉诗与"文章经国"诗文观 ………………（ 55 ）

第三章　阿倍仲麻吕与唐人的诗文交往 ………………（ 63 ）
  一、阿倍仲麻吕的入唐与仕官 ………………………（ 65 ）
  二、阿倍仲麻吕的在唐诗歌 …………………………（ 67 ）
  三、阿倍仲麻吕的长安诗友及其诗作 ………………（ 77 ）

第四章　《万叶集》的遣唐使和歌 ……………………（ 85 ）
  一、遣唐使和歌的基本情况 …………………………（ 87 ）
  二、遣唐使和歌的叙事内容 …………………………（ 88 ）

三、遣唐使和歌的离别与望乡 …………………………………………（95）

第五章　《怀风藻》中的东亚使节文人 …………………………（101）
一、《怀风藻》中的日本学问僧 ……………………………………（103）
二、《怀风藻》中的东亚使臣与"诗赋外交" ……………………（111）
三、《怀风藻》所载"长王宅宴新罗客"诗群考 …………………（114）

第六章　以鉴真为中心的奈良佛门诗坛 …………………………（123）
一、鉴真及其弟子的东渡与在日活动 ………………………………（125）
二、《唐大和上东征传》卷末所附诗群考 …………………………（128）
三、淡海三船的东亚文学交流 ………………………………………（141）

第七章　日僧空海的入唐诗文之旅 ………………………………（153）
一、空海的生平与汉文学修养 ………………………………………（155）
二、空海初入唐——从福州至长安 …………………………………（158）
三、旅居长安的空海 …………………………………………………（162）
四、空海的江南之旅 …………………………………………………（168）

第八章　"敕撰三集"中的渤海使 ………………………………（179）
一、平安时代初期的渤日诗歌交流概况 ……………………………（181）
二、渤海副使杨泰师的在日诗 ………………………………………（183）
三、王孝廉和嵯峨朝文人的诗文唱酬 ………………………………（189）
四、渤日唱酬诗中的政治文化关系 …………………………………（199）

第九章　菅家与平安中后期渤海使的诗文唱酬 …………………（211）
一、"文章世家"——菅家 …………………………………………（213）
二、菅原道真渤海应酬诗的构成 ……………………………………（219）

终　章 ………………………………………………………………（231）
一、唐代东亚诗歌互动的特点 ………………………………………（233）
二、十世纪以后东亚诗歌互动的中断 ………………………………（235）
三、东亚诗歌互动的文化与文学价值 ………………………………（237）

参考文献 ……………………………………………………………（240）

序　章

一、古代东亚世界的文化共通点

根据文明论的一般规律，正如水从高处往低处流一样，发达国家和地区的文明会自然而然地向周边地区扩散。中国的汉文化也遵循了这种普遍规律，千百年来不断地被周边东亚地区的各民族与国家所广泛接受。古代朝鲜半岛、日本列岛、安南（越南）等地区都曾将汉字、汉文、汉诗作为主要交流方式，并接受了汉译佛教典籍、律令制度、儒学等起源于中国的各类文化载体。根据这一特点，日本学者西岛定生在「東アジア世界と日本史——関連学説による研究法」（『歴史公論』，1975）一文中曾把以汉文化为中心的东亚国家和地区定义为"东亚世界"。言及西岛所定义的古代"东亚世界"的文化共性，汉字的传播不能不提。在"东亚世界"这一辽阔的地域，一旦汉字被某国吸收，该国必然会以此为媒介学习中国的历史文化、政治制度、宗教思想、文学艺术等，使汉字所代表的汉文化得到广泛传播与接受。

比如，在思想道德方面，《论语》被东亚文人所熟知，成为东亚各国实施科举制度的主要参考书，孔子所规范的儒家道德思想被吸收和合理利用；在政治制度方面，东亚诸国的统治者把形成于隋唐时期的律令制度作为国家的法制体系，朝鲜、日本有选择性地对中国律令的具体内容进行了不同程度的继承和改革，构建了相应的儒家政治理念和政治体系；在宗教信仰方面，源于印度的佛经最早传入东亚地区时被译为汉文，朝鲜和日本等国将中国的汉译佛典奉为经典，并由此接受了佛教，佛经由此成为东亚文化交流的重要组成部分，由大量来华的日本、朝鲜留学僧所主导的佛典东渡正是这种交流曾经繁盛不衰的表现。如此看来，在涵盖中国、朝鲜、日本等国的地域广阔的东亚地区，汉字、儒家学说、律令制度和汉译佛典影响广泛，正是在此基础上，"东亚世界"才得以形成。

同时，在考虑"东亚世界"形成的契机时，还需要考虑"东亚世界"所共有的册封体制这一政治要素，以及作为其支撑的儒家政治思想。中国历代皇帝和周边各国首领以授予官爵的形式缔结君臣关系，并且，为了与中国王朝内部的君臣关系加以区别，将国内的臣子称为内臣，将周边各国首领称为外臣。即使难以断言古代中国凭借强大的政治、军事和经济实力同周边国家缔结的册封关系是完全平等公正的，但正是基于这种政治册封的形式，东亚诸国之间才形成了某种程度上的关联。通过支撑册封体制的儒家政治思想中固有的"华夷思想"和"王化思想"，东亚地区最终形成了自成一体的世界。"华夷思想"是以中国为天下（全世界）中心的意识，将中国视为中华，将周边民族视为夷狄，并将"华""夷"分离以示区别，只承认中国具有人文价值。而"王化思想"认为中国君主德才兼备，通过基于道德的儒教伦理的"仁政"来实现理想的政治秩序。以"华夷思想"和"王化思想"为基础的中国古代社会将未接受儒家教化的周边诸国视为蛮夷，而被视为值得礼遇的文明之国的则是那些拥有使用汉字的能力，接受以儒家思想为代表的汉文化的各民族。因而，周边诸国为了在册封体制下与中国维持外交关系，并向中国历代朝廷谋求更高的政治地位，就不得不学习文案书写所必需的汉字，解读儒家经典，甚至东亚各国文人政客还纷纷开始提笔写作汉诗文。简言之，以这种册封体制的外交关系为媒介，汉文化得以在整个东亚地区传播开来。

综上所述，我们可以认为"东亚世界"是以东亚各国对华的外交关系为前提形成的。尤其是隋唐时期，伴随着中国古代专制制度的成熟以及国家的逐步发达与统一，中国对"东亚世界"的影响也日益增强。与之前所有的中国王朝相比，这一时期东亚地域之间的联系更加紧密，某些文化方面的共通性也表现得更为突出。

二、汉诗在东亚世界传播的文化因素

在由中国主导的东亚世界中，汉诗、汉文以中国为中心向周边诸国广泛传播。中日学界普遍认为，不仅中国诗人创作了汉诗，受中国影响，东亚诸国的诗人也创作了大量汉诗，因此汉诗也是这些国家的文化遗产之一。而由汉字书写的汉诗历经千年仍在"天下同文"的东亚世界中持续流传，因此汉诗被东亚文人钟爱的原因是本书首先必须讨论的问题。

（一）古代东亚的外交活动

如前文所述，中国皇帝授予周边诸国首领爵位并与之缔结君臣关系，这种册封的政治形式在古代是较普遍的现象。特别是到了唐代，东亚诸国基本上都作为朝贡国或属国被纳入唐朝的政治册封体系。因此，处于东亚政治共同体中的各国在与唐王朝频繁开展外交之际，需要深化思想文化交流，对共通语言的要求日益强烈。用汉字书写的汉诗与汉文，成为东亚世界中的重要交流工具和外交宴会上的文字游戏，被东亚文人钟爱、推崇。

例如，日本为缩短与中国的差距，力求与中国文化接轨，通过大化改新（645）模仿中国的律令制，建立了以天皇为中心的律令制国家体制。日本朝廷还将汉字作为日本的官方文字，汉诗也频繁地在宫廷仪式和宴会上被吟诵，在官方场合发挥着重要作用。无论是在宫廷礼仪环节中还是在招待外交使节的宴会上，汉诗都是日本朝廷尊严与威信的代表，发挥着向其他国家彰显本国文化水平的作用。由此可见，诞生在东亚世界政治共同体中的、与东亚各国外交往来密切相关的日本汉诗具有较强的官方性质，可视为东亚政治的产物。

（二）汉文典籍的传播和汉文教育的普及

在古代文化发展史上，东亚其他国家在很长一段时间内都落后于发达的大陆国家，与中国差距极大。日本古籍《古语拾遗》中记述："上古之世，未有文字。贵贱老少，口口相传。前言往行，存而不忘。"[①] 那时的日本仅有口语，并无文字。由此推测，当时的日本民族尚无所谓的政治制度、宗教思想、历史文字等。由于没有文字，也就没有文章。但是，通过中日频繁的人员往来和文化交流，日本从中国收集了大量汉文典籍，全面汲取汉文化。通过汉文典籍，日本渐渐融入以中国为中心的汉文化圈。作为汉诗在东亚世界流传的前提，以汉文典籍为媒介的汉文化东渡具有极为重要的意义。承载着汉文化的汉文书籍，在内容和文字上已经为汉诗的传播准备了充足条件。

---

① 为方便国内读者阅读，本书中引用的部分日文文献已译为汉语，为笔者自译，特此说明。斎部広成. 古語拾遺［M］. 東京：相悦堂、1870：序文

同时，汉文教育的普及也推动了汉诗的发展。古代的日本和朝鲜建立了各类学堂私塾，教学内容以汉文和儒学为主，汉诗作为文学知识也被纳入教学范畴。比如，奈良、平安时期，日本朝廷在京城设立大学寮，在地方设立国学，形成了覆盖全国的汉文教育体系。大学寮讲授的内容是儒家经典，《孝经》和《论语》为必修课。大学寮还教授经学，《礼记》《左传》为"大经"，《毛诗》《周礼》《仪礼》为"中经"，《周易》《尚书》为"小经"。[①] 日本朝廷还实施科举制，京城大学寮的学生凡通二经以上且愿意为官者，都可以被推荐给太政官，参加式部省的"登庸试"，跻身仕途。汉诗被规定为科举考试的内容之一，这无疑直接刺激了汉诗的繁荣。虽然日本朝廷的上级官员并非通过科举制度选拔，但律令制国家的官员最重要的素养之一便是汉诗文以及中国的文字、政治、法律素养。由此可见，通过建立学校和实施科举制，高度完备的汉文教育体系慢慢成形，为汉诗的传播奠定了教育基础。

（三）儒教和佛教的东渐

在整个东亚地区，一元化的思想观念——儒教和佛教孕育了诸国共有的世界观与人生观，引发了东亚文人的共同感情。例如，儒家传统的史学观和文学观都十分重视史书的编撰，将《诗经》等诗集也视为史书的一部分。刘知几在《史通》中将经（诗）和史的关系论述为"经犹日也，史犹星也。夫杲日流景，则列星寝耀；桑榆既夕，而辰象粲然"[②]，认为诗的实质是史的副产品，诗集自古以来就被视为史书的一部分。唐代的"文以载道"思想则认为儒家之道是文学的唯一使命。这样的儒家诗文观念对日本产生了甚为深远的影响，日本最早的诗歌也收录于日本第一部史书《古事记》中。"敕撰三集"之一的《经国集》序文中则阐述："故文章者，所以宣上下之象，明人伦之叙，穷理尽性，以究万物之宜者也。"[③] 以皇室

[①] 国史大系卷十二・令義解・類聚三代格・類聚符宣抄・続左丞抄［M］. 東京：経済雑誌社、1898：令義解・卷三・学令

[②] 刘知几著，浦起龙通释同，王煦华整理. 史通通释［M］. 上海：上海古籍出版社，2009：第153页

[③] 与謝野寛、正宗敦夫注. 日本古典全集・懐風藻・凌雲集・文華秀麗集・経国集・本朝麗藻［M］. 東京：日本古典全集刊行会、1926：第109页

为首的日本贵族,从中国内地及朝鲜半岛的使节和渡来人那里积极学习儒学,并在日本汉诗形成与发展的过程中充分吸收儒家文学观,使其深刻影响了宫廷汉诗的创作。

佛教东渐虽略晚于儒学,但汉译佛经在日本的普及对中国古典诗歌的传播产生了重大影响。日本僧侣精通汉文,几乎都是直接阅读汉文佛典。奈良、平安时期有大批日本僧人唐求法,空海、最澄、圆仁等"入唐八大家"先后将大量唐人诗集传入日本,加速了唐诗的越境流动。圆仁的《入唐新求圣书教目录》就记载"法华经二十八品七言诗一卷、私(杭)越唱和诗一卷、诗集五卷、杂诗一卷、自家诗集六卷"[①] 等传入日本的唐人诗集。同时,在东亚文人的汉诗中亦有不少与佛教相关的内容。奈良时代的日本第一部汉诗集《怀风藻》中就收录了由日本僧人智藏吟咏的最早的佛门诗。之后,平安初期编撰的"敕撰三集"(《凌云集》《文华秀丽集》《经国集》)中又出现了"梵门"诗部。降至平安时期,佛教日益昌隆,乘坐遣唐使船和唐商船来唐求法的日本僧侣还和唐文人交流诗文,架起中日诗歌交流的桥梁,成为汉诗流播日本的基本要素之一。

(四)汉字的字音和字形

汉字的字音和字形也是汉诗能够在东亚世界中广泛流传的内在原因。古代的东亚文人不仅通过翻译进行思想沟通,还通过直接创作汉诗来进行文学交流。日本文人根据汉字字音和字形的特征发明了音读和训读,这一发明成为学习汉诗的有力工具。即使不懂得汉字的中文发音,也可以利用音读和训读来诵读汉文、吟咏汉诗。具体而言,音读是选择尽量接近汉语发音的汉文词汇的识读法。日文的音读虽然近似于汉语发音,但一般认为它与汉语的发音仍有一定差异。即便如此,通过音读法,所有的汉字在日语中都有了固定的发音,并构成了日语的音读体系。训读则是根据日文发音来识读汉字的方法,又分为汉字训读和语法训读:汉字的训读是指将日语词汇作为标记符号来读出汉语词汇的方法;语法的训读是指遵照日文语法规则,使用数字标记汉语词汇的位置和顺序,再加上日语的助词后颠倒顺序识读汉文。通过使用音读和训读

---

① 木宫泰彦. 日華文化交流史 [M]. 東京:冨山房、1977:第 204—206 頁

的方法，日本文人就能够创作汉诗了。

三、东亚汉诗研究史回顾

迄今为止，中日两国学术界出版的各类东亚汉诗的相关研究论文和专著不胜枚举。考察相关的先行研究便不难发现，中日两国的域外汉诗研究主要集中在文学研究与史学研究这两个领域。

（一）中日比较文学视角下的东亚汉诗研究

严绍璗、王晓平、张哲俊、高文汉等中国学者主要从中日古代比较文学的视角，对中日两国文学交流的实际形态以及影响关系进行了考察。严绍璗先生在《中日古代文学关系史稿》（1987）中以中日两国文学类型为纲要，按照时代顺序对中日古代文学的关联性和日本古代文学的特点等进行了研究。该书运用了发生学和影响学的比较文学理论，探讨日本文学受中国文学影响的特点、中日文学融合的基本轨迹以及中日文学产生关联性的民族心理和内在原动力等问题，描绘了中日两国在文学关系上的历史图谱。严绍璗先生的研究条理清晰地梳理了中日文学的影响关系，对后来的中日比较文学研究有着很强的指导性。

王晓平先生在《亚洲汉文学》（2009）一书中明确提出了"亚洲汉文学"这一概念，并在此前提下，以东亚地区的日本、朝鲜、越南等国的古代汉诗为研究对象进行了较为全面的考察。他对亚洲汉文学的历史地位、汉文学研究的重要性、亚洲汉文学的文化意义等汉文学研究领域的重要问题进行了深入思考，并放眼整个亚洲地区，探讨了亚洲汉文学的历史与现状，将亚洲文学的内涵和性质阐释为"模拟性与创造性""国际性和民族性"[1]的并存。总之，王晓平的研究被认为是着眼于整个亚洲地区汉文学的整体性研究。

高文汉先生则同时运用比较学和主题学的文学理论，对中日古代文学关系进行了深入研究。他的研究成果主要是追溯日本汉诗的起源，对中日

---

① 王晓平. 亚洲汉文学 [M]. 天津：天津人民出版社，2009：代序

文学的既存关系，以及文学观、审美意识等的异同点进行了系统的比较，进而对中日文学交流的历史轨迹和日本文学的基本特征进行考察。他在研究中写道："日本古代文学以本民族的价值观念、思维模式、审美取向等为基础，经过长期与中国文学的不断撞击、选择、消化与融合，最终形成了具有鲜明的本民族特色的文学体系。"①

张哲俊先生的两部专著《中国古代文学中的日本形象研究》（2004）和《东亚比较文学导论》（2004）对同属于东亚文化共同体的各民族文学的人文学意义进行了探讨。基于"形象学"这一比较文学理论，对中国文学作品，主要是中国古代诗歌中的日本人形象进行了详细考察，解读了古代中国人眼中的日本形象。与此同时，他还将东亚汉文学作为东亚文化圈内的重要文化载体来把握，考察了东亚文学的宏观构成与微观特征。具体而言，宏观构成是指以东亚文化圈内各民族和各国历史文化的连接点——"汉字"和"汉文化"为基础，围绕汉字及其传播、中国文化的本体与儒释道三教的内在联系进行考证，论述了东亚各民族的审美意识。微观特征是指将重点放在文学体裁的发生学研究方面，指出东亚文学艺术形式的共性与各民族的个性。张哲俊先生在比较文学和比较文化之间寻找到合理的接点，将东亚的汉文学和汉文化融为有机的整体，其研究成果在东亚汉文学研究领域中开辟了新的天地。

与中国国内的研究相似，日本的上代汉文学研究主要是从比较文学史的视角展开，有代表性的研究成果主要集中在昭和时代（1926—1989）。主要的汉文学研究专著有芳贺矢一的《日本汉文学史》（1928，同《国语和国民性》合为一册）、冈田正之的《日本汉文学史》（1929，辅订本1954）、牧野谦次郎的《日本汉文学史》（1938）、安井小太郎的《日本汉文学史》（1939）、川口久雄的《平安朝日本汉文学史研究》（上卷1959、下卷1961）等，这些论著都在上代文学的相关部分提到了日本文学中的中国文学要素，阐发了不少新的观点。

在这些关于日本上代汉文学的研究专论中，至今仍享有较高声誉的是冈田正之的名著《日本汉文学史》（1929）。该书兼具考证的精准性和论断的妥当性。并且，冈田先生还高度评价了日本汉诗在日本文化史上的地

---

① 高文汉. 中日古代文学比较研究[M]. 济南：山东教育出版社，1999：第43页

位："如要一窥日本文化发展以及其思潮脉络，则必须借助于汉文汉诗。"① 全书的内容大致分为两部分，第一部分是起于推古时代止于平安时代的朝绅文学时期，第二部分是起于镰仓时代止于室町时代的缁流文学时期。其中，第一部分中关于推古朝遗留作品《怀风藻》的来历与作者，以及《怀风藻》受汉文学影响的论述可谓精湛出色，第二部分中关于训点及日本国字解说的叙述也是极有价值的成果。

之后的日本汉文学研究者猪口笃志先生的观点也与冈田先生类似，他认为："离开对汉诗、汉文的理解，则难以明确日本文化的原点及其各种表象。"② 他在《日本汉文学史》一书中由远及近地概述了从上古至现代的日本汉文学，并且为了避免泛泛而谈，猪口先生还通过对文学作品的阐释来加深读者对日本汉诗的理解和印象。此外，他的《日本汉诗》（1972）一书不仅概述了从上代到明治时代的日本汉诗发展史，还在此基础上逐一解读了按照作者分类精选出来的日本历代汉诗的代表作，其作者介绍和诗歌鉴赏十分周详，使爱好日本汉诗的中日两国读者受益匪浅。

小岛宪之先生擅长解读日本上代汉诗集，研究诗文引用的汉文典籍。小岛先生整理了奈良、平安时代的汉诗，编撰了《王朝汉诗选》（1987）一书。在此基础上，小岛先生还有日本汉文学研究的代表性著作《国风暗黑时代文学》（2002）一书的问世。该书以"出典"（源流，出处）为中心全面探究了上代的日本汉诗。作为追求客观性的文学材料，"出典"的问题是最重要和基本的问题。在对上代文学的中日比较性考察中，小岛先生提出："探寻日本上代文学的中国元素的确定性及其表现的首要前提应该是明确两国文学间的影响关系，即发现日本上代人以表达为目的的享受的源泉。"③ 小岛先生从汉诗的享受者的角度，在考证其"出典"的基础上，对日本上代汉诗中的中国各时代诗人、诗派的影响，以及中国古典诗歌在日本的传播、模仿、影响方式等问题进行了论述。

山岸德平先生从日本民族文学研究者的角度出发，在著作《日本汉文学研究》（1977）中，将汉文学作为日本文学发展史上的重要环节，对日

---

① 冈田正之. 日本漢文学史［M］. 東京：共立社書店，1929：序
② 猪口篤志. 日本漢文学史［M］. 東京：角川書店，1984：序
③ 小島憲之. 国風暗黒時代の文学［M］. 東京：塙書房、2002：序

本汉诗的文化价值、本国文化与汉文学的内在关联性等进行了研究。该书在"《怀风藻》和日本文化"一章中不仅运用了影响学的比较文学理论对日本汉诗的源流、外来文化的吸收、表现技巧的特色、皇室的文采、主要诗人等方面展开研究，还兼论了日本汉诗的接受史。

在讲座杂志方面，陆续出现了山岸德平的《日本汉文学》(1951，河出书房《日本文学讲座Ⅰ》)、神田喜一郎的《日本的汉文学》(1959，岩波讲座《日本文学史》十六卷)、鱼返善熊的《日本文学和中国文学》(1952，雅典文库)等。此外，学术杂志《国语和国文学》中收录的《日本汉文学史的诸问题》(1957，三十五卷十号)、《解释和鉴赏》(1956，二十一卷六号)所收录的《投影在古典中的海外文学》，以及《国文学》(1961，六卷三号，学灯社刊)所收录的《投影于古典中的海外文学》等，都对中日古代文学间的影响进行了广泛的考证并论述了日本上代文学的概况。

从以上比较文学研究领域的中日两国的先行研究综述中可以发现，其特点主要有两个：第一，与中国学界偏爱运用比较文学的理论展开研究不同，日本学界的研究较为注重细节，研究成果多为对日本汉诗的注释和汇编；第二，中国学者将日本汉诗纳入东亚汉文学的范畴进行研究，提出了"东亚文化共同体"这一概念，强调汉诗研究的整体性与开放性，但日本学者则坚持其民族文学研究者的立场，极少将日本汉文学纳入东亚文学史的范畴加以考察。

（二）海外汉学视野下的东亚（日本）汉诗研究

日本汉诗发端于对中国汉诗的学习和模仿，在一千三百多年的发展史上，不断从中国古典诗歌中吸取文学营养而逐渐独立繁荣。因此，目前的中国学术界，将日本汉诗视为中国汉诗支流的学者较多。为整理存于海外的汉文化遗产，推进与本国文化的对照比较这一文化事业，以域外汉诗为代表的域外汉学研究，不论在文学研究领域还是史学研究领域都十分盛行。受这一学术理念的影响，中国学术界的域外汉诗追踪研究也逐渐展开。

在域外汉诗研究方面，马歌东、肖瑞峰等学者的研究具有代表性。马歌东的《日本汉诗溯源比较研究》(2004)追溯日本汉诗的起源，对汉诗传播至日本的合理性和可能性进行了研究，围绕日本汉诗的命运、日本汉诗与中国汉诗的亲缘关系、日本诗话、日本的白居易研究等问题进行了考察，还对中日诗人互赠诗文的各种史实进行了梳理。要言之，马歌东的日本汉诗研究应该说是围绕吸收、交流与影响三方面展开的。

与马歌东先生的研究类似的有肖瑞峰先生所著的《日本汉诗发展史》(1992)。该书对日本汉诗的发展轨迹及主要诗人诗作进行了综合考察与系统研究。"第二编　王朝时代：日本汉诗的发轫与演进"，为深入考察王朝时代的汉诗，将该时代的日本汉诗创作分为三个阶段，从发展变化的视角讨论各发展阶段的特征与新动向，还对其原因进行了历史的辨析。肖瑞峰先生还发表了一系列论文，从文学研究视角探究了奈良、平安时代日本汉诗艺术的演进方式、日本汉诗的政治性等问题。他的论文不仅从发生学的角度论及了汉文化的东渐过程，以《怀风藻》的完成为标志的日本汉诗的诞生等奈良时期日本汉诗的发端情况，还围绕平安朝汉诗的题材和主题展开研究，探讨了唐诗对平安诗坛的影响、嵯峨天皇汉诗作品的解读、"敕撰三集"的艺术性等文学课题。其研究结论是"（平安时代的日本汉诗）一方面，它不免因袭传统的创作理念的创作倾向；另一方面，它又在蜕变的过程中显露出某些新的特质和新的元素，从而昭示了日本汉诗艺术的演进"[①]。总之，肖瑞峰先生的研究在探讨日本汉诗艺术性的同时，发掘了其内在发展变化的轨迹，较好地解读了日本王朝汉诗的基本特质。

总结上述先行研究，域外汉学领域的日本汉诗研究基本以日本汉诗的受容史研究为主，但在追溯日本汉诗起源并探明其发展轨迹的基础上，均对中日汉诗进行了比较研究，就这一点而言，也可称之为比较文学研究。

然而，在日本汉诗研究领域，中日汉诗直接交流、融合的接点——交往诗歌一直以来都被学者所忽视。不仅研究中日交往诗歌的学术论文数量稀少，而且从文化和文学两个层面系统地对其进行整理、分析的学术专著也很鲜见。

最早开始关注交往诗歌的国内学者当推张步云、杨知秋、谢海平等诸位先生。张步云先生从《全唐诗》、《渤海国志长编》、《全唐诗逸》、"敕撰三集"（《凌云集》《文华秀丽集》《经国集》）、《唐大和上东征传》等中日

---

① 肖瑞峰. 敕撰三集：因袭中的新变［J］. 吉林大学社会科学学报，2002年第1期

韩三国史料中收集整理了唐代的中日交往汉诗，并编撰了诗集《唐代中日往来诗辑注》(1984)。这部诗集包括含朝鲜半岛的渤海国在内的唐日往来诗共计一百二十九首，涵盖唐朝诗人五十六人、诗六十六首，日本诗人二十三人、诗六十三首。张步云先生的这部诗集收录了几乎所有唐日往来诗，可作为深入研究唐日往来诗的重要参考资料。

杨知秋先生在张步云先生的研究基础上扩大了中日往来诗的研究范畴，并充实其内容，编纂了《历代中日友谊诗选》(1986)。与张步云先生的诗集相比，杨知秋先生的诗选不仅在诗作解释和作者介绍方面更为详细、准确度更高，还收录了遣唐使的和歌作品。此外，谢海平先生的研究也着重于往来诗歌，其著作《唐代诗人与在华外国人之文字交》(1981)与张、杨二位先生的研究成果相似。上述交往诗歌研究，皆是从古籍里选出中日交流中所产生的汉诗，加以注解后汇编成诗集。虽然诗集的汇编无需深邃的学理，但交往诗歌的整理、注释等细致的基础性工作的完成却归功于上述学界前辈的努力。

关于往来诗研究的学术论文有《试论唐代中日往来诗》《唐宋时代的中日往来诗》《论唐代中日往来诗歌交流》《谈中日文人的赠答诗》等成果。张步云先生的《试论唐代中日往来诗》(《学术月刊》，1979年第11期)、《试论唐代中日往来文》(《社会科学》，1981年第6期)两篇文章围绕唐代中日往来诗和往来文的内容结构、艺术性和文化意义等进行了论述，认为唐代中日往来诗的重要之处在于直接具体地反映了盛唐初年至唐末二百余年间中日文化交流的实情，展现了中日两国的友好关系，也为唐代社会、政治、经济、文化的相关研究提供了宝贵的史料。此外，孙东临的《唐宋时代的中日往来诗》(《中国文学论集》，1985)、郑子瑜的《谈中日文人的赠答诗》(《北京大学学报（哲学社会科学版）》，1991年第5期)、邓阿宁的《论唐代中日往来诗歌交流》(《重庆大学学报（社会科学版）》，2002年第3期)也是以中日文人的"赠答诗"和"中日诗歌交流"为主题撰写的学术论文。这些研究论文主要从影响学的角度探讨了往来诗的分类、特征、中日文人形象以及文化意义等内容。

日本方面则几乎没有学者的研究涉及中日诗歌交流这一课题。仅有渡边三男的《日华交涉诗歌史略其一、日唐篇附·渤海国》一文关于中日交涉诗的考察须加以关注。他的研究论文对包括渤海在内的唐日交涉诗的概念进行了如下定义:"它不仅包括了中国的交际诗(两国诗人赠答唱和的诗文)及其和歌(虽然实际上并不存在两国诗人赠答的和歌),也指在中日往来的具体事件中自发产生的,或是将所见所闻进行吟诵的汉诗及和歌。"① 此外,渡边三男还从文化交流的角度对奈良、平安时代的唐日交涉诗和诗人进行了概述。由此可知,目前的日本学界虽不够重视唐日交流的接点——交往诗歌的研究,但也不乏尝试涉及这一领域的学者。

(三)日本汉诗的史学考证研究

近年来,日本学界对汉诗的研究不仅在文学领域取得了全面进展,史学界也将古籍中的汉诗视为一种补充史料,围绕汉诗相关的历史人物与事件进行实证性考察。日本对汉诗进行史学考证的学者有藏中进、后藤昭雄、藏中信夫、福田俊昭、远藤光正等诸位大家。比如,藏中进先生作为较早尝试从文献出发考证汉诗的日本学者,从交流史的视角发掘了与鉴真相关的文学史料。他反复考证了《唐大和上东征传》中记载的汉诗作品,其系列论文《鉴真渡海前后》在详细研究鉴真相关诗中出现的历史人物的活动情况的同时,也通过精准的史学考证再现了鉴真和弟子们同淡海三船、石上宅嗣等奈良朝文人交流的真实场景。后藤昭雄先生长年致力平安朝汉诗文作品、文人传记和唐日文化交流史的研究。他在《平安朝汉文文献的研究》《平安朝文人志》等著作中谈及其研究是"为了探明平安朝时期汉诗文的写作及审美实态"②。他对日本文学史上记载的知名文人、逸诗等珍贵的文学和历史资料的研究明确了平安朝汉诗文及文人的文化实态。

比较中日两国学界的日本汉诗研究,不难发现日本学者的研究偏重诗句的辨读、历史年代的确认、诗文的出处和用典等细节,以史学考证为主流。而在中国学术界,关于日本汉诗的史学考证较少,其研究内容也并未进行拓展与延伸。

国内学者方面仅有蔡毅先生的《日本汉诗论稿》(2007)一书从汉籍

---

① 渡边三男. 日华交涉詩歌史略その一、日唐篇附·渤海国[A]. 駒澤史学[C]. 駒澤:駒澤大学、1956;第24—52頁
② 後藤昭雄. 平安朝文人志[M]. 東京:吉川弘文館、1993;後記

论、作家作品论、翻译论三个不同层面考察了从奈良时代到明治时代的日本汉诗作者及代表作品。其中有关奈良、平安时代汉诗的考证研究，如对空海的在唐诗考、李白诗的接受史考、《全唐诗逸》的成立考、日本诗话考、在日汉籍和唐诗的关系考等，从史学角度进行的实证考察值得关注。又有王勇先生的研究从交流史的视角展开，主要以鉴真诗群、空海的唐人送别诗群为中心，围绕中日文化交流史中各个历史人物的交往关系进行考察。王勇先生的研究还着眼于整个古代东亚地区，指出汉诗在东亚文化圈中不断循环流动这一事实，研究了汉诗流布的范围、外交功能、逸存汉诗的发掘等问题，提出"诗的会话"这一文化概念。关于东亚文化圈中汉诗的使命和地位，他得出了如下结论："七世纪至十世纪期间，对于朝鲜半岛和日本列岛的文人而言，汉诗是文化交流和思想沟通的重要手段。因而，'唐诗'虽起源于中国，但实为东亚文人所共有的文学形式。"①

综上所述，中日两国学者均以汉诗相关的人物关系，即以人物为主题展开研究。特别是对日本汉诗的创作时期与作者，以及中国古典诗歌的传播情况的考察较为多见。此外，中日两国学者均十分重视发掘和研究各类史书中散落的逸诗。诚然，作为唐日文化交流研究的有力旁证，逸诗的发现与研究是不可忽视的重要领域。

四、本书的视角和研究方法

张伯伟先生曾提出在跨文化研究中应该具有"第三只眼"的观点，他说："在美国人、俄罗斯人、阿拉伯人及周边各地区人的观察中，形形色色、林林总总的中国，也必然是色彩各异、修短不齐的形象。我们是还缺少'一双眼'，这就是以异域人观察中国之眼反观自身的'第三双眼'。"②诚然，目前的中国学术界在通过外国人观察中国的"异域之眼"反省本国文化这一点上，还有待进一步加强。而用"异域之眼"观察中国的诸国中，时间最长、范围最广、观察最细、研究价值较高的当属我们的邻国，

---

① 王勇. 書物の中日交流史［M］. 東京：国際文化工房、2005：第41頁
② 蔡毅. 日本汉诗论稿［M］. 北京：中华书局，2007：总序第2页

即以中国为中心形成的东亚汉文化圈内诸国。

笔者认为,日本、韩国现存的汉诗史料展现出来的中华世界,正是"第三只眼"所见的古代中国的形象。本研究承袭张伯伟先生的学说,不仅将域外汉学领域中的汉诗的价值和意义纳入中国古典诗歌的延长线上加以考察,同时将东亚汉诗置于域外汉文化的独特历史作品以及中国古典诗歌的对话者、比较者和批判者的位置上,对其中所折射出的中华世界的历史形象进行解读。因而,本研究旨在在概述古代东亚文化圈中日本及朝鲜半岛汉诗产生的历史背景、政治文化因素及流传状况的基础上,收集诸国史料中散落的交往诗歌,明确与之相关的历史人物关系以及诸国间的外交关系,从史学和文学两大层面解读唐代东亚交往诗歌中所蕴含的文化意义。

为了达成预期的研究目标,本书必须运用比较文学的基本理论。不得不指出的是,在运用这一文学理论来研究交往诗歌之际,存在两个不同的课题目标和研究视角:其一是正如一般性、常识性的预想,有关日本最早的汉诗是何时、如何形成,又是如何完善的,即对日本汉诗起源的问与答;其二是着眼于各时代各类型的往来诗是如何出现及发展的问题。换言之,"一方面是对事物一次性发生根源的学术意向,另一方面是对无限重复的各种形态的现象产生的学术欲求。以生物学用语来比喻,前者是对'系统发生'性事物的关注,后者是对'个体发生'性事物的兴趣"①。可以说,同时重视"系统研究"和"个别研究"两个方面,十分切合本书的内容和预期目标。

此外,本书选用了易于发挥想象力的汉诗,因而稍稍有别于使用可信度较高的正史进行详细考证的传统史学研究。在研究见于各类文献的东亚汉诗之际,首先要从诗集中将中日以及朝鲜半岛的往来诗逐一查检出来。笔者从《怀风藻》中查阅出在唐诗三首和新日唱和诗十首、《文华秀丽集》中渤日唱和诗十一首、《凌云集》中在唐诗十二首和渤日唱和诗一首、《经国集》中在唐诗三首和渤日唱和诗七首、《菅家文集》中渤日应酬诗十七首、《万叶集》中遣唐使人歌数十首,又收集了日本佛教史料《唐大和上东征传》末尾的附录诗七首、《弘法大师正传》中记载的诗五首、《显戒

---

① 阿部正路. 日本文学概論[M]. 東京: 右文書院、1982: 第29頁

论》中收录的诗九首，并查得《全唐诗》中与日本相关的汉诗二十四首，《全唐诗逸》中与日本相关的汉诗六首。

　　本书还使用了唐代正史《旧唐书》《新唐书》《册府元龟》，朝鲜史料《渤海国志长编》《三国史记》，日本奈良、平安时代的史书《续日本纪》《日本后纪》《续日本后纪》《日本三代实录》《日本纪略》等史料。结合相关史料记载，对查检出的汉诗的创作背景、作者、流传状况等进行实证性考察。据此，可以明确交往诗歌所折射出的当时东亚社会历史文化的一些情况。同时，从中日文学比较的视角出发对往来诗进行研究，使往来诗研究的视野得以拓展。例如，通过比较《万叶集》中所载遣唐使人歌和《怀风藻》汉诗的不同，解读出被称为"理性文学"的汉诗和被称为"感性文学"的和歌对遣唐使派遣事业的不同理解。综上所述，本书拟以"第三只眼"所观察到的东亚汉文化圈为视角，结合东亚诸国的正史、佛教史、汉诗等各类史料，对东亚世界的交往诗歌进行考证与比较研究。

第一章

汉文与汉籍的东渐溯源

一、五世纪以前的汉文化东渐

中日学者普遍推测中日两国的最早交往可追溯至春秋战国时代末期倭人与中国东北部及朝鲜北部的燕国之间的人员来往。公元前219年,徐福奉秦始皇之命东渡日本并带去汉文典籍,这是有关中日文化交流的最初的文字记载。《史记·秦始皇本纪》记载:"齐人徐巿等上书,言海中有三神山,名曰蓬莱、方丈、瀛洲,仙人居之。请得斋戒,与童男女求之。于是遣徐巿发童男女数千人,入海求仙人。"① 一般认为徐巿即徐福,三神山根据其地理位置应该指日本列岛。大概由于蓬莱、瀛洲是日本的代称,故推测徐福出海的目的地是日本。若此段史料可信,可以认为从秦朝开始,中国人就尝试与日本进行文化交流了。徐福东渡的事迹在《汉书》《后汉书》《三国志》中均有记载,东方朔所撰《海内十洲记》中也有相关记载,并提及徐福出海后的行踪。徐福东渡日本的传说在日本也广为流传。日本史书《神皇正统纪》还提到徐福东渡日本之事"载于异朝之书"②。

宋代文学家欧阳修也认为是徐福携带大量汉文典籍去了日本,他在《日本刀歌》中如此吟咏:

> 传闻其国居大岛,土壤沃饶风俗好。
> 其先徐福诈秦民,采药淹留丱童老。
> 百工五种与之居,至今器玩皆精巧。
> 前朝贡献屡往来,士人往往工词藻。
> 徐福行时书未焚,逸书百篇今尚存。
> 令严不许传中国,举世无人识古文。③

这首诗讲述的是徐福奉秦始皇之命,携童男童女五百人,为寻长生不

---

① 司马迁. 史记 [M]. 北京:中华书局,2006:第45页
② 時枝誠記. 日本古典文学大系·神皇正統記·増鏡 [M]. 東京:岩波書店、1978:第71頁
③ 欧阳修著,李逸安点校. 欧阳修全集 [M]. 北京:中华书局,2001:第766-767页

老药漂流东海,还将汉文书籍传至日本的美丽传说。从欧阳修的诗得知,日本的原住民受到徐福的教化,接受了汉文化的熏陶。他们学习中国的先进技术,发展农业和手工业,开始学习汉文。然而,令人遗憾的是上述史学和文学文献中有关徐福的记载,由于缺乏考古学的文物证据,尚无法证明为确凿的历史事实。

到了汉代,汉武帝征服朝鲜以后,日本列岛的豪族恐惧汉朝的武力,派遣使者前来朝贡,《汉书·地理志》中记载"乐浪海中有倭人,分为百余国,以岁时来献见云"①。此处重要的信息点是汉代的中国人认为"倭"位于汉代乐浪郡对面的遥远海上,并且倭国从汉代开始就与中国建立起了正式的外交关系。当时的倭人为了维持与汉朝的外交关系不得不学习汉字,用汉文书写外交文书。要言之,随着日本与中国王朝政治关系的确立,汉字的使用就成为必然。

笔者认为,日本列岛上最初使用汉字并非出于主动传播汉文化的意图,其原动力是日本列岛上一部分实力强大的部落首领通过与拥有先进文明的中国封建王朝缔结册封关系向其他弱小部落首领证明自身统治的正统性。据《后汉书·东夷传》记载,公元57年,日本遣使来访,东汉王朝将封爵的金印赐予九州筑前怡土郡的豪族(天日枪之孙怡土县主)。金印上刻有"汉倭奴国王印"字样,此印于1784年在志贺岛叶崎的石窟中被发掘。这表明"倭"这个小国的首领被后汉光武帝封为倭奴国王,与光武帝缔结了君臣关系,授予的金印成为册封关系的物证。由此可见,中日两国间的册封关系可被视为日本列岛接受汉字和汉文化的契机,刻在金印表面封官授爵的汉字很有可能是汉字在日本的首次出现。

又,其后成书的《三国志·魏书·东夷传》记载,公元240年,为了回赠日本使节的朝贡,曹魏使节持中国皇帝的诏书印绶前往日本,大和国女王卑弥呼托访日魏使向中国皇帝呈"上奏恩诏"。由于这是向中国皇帝谢恩的书信,所以应当是用汉字书写而成。虽然可能出自居住在日本的汉人移民之手,但至少可以说明一个事实:当时的日本列岛上已有居民能够书写汉文。对此史实,日本学者木宫泰彦也指出:"早在卑弥呼时代,肯

---

① 班固撰,许嘉璐主编. 二十四史全译(珍藏版)·汉书[M]. 上海:汉语大词典出版社,2004:第750页

定或多或少已有人懂中文，识汉字。……《魏志·倭人传》云'倭王因使上表答谢恩诏'，倭使'诣郡说相攻击'，魏使抵达女王国后'为檄告谕之'等，即使多少有润色文笔之嫌，但也能证明倭国或多或少已经有人懂中文，识汉字。"①

整理上述史料，不难发现以汉字为代表的汉文化随着中日两国间的外交往来早在先秦时代就已经缓慢传到日本。但是，对于当时日本的原始居民而言，学习外来的汉文化非常困难。秦汉时期赴日的东亚大陆移民却对汉字倍感亲切，他们擅长汉文，又通晓海外形势，故经常由他们起草日本的对华外交文书，或担任使臣被派至大陆。其中最典型的事例当属倭王武上呈给南朝宋皇帝的文书。《南史》以及记载南朝宋历史的《宋书·夷蛮传》中记载着倭王武呈给宋顺帝的公文文书。文章以汉文书写，篇幅颇长，可谓迄今传至中国的日本最古老的汉文公文。奏表内容如下：

> 封国偏远，作藩于外，自昔祖祢，躬擐甲胄，跋涉山川，不遑宁处。东征毛人五十五国，西服众夷六十六国，渡平海北九十五国，王道融泰，廓土遐畿，累叶朝宗，不愆于岁。臣虽下愚，忝胤先绪，驱率所统，归崇天极，道径百济，装治船舫，而句丽无道，图欲见吞，掠抄边隶，虔刘不已，每致稽滞，以失良风。虽曰进路，或通或不。臣亡考济实忿寇仇，壅塞天路，控弦百万，义声感激，方欲大举，奄丧父兄，使垂成之功，不获一篑。居在谅暗，不动兵甲，是以偃息未捷。至今欲练甲治兵，申父兄之志，义士虎贲，文武效功，白刃交首，亦所不顾。若以帝德覆载，摧此强敌，克靖方难，无替前功。窃自假开府仪同三司，其余咸各假授，以劝忠节。②

文章以四字句为主，近似于魏晋时期流行的骈文。按常理推断，当时的日本文化水平落后，倭人并不具备书写如此高水平汉文文章的文化素

---

① 木宫泰彦. 日華文化交流史［M］. 東京：富山房、1977：第23頁
② 沈约撰，许嘉璐主编. 二十四史全译（珍藏版）·宋书［M］. 上海：汉语大词典出版社，2004：第2036—2037页

养。因而，此文极有可能是由从朝鲜半岛或中国直接赴日的汉人移民及其子孙所写。但通过此文至少可以判断，至五世纪末左右，日本列岛上已有能够书写汉字、撰写汉文公文的人才了。

二、汉文化东渐的中转地——朝鲜半岛

从春秋战国时期开始，中国的一些老百姓为了躲避战乱，陆续迁移至朝鲜半岛，在朝鲜半岛地区开展农业生产。这些迁徙至朝鲜半岛的汉人移民中，又有一部分辗转迁往日本列岛。因此，从东亚的地理位置和居民构成两方面来考虑，朝鲜半岛作为汉文化传播扩散的中转地，发挥着巨大的作用。在考察汉文化东渐时，将中日间的直接交往纳入视野进行论述的同时，还必须重视日本与朝鲜半岛的往来。学术界普遍认为，很早以前朝鲜半岛就成为汉文化传播的中转地，汉文化经由朝鲜半岛传播至日本。

据日本正史《日本书纪》卷九记载，仲哀天皇九年（200），神功皇后征伐朝鲜，登陆朝鲜半岛后便立即采取"入其国中，封重宝府库，收图籍文书"[①]的措施，保护汉文典籍。因而，日本史学界有学者认为，在神功皇后远征新罗后，汉文化经由朝鲜半岛传至日本。江户时期的学者松下见林在《本朝学源》中曾指出，通过远征新罗，三韩（朝鲜半岛）的文献全部归日本所有。伊地知季安在《汉学纪原》中同样断言，从海西（朝鲜半岛）大量流入日本的汉文书籍为神功皇后亲征新罗时获得。中国史书《汉书·高帝纪》中记载："乃封秦重宝财物府库，还军霸上。萧何尽收秦丞相府图籍文书。"[②] 这是一段汉高祖刘邦进入咸阳时的史实，同日本神功皇后收藏书籍文册的记载十分相似。因而有学者论断《日本书纪》的相关记载有可能是日本史官为了夸耀日本统治者的文治武功，刻意模仿《汉书》而制造的假说。但既然有此杜撰，那么此一时期的日本宫廷应该收藏

---

① 国史大系卷一·日本書紀 [M]. 東京：経済雑誌社、1897：第165頁
② 班固撰，许嘉璐主编. 二十四史全译（珍藏版）·汉书 [M] 上海：汉语大词典出版社，2004：第7—8页

有用汉文书写的"图籍文书"。作为汉文经籍东渐日本之起点的"图籍文书"可谓促进日本社会文明开化的利器。

若以上列举的神功皇后的相关史料不足以取信，那么应神十六年（285），日本史书中正式记载百济博士王仁赴日，献出《论语》十卷、《千字文》一卷之事则是最确切的具有代表性的史实。有关此事件的详细记载如下：

> 十五年秋八月壬戌朔丁卯，百济王遣阿直岐贡良马二匹。即养于轻坂上厩。因以阿直岐令掌饲，故号其养马之处曰厩坂也。阿直岐亦能读经典，即太子菟道稚朗子师焉。于是天皇问阿直岐曰，如胜汝博士亦有耶。对曰，有王仁者，是秀才也。时遣上毛野君祖荒田别，巫别于百济，仍征王仁也。其阿直岐者，史之始祖也。十六年春二月，王仁来之。则太子菟道稚朗子师之。习诸典籍于王仁，莫不通达。所谓王仁者，是书首等之始祖也。①

关于此事，《古事记》中亦有与上述记录大致相同的记载如下：

> 亦，百济国王照古王以牡马一疋、牝马七疋付阿知吉师以贡上。亦，贡上横刀及大镜。又，科赐百济国，若有贤人者贡上。故受命以贡上人，名和迩吉师。即《论语》十卷，《千字文》一卷，并十一卷，付是人，即贡进。②

上述内容与《日本书纪》中关于王仁的记载相比，除王仁的名字变为"和迩吉师"外，其余内容大致相同。"和迩吉师"与王仁大概为同一人，因日语中姓名的读法有和音和汉音的区别，以致出现了不同的记载。《古事记》中更为详细地记载着"和迩吉师"东渡日本时携带了"《论语》十卷"和"《千字文》一卷"，较之《日本书纪》的记述更加具体。此外，

---

① 国史大系卷一·日本書紀［M］．東京：経済雑誌社、1897：第184頁
② 国史大系卷七·古事記·旧事本紀·神道五部書·釈日本紀［M］．東京：経済雑誌社、1898：第117頁

《古语拾遗》中也记载有王仁东渡日本的史实："轻岛丰明朝百济王，贡博士王仁，是河内文首始祖也。"① 综上所述，汉文典籍经由王仁正式传入日本已是公认的事实。从王仁开始，日本朝廷不仅通过朝鲜半岛输入汉文典籍，受容汉字和汉文，还通过百济聘请汉文人才赴日，教授日本皇室贵族汉字汉文，学习汉文化。正如王勇先生所述："随同外来人一起赴日的书籍诱发了东亚式的思考，成为新文化产生的刺激源，这一点应该是确定无疑的。"②

王仁之后，百济源源不断地向日本输出汉文人才。《日本书纪》卷一七的继体七年（513）夏六月条记载百济贡"五经博士段杨百济"，继体十年（516）秋九月条中亦记载百济"另贡五经博士汉高安茂，请代博士段杨百济，依请代"③。五经博士高安茂抵达日本后，教授日本皇室和贵族汉文。至此，从百济派遣五经博士到日本的交替制度正式确立下来。又据《日本书纪》记载，在六世纪以前的日本，能书写汉文的人仅限于从朝鲜半岛或者从中国迁徙而来的移民及其子孙。履中天皇（400—405）时期，从朝鲜半岛赴日的汉人移民阿知使主修建了"内藏"，并作为"藏官"管理日本朝廷的出纳，而出纳记录文字正是汉文。雄略天皇（456—479）时期，再次修建"大藏"，管理出纳的是汉人移民弓月君之子孙秦氏，负责记录的则是阿知使主的子孙东文直和王仁的子孙西文首。由于当时从东亚大陆渡海而来的汉文人才数量稀少，在庶民阶层中普及汉文教育十分困难，加之汉文典籍的讲习也面临困难，汉文普及进展十分缓慢。在日本列岛的原始居民中，仅少数上流社会的贵族和朝廷官员能书写汉文。

其后，由于汉传佛教的东渐，汉文化的传播范围逐渐扩大，传播速度显著加快。佛教在公元前后从印度传到中国，被消化吸收为汉传佛教后于384年左右传至百济，又经过了一百五十年左右的时间传至日本，最终达到东渐的终点。在古代东亚世界中，赴中国求法的日本和朝鲜僧侣作为重要的文化传承者，其地位并不逊于以博士为代表的儒家学者。而且作为文

---

① 斎部広成. 古语拾遗［M］. 東京：相悦堂、1870；第 15 頁
② 王勇. 書物の中日交流史［M］. 東京：国際文化工房、2005；第 12 頁
③ 国史大系卷一·日本書紀［M］. 東京：経済雑誌社、1897；第 293 頁

化的传递者，他们发挥着比儒家学者更大的作用，是汉文化东渐的主要推动者。公元545年，朝鲜半岛的百济修建了六丈高的佛像，佛像表面书写着赠给日本钦明天皇的愿文。该愿文为当时的日本人所熟知，《日本书纪》中亦记载了百济建造该佛像的记录。另据《日本书纪》钦明十三年（552）冬十月条记载，百济圣明王派遣西部姬氏等人向日本朝廷献上佛像、佛具，还同时贡上"经论若干卷，别表赞，流通礼拜功德"①。这两条记载是佛教传入日本的最早记录。虽然围绕佛教的接受问题，日本贵族苏我氏和物部氏之间曾经产生争端，但佛教从朝鲜的百济传入日本却成为汉字与汉文发展的良好契机，汉文书写的愿文、经论、表赞等佛教经典逐渐传入日本。激烈的争端以崇佛派苏我氏的胜利而告终，佛教信仰迅速在日本上层社会盛行开来。随着佛典的传入，汉文书写的易学、音乐、文学、历法等典籍也被输入日本。钦明十五年（554），五经博士王柳贵与固德马丁安交替，同时易博士、历博士、医博士及采药师等海外专业人才的交替也开始实施。

此一时期，拥有各类专业技能知识的百济人也频频赴日，带去了各种古代文化与科技，从百济赴日的僧侣则负责教授日本皇室和贵族汉译佛典。比如，崇佛的圣德太子就曾师从高丽僧侣惠慈学习佛教经典。佛教的引入在日本上流社会掀起了日益高涨的学习汉文的风潮。然而，履中天皇时期设置的"诸史"②的渡来人子孙却享受着朝廷的优待，家传的汉文学业日渐懈怠，甚至到了无一人能解读高丽给日本朝廷的上表文的地步。关于此事，《日本书纪》敏达天皇元年（572）五月丙辰十五日条中有如下记载：

> 天皇执高丽表疏授于大臣，召聚诸史令读解之。是时，诸史于三日内皆不能读，爰有船史祖王辰尔能奉读释。由是，天皇与大臣俱为赞美曰，勤乎辰尔，懿哉辰尔，汝若不爱于学，谁能读解。宜从今始近侍殿中。既而诏东西诸史曰，汝等所习之业何故不就，汝等虽众不

---

① 国史大系卷一·日本書紀［M］．東京：経済雑誌社、1897：第331頁
② 《日本书纪》卷十二履中天皇四年秋八月辛卯朔戊戌条中记载："始之于诸国置国史。记言事达四方志。"

及辰尔。又高丽上表疏书于乌羽，字随羽黑，既无识者。辰尔乃蒸羽于饭气，以帛印羽，悉写其字。朝廷悉异之。①

身为"诸史"的渡来人后代花费三天时间也未能读懂高丽的国书，王辰尔却奉天皇之命成功解读了国书的内容。敏达天皇嘉奖了王辰尔，也责备了"诸史"的怠惰。从这则逸事可以看出，六世纪日本朝廷官员的汉文读写能力已经远远落后于当时急剧增长的汉文读写需求了。上古时期，经由朝鲜半岛赴日的东亚大陆移民子孙所具备的汉文能力并不能让日本应对与大陆的外交和文化交流活动时游刃有余。由此可以判断，对于日本而言，通过汉文化的中转站——朝鲜半岛学习汉文化是不全面、不充分的。以佛教东渐日本为开端，为适应加速发展的中日文化交流的新形势、新需求，日本不得不开始寻求更直接全面的交往方式。

综上所述，由于东亚诸国拥有共同的政治外交与宗教思想，以汉字为代表的汉文化覆盖了整个东亚地区。首先，日本为维持与中国封建王朝的交往，很早就开始学习以汉字为代表的汉文化，与中国朝廷缔结的册封关系更是成为日本接受汉文化的第一个契机。其次，若将日本和朝鲜半岛的交流也纳入研究视野，考察日本上古时期汉文化的传播和接受，其媒介就不仅是缺乏持续性的中日政治册封关系，且主要是通过与朝鲜半岛的各种交流来实现的。最后，汉文化东渐日本的另一契机则是大量汉译佛典伴随佛教东渐传入日本。

三、日本遣唐使时代的汉文典籍东渐

618年，隋朝灭亡，唐朝建立，从此开启了中国历史上近三百年的政治经济文化的繁盛时期。唐朝采取与周边诸民族与国家构筑平等友好外交关系的对外政策，来长安朝贡的各国使节和学习汉文化的留学生人数迅速增加。唐太宗曾在诗中吟咏此种"万国来朝"的外交盛况："指麾八荒定，怀柔万国夷"(《幸武功庆善宫》)、"车轨同八表，书文混四方"(《正日临

---

① 国史大系卷一·日本書紀 [M]. 東京：経済雑誌社、1897：第349—350頁

朝》）①，夸耀他征服周边诸国并将汉文教育普及天下的文治武功。作为东亚诸国的一员，日本也受到了大唐文明繁荣与对外开放政策的吸引。推古三十一年（623），从隋朝回来的日本学问僧和留学生向日本天皇上奏："大唐者，法式备定，珍国也，常须达。"② 根据这一报告，日本朝廷决定从唐朝全面移植先进文化，开始实施定期派遣使者入唐的国策。据《日本书纪》记载，以公元630年日本朝廷第一次派遣遣唐使③为开端，到公元894年由菅原道真上奏建议停止派遣入唐使为止，共任命了十九次（其中有三次被终止，实际成行的有十六次）遣唐使。然而，日本学界普遍认为明确地以遣唐使之名出使唐朝的日本使节团前后共十三次。④ 关于遣唐使的入唐目的，木宫泰彦如此下结论："前后十三次遣唐使中，天智朝时期的使节皆因为考虑到与百济，以及与唐朝的政治关系而派遣；孝谦朝时期的遣唐使则是为了购买修建东大寺大佛的黄金而派遣；其余各次是为了输入唐朝的先进文化而派遣。"⑤ 为了模仿唐朝的文物制度，通常是入唐使节与留学生、学问僧等几百人一同前往，这是遣唐使派遣的一大特征。甚至可以说迎送留学生和学问僧是日本遣唐使的一项重要任务。派遣遣唐使的时代是日本不满足于以往单纯的形式上的片面模仿或经由朝鲜半岛间接输入汉文化，而以极大热情深入品味汉文化真髓，彻底全面学习汉文化的时代。

日本遣唐使承担着从唐朝引入先进文化的职责，这在当时可谓影响日本国运的重大事业。而这一任务的顺利完成不仅要求遣唐使自身必须具备极高的汉学修养，还必须通过他们入唐求书来实现。获得入唐资格的使节或留学生都是经由日本朝廷严格选拔的优秀汉学人才，一般精通汉语，具有较高的儒学或汉诗文修养。遣唐使节及入唐留学生来唐后，基本上都会

---

① 彭定求等编，中华书局编辑部点校. 全唐诗（增订本）[M]. 北京：中华书局，1999：第3-4页
② 国史大系卷一·日本書紀 [M]. 東京：経済雑誌社、1897：第391頁
③ 舒明天皇二年（630）八月，日本朝廷派遣犬上御田锹、药师惠日前往唐朝。为接待日本遣使，唐朝于舒明天皇四年（632）八月派遣高表仁作为答使为犬上御田锹一行送行，留学隋朝的学僧灵云、僧旻以及新罗送使随行，十月抵达日本难波（现今大阪），此为日本第一次派遣遣唐使。（参考《日本书纪》）
④ 木宫泰彦. 日華文化交流史 [M]. 東京：富山房、1977：第74-84頁
⑤ 木宫泰彦. 日華文化交流史 [M]. 東京：富山房、1977：第74-84頁

直接奔赴长安。进入长安后，日本留学生入国子监下属的六学馆学习各种专门知识，日本使节则从事外交文化活动后回国。这些来唐的日本人有深厚的汉学修养，顺理成章地成为汉文典籍东渐的推手。对此，王勇先生曾论述："在遣隋使和遣唐使制度存续的约三百年间，虽然东亚局势时时发生激烈变动而难以一言概之，但对中国书籍的需要乃是派遣遣唐使的原动力，基本上没有遣唐使不承担着输入书籍这一使命的。"① 诚然，日本遣唐使西渡大唐，目睹唐王朝的强大，殷切希望学习、追赶唐朝的先进文化。他们除了学习汉文化外，也积极购买汉文书籍。关于他们四处收集各类汉文书籍的情况，《旧唐书·东夷传》中如是记载："所得锡赉，尽市文籍，泛海而还。"② 证明了日本遣唐使每次入唐，都花费重金求购文集携归。

　　根据中日两国大量文献记载，不仅历次来唐的日本遣唐使热心购入书籍，跟随使节团入唐的留学生和学问僧也把购入书籍作为留学的主要目的。这些日本留学生和学问僧携归的汉文书籍在一定程度上也能直观反映出他们留学的成果。试举一例，八世纪跟随第九次遣唐使入唐的留学生吉备真备带去日本的书籍数量极其庞大。由他带去的《唐礼》一百三十卷规定了唐朝的典礼规范，对日本朝廷庆典仪式规范的形成起到了十分重要的作用。此外，《续日本纪》还记载了他带去历法相关的《大衍历经》一卷、《大衍历立成》十二卷、音乐书《乐书要录》十卷等书籍的相关史实。又据《扶桑略记》记载，吉备真备几乎带回了当时唐朝所有学问相关的书籍，包括《东观汉记》一百四十卷在内的历史、经典、法律、阴阳、天文、雕刻、汉字发音、书法、秘术占卜等书籍。并且，他作为第十一次遣唐使的副使再度入唐，再次收罗了大量汉文书籍，将其带回日本。回国后，吉备真备因其入唐经历，出任大学寮助教，为当时的皇太子（后来成为孝谦天皇）讲授汉籍《礼记》与《汉书》，其后，得到孝谦天皇重用，位居右大臣的高位。可以说，以吉备真备为代表的入唐使节和留学生购买大量汉籍运回日本，极大地推动了汉文化在日本的传播。

　　由于遣唐使入唐的主要目的之一还在于学习汉传佛教，因而入唐求法

---

① 王勇. 書物の中日交流史 [M]. 東京：国際文化工房、2005：第29頁
② 刘昫等撰. 旧唐书 [M]. 北京：中华书局，1975：第5341页

的日本学问僧数量远远超过了遣唐留学生。从七世纪末至九世纪，佛教在日本被称为"国家佛教"，其特征是利用佛教的统治来保证国家机器的正常运转，同时运用佛教来确保国家的稳定。① 由于佛教与日本的国家安定密切相关，前往唐朝求法便成了国家事业，每次遣唐使入唐，日本朝廷都会出资派遣学问僧随行。日本学问僧在求法的热情、求知的欲望以及现实功利心的驱使下，往往经历惊涛骇浪，滞留唐土数十载，遍访唐朝名寺高僧，努力学习佛法，参加佛事活动，抄写佛教经典，购置各类汉籍佛典带回日本。

学问僧的频繁入唐加速了汉籍特别是汉译佛典的引入。绝大多数入唐的日本学问僧都将收集佛教经典作为入唐的重要使命。他们往往以个人名义购买，最先带回日本的是经卷、佛像、佛画、佛具，后来则主要是文集、诗集、药品、香料之类。这些均是他们在唐朝费心搜集、亲笔抄写得来，或是从菲薄的留学资费中匀出一部分钱购买所得。在交通极为不便的时代，他们为运送这些物品付出了不少辛劳，甚至牺牲了生命。据传，奈良时代与吉备真备同期入唐的学问僧玄昉就曾历经千辛万苦"赍经论五千余卷及诸佛像来"②，行贺带回《圣教要文》五百余卷，道璿带回《华严章疏》，佛彻请来多部密教典籍。③ 在东渡日本的众多佛家文物中，以唐僧鉴真及其弟子带去的物品最为引人注目，以下为一段关于鉴真及其弟子带去的书籍的记载：

《大方广佛华严经》八十卷、《大佛名经》十六卷、金字《大品经》一部、金字《大集经》一部、南本《涅槃经》一部四十卷、《四分律》一部六十卷、法励师《四分疏》五本各十卷、光统律师《四分疏》百廿纸、《镜中记》二本、智周师《菩萨戒疏》五卷、灵溪释子《菩萨戒疏》二卷、《天台止观》（计四十卷）、《法门玄义文句》各十卷、《四教义》十二卷、《次第禅门》十一卷、《行法华忏法》一卷、《小止观》一卷、《六妙门》一卷、《明了论》一卷、定宾律师《饰宗

---

① 家永三郎. 日本文化史 [M]. 東京：岩波書店、1966：第 53—54 頁
② 国史大系卷二・続日本紀 [M]. 東京：経済雑誌社、1897：第 266 頁
③ 木宮泰彦. 日華文化交流史 [M]. 東京：富山房、1977：第 198 頁

义记》九卷、《补释宗义记》一卷、《戒疏》二本各一卷、观音寺（亮）律师《义记》二本十卷、（终）南山宣律师《含注戒本》一卷及疏、（怀道律师《戒本疏》四卷）、《行事抄》五本、《羯磨疏》等二本、怀素律师《戒本疏》四卷、大觉律师《批记》十四卷、《音训》二本、《比丘尼传》二本四卷、玄奘法师《西域记》一本十二卷、终南山宣律师《关中创开戒坛图（经）》一卷、法铣律师《尼戒本》一卷及疏二卷，合四十八部……①

根据上述清单可以基本断定，大量与佛教相关的书籍随鉴真东渡而被运往日本，他携至日本的大部分书籍虽为汉译经卷，但《镜中记》和玄奘法师《西域记》却被认为是汉文学作品。数量如此丰富的汉文书籍自然促进了日本佛教的兴隆，也在一定程度上推动了日本汉文学的发展。

不仅佛教书籍输入日本，中国的经书和史书也渐渐被日本人传抄，至奈良时代末期已广泛传播到日本各地。从《续日本纪》的神护景云三年（769）十月条的记载可窥其一斑：

大宰府言，此府人物殷繁，天下之一都会也，子弟之徒，学者稍多，而府库但蓄五经，未有三史正本，涉猎之人，其道不广，伏乞列代诸史，各给一本，传习管内，以兴学业。诏赐《史记》《汉书》《后汉书》《三国志》《晋书》各一部。②

上文言及的"大宰府"即现今的博多港，自古以来日本便将这一港口作为与东亚大陆交通的门户。如上文所述，作为汉文化东渐至日本的最初抵达地点，奈良时代的"大宰府"有很多学习汉学的日本人，他们不仅学习"四书五经"等经书，还开始涉猎《史记》《汉书》等史书，对学习汉文化的需求日益增强。

奈良时代的日本留学生、学问僧大都跟随遣唐使船入唐。平安时代中

---

① 真人元开著，汪向荣校注. 中外交通史籍丛刊·唐大和上东征传［M］. 北京：中华书局，1979：第87—88页
② 国史大系卷二·続日本紀［M］. 東京：経済雑誌社，1897：第515頁

期以后，遣唐使被废止，日本学问僧则改乘唐人商船入唐。即便如此，平安以降，学问僧反而更加频繁地往来于中国和日本之间。与遣唐使时期的长期滞留唐土不同，这一时期不仅有众多唐人商船往返于两国间，大大方便了日本僧的入唐求法，而且日本僧多以"请益生"的形式短期滞留，求法的重点也主要侧重于收集唐人书籍。例如，从"入唐八大家"的最澄、空海、常晓、圆行、圆仁、惠运、圆珍、宗睿等僧侣的请来目录中，可知由他们携去的汉籍总数达两万卷以上。以下列出部分目录作为参考：

○最澄　《佛教大师将来台州录》(128 卷)、《佛教大师将来越州录》(102 卷)

○空海　《御请来目录》(461 卷)

○常晓　《常晓和尚请来目录》(60 卷)

○圆行　《灵严寺和尚将来法门道具等目录》(160 卷)

○圆仁　《日本国承和五年入唐求法目录》(165 卷)、《慈觉大师在唐送进目录》(131 卷)、《入唐新求圣书教目录》(584 卷)

○惠运　《惠运禅师将来教法目录》(180 卷)、《惠运律师书目录》(222 卷)

○圆珍　《开元寺求得经疏记等目录》(156 卷)、《福州温州台州求得经论疏记》(458 卷)、《外书目录》(115 卷)、《青龙寺求法目录》(772 卷)、《日本比丘圆珍入唐求法目录》(1000 卷)、《智证大师请来目录》(1064 卷)

○宗睿　《书写请来法门等目录》(143 卷)、《禅林寺宗睿僧正目录》(89 卷)[1]

然而，颇为遗憾的是除上述总目录外，大量由入唐诸家携归的文学书籍在请来目录中仅留零散记录。据日本学者木宫泰彦的研究，圆仁的《入唐新求圣书教目录》中可见他在唐收集的佛教诗集《法华经廿八品七言诗》、诗学专论《诗赋格》《开元诗格》以及若干当时唐人的诗文集，如《祝无膺诗集》《杭越寄和诗集》《嗣安集》《丹凤楼赋》《杭越唱和诗》《进

---

[1]　木宫泰彦. 日華文化交流史［M］. 東京：富山房、1977：第 200 頁

士章嶧集》《僕郡集》《庄翱集》《李张集》《杜员外集》《台山集》《杂诗》《白家诗集》等。宗睿的《书写请来法门等目录》中亦可见与汉诗文相关的《六王名例立成歌》《削繁加要书仪》《西川印子唐韵》《同印子玉篇》等书名。不难看出平安时代汉诗、汉文的传入不仅在数量上充实了汉籍，还为当时的日本诗坛带去了最新的唐代文学信息。但是相比大量佛教经籍的传入，文学类书籍仍然数量偏少，其原因大概是日本学问僧奉朝廷之命，用国家资助的金钱入唐原本是为求法，所以归国后呈献朝廷的请来目录中的书籍要以佛教经典为主，而无法将诗文集以及其他杂书录入其中。

此外，其他有名或无名学问僧带回日本的物品亦不在少数。他们虽不及"入唐八大家"那样请来大量书籍，但亦贡献不小，其请来的书籍成为汉籍输入的补充。宇多天皇宽平年间，藤原佐世奉朝廷之命编纂的《日本国见在书目录》是清和天皇贞观十七年（875）冷泉院遭受火灾，请来的图书尽毁后，又重新从唐朝收集来的书籍目录。其中所录书籍包括当时大学寮、图书寮、弘文院、校书殿以及天皇私人的藏书，共计达到一千五百种、一万六千卷以上，这个数字应该是当时日本的汉文书籍的总量。① 这个数量还相当于《隋书·经籍志》（三千一百二十七种）和《旧唐书·经籍志》（三千零六十种）的一半，说明当时的中国书籍至少已有一半传入日本。

调查平安时代中期日本贵族的日记，可发现他们的读书量虽然已远超奈良时代的日本知识分子，却依然强烈憧憬着汉文书籍。据《小右记》记载，长元二年（1029）三月，为了阅读最新渡来的汉文书籍，平安贵族藤原赖通在自家府邸之中请大中臣辅亲将《广韵》《玉篇》《白氏文集》让与他。② 又举一例，作为平安时代贵族知识分子的代表，藤原赖长被人们所熟知。他在日记《台记》中翔实记录了贵族阅读汉文书籍的日常生活。据日记记录，自康治二年（1143）九月二十九日至当年除夕，他看过的汉文书籍竟达到一千零三十卷。其中包括经家三百六十二卷、史家三百二十六卷、杂家三百四十二卷。数量之多足以令现代的读书爱好者都感到吃惊。

---

① 矢島玄亮. 日本国見在書目録－集証と研究－［M］. 東京：汲古書院、1987：第37－234頁
② 藤原実資. 小右記［M］. 東京：日本史籍保存会、1915：長元二年三月条

而且，据九月二十四日的日记记载，藤原赖长从宋商刘文仲处获赠《东坡先生指蒙图》《五代史记》《唐书》后，支付给他沙金三十两，同时交给刘文仲数目庞大的索书目录（该目录为五经《周易》《尚书》《诗经》《礼记》《春秋》一类注释书，总数达一百二十九部），请求他回唐购置并带至日本。①

较之奈良时代的知识分子，十世纪左右的日本读书者在选择书籍方面更鲜明地体现出个人或社会的嗜好。流传至日本的诗文中广受欢迎的《白氏文集》便是一个显著例子。《江谈抄》卷四中记载了一则逸闻：嵯峨天皇曾对小野篁吟咏"闭阁唯闻朝暮鼓，上楼空望往来船"之句，小野篁立即指出用"遥"比"空"更好。实际上，嵯峨天皇秘藏了《白氏文集》，刻意替换诗中一字以试验小野篁的诗才。② 由此可见，平安时代的宫廷诗人已经开始有意识地挑选传入日本的中国古典诗歌，并使其成为日本汉诗创作的材料。同时，这也表明日本人开始懂得活用学到的中国文学知识，尝试创造新的日本汉文学。

综上所述，在日本奈良、平安时代的三百年间，得益于入唐的留学生、学问僧所习得的汉文化以及由他们输入的汉籍，日本一边接受最新的汉文化刺激，一边开始逐渐吸收汉文化，努力与汉文化的发展趋势保持同步。并且，此一时代的日本人不断将引入的先进汉文化规整醇化、咀嚼融合，最终使唐风遍及社会生活和思想文化的各个领域，迎来了以汉诗为代表的日本汉文学的第一次高潮。

四、律令国家的汉学人才培养

如上文所述，不论是东渡赴日的汉文人才，还是由遣唐使带回日本的汉文书籍，一定程度上都是古代日本人为输入先进的汉文化付出努力的结果。日本人积极吸收汉文化的原因主要是前文已言及的出于维持与中国封

---

① 藤原赖长著，增补史料大成刊行会编. 台记［M］. 東京：臨川書店、1966：康治二年九月条
② 国史研究会编，国史叢書. 古事談・続古事談・江談抄［M］. 東京：国史研究会、1914：第 373 页

建王朝外交关系以及接受汉传佛教的需要，但另一个重要原因则是为了应对日本国内的政治形势，建立起与唐王朝类似的律令制完备的新国家。

七世纪以后，日本进入律令制时代。从645年的大化改新开始，至701年《大宝律令》的颁布为止，日本历经约五十年时间，最终模仿唐朝建立起了律令制国家。日本律令的主要内容基本与中国律令一致，并使用汉文书写。日本最初的汉文公文记录出现在《日本书纪》履中天皇四年（403）八月八日条，记载了天皇下令诸国设置史官，并命令史官必须向中央朝廷汇报情况。① 在平假名、片假名出现的平安时代以前，日本人提到文字只知道汉字，而史官的设置则使汉字和汉文的使用更为盛行。

奈良、平安时代的日本与中国的外交文书往来、国内的法典、律令制国家政务的相关书籍全部使用汉文，甚至连日本全国的人口数量和户籍也使用汉文来登记。作为日本使用汉文的考古学上的证据，还有日本平城京遗址和国衙遗址中发掘的汉文木简。暂且不论作为日本律令制国家基本政治理念的儒学的重要性，奈良、平安时代的日本统治者最期待的还是能够在刚形成基本框架的律令制中运用的实用知识，即与律令书写相关的汉文。关于日本律令制和汉文使用的关系，日本学者山口修在《日中交涉史：文化交流二千年》一书中指出，理解日本律令制的本质不外乎是理解和学习中国古典文化的过程。熟悉掌握中国古典文化成为日本贵族官僚的必备修养。同时，在人物评价的基准中，汉学修养也占了很大比重，汉文学问水平是衡量当时贵族和官僚政绩的标准。② 山口修的观点表明，由于律令制的实施，日本朝廷对汉字表记的需求大大增加。对贵族和官僚而言，汉文能力已经成为重要的出仕条件。官僚必须具备流畅书写汉文的能力，越能书写优美流畅的汉文越能让人心悦诚服。在这样的社会文化背景下，汉诗文在奈良、平安时代的日本上流社会成了不可或缺的存在，精通汉文甚至成为连天皇都必须具备的素养。

为适应新的文化需求，培养能熟练掌握汉文的律令制国家官僚，大化改新后的日本开始发展汉文教育事业。日本的汉文教育始于天智朝，发展并最终完成于天武朝。当时的日本学制模仿唐朝，除大学外，在京城设国

---

① 国史大系卷一·日本書紀［M］．東京：経済雑誌社、1897：第215頁

② 山口修．日中交渉史：文化交流二千年［M］．東京：東方書店、1996：第49—51頁

子监，其下设国子学、太学、律学、书学、算术学等六学。并且，中央设置的大学寮内除明经外，还有纪传道和算术。据《日本书纪》记载，天智天皇时设大学寮，任命百济遗臣鬼室集斯为学职头，留唐归国的高向玄理和僧旻为博士；天武天皇时在京城设大学，在诸国设国学。其后，从桓武天皇时期开始，在大学设劝学田，并大力奖励汉文学。私立学校也相继设立起来，藤原氏的劝学院、橘氏的学馆院、和气氏的弘文院、在原氏的奖学院、恒贞亲王的淳和院以及空海的综艺种智院等纷纷创立，各级学校都为汉学人才的培养发挥了重要作用。

为管理大学和国学，日本朝廷在颁布养老律令时，还设定了"学令"。翻阅其内容，当时日本的汉文教育实施情况便一目了然。关于教员和学生的选拔，《令义解》卷三的"学令"中如此规定：

> 凡博士助教，皆取明经堪为师者，书算亦取业术优长者。凡大学生，取五位以上子孙及东西史部子为之。若八位以上子，情愿者听。国学生，取郡司子弟为之。并取年十三以上十六以下，听令者为之。①

根据上述规定可知，大学和国学的教员都是精通明经和书道的汉学者，只有五位官阶以上的官员、东西史部的子弟和郡司的子弟才有入学资格。换言之，一般庶民是无法进入大学和国学的。由此推测，虽然日本朝廷设立的学校发挥着培养上、中级官员的作用，但汉文教育并未在日本社会得以普及。"学令"中还详细记载着大学教授的汉学的具体内容：

> 凡《经》《周易》《尚书》《周礼》《仪礼》《礼记》《毛诗》《春秋左氏传》，各为一经。《孝经》《论语》，学者兼习之。凡教授正业，《周易》，郑玄、王弼注。《尚书》，孔安国、郑玄注。三礼、《毛诗》，郑玄注。《左传》，服虔、杜预注。《孝经》，孔安国、郑玄注。《论语》，郑玄、何晏注。凡《礼记》《左传》，各为大经。《毛诗》《周礼》《仪礼》，

---

① 国史大系卷十二・令義解・類聚三代格・類聚符宣抄・続左丞抄 [M]. 東京：経済雑誌社、1898：第119頁

各为中经。《周易》《尚书》，各为小经。通大经者，大经内通一经，小经内通一经。若中经，即并通二经。其通三经者，大经、中经、小经各通一经。通五经者，大经并通。《孝经》《论语》须兼通。①

从上述清单所列的汉文书籍可知，儒学经典是日本大学寮教育的核心内容。学生的教学科目分为大经（《礼记》《左传》）、中经（《毛诗》《周礼》《仪礼》）、小经（《易经》《尚书》《公羊传》《谷梁传》），与唐朝大学寮的学习内容大致相同。并且，日本大学寮设有《孝经》和《论语》两个必修课程。日本的大学和国学中也有崇拜孔子的风气，每年开学时都会祭奠孔子，规定："凡大学国学，每年春秋二仲之月上丁，释奠于先圣孔宣父。其馔酒明衣所须，并用官物。"② 再者，入学的学生必须严格遵守规定，如"在学不得作乐，及杂戏。唯弹琴习射不禁。其不率师教，及一年之内违假满百日者，并解退"③ 等。同时，还制定了给优秀学生奖励官职的政策：

> 凡学生，通二经以上，求出仕者，听举送。其应举者，试问大义十条。得八以上，送太政官。若国学生，虽通二经，犹情愿学者，申送式部。考练得第者，进补大学生。凡学生，虽讲说不长，而闲于文藻，才堪秀才进士者，亦听举送。凡书学生，以写书上中以上者听贡。④

如上述规定所示，汉学才华出众的人都可以获得晋升的机会，在大学学业优秀的学生被赋予出仕资格，而国学的学生若成绩优秀则可获得进入大学学习的机会。总之，完善的奖罚制度为大学和国学顺利实施以儒学为

---

① 国史大系卷十二·令義解·類聚三代格·類聚符宣抄·続左丞抄 [M]. 東京：経済雑誌社、1898：第120頁
② 国史大系卷十二·令義解·類聚三代格·類聚符宣抄·続左丞抄 [M]. 東京：経済雑誌社、1898：第122頁
③ 国史大系卷十二·令義解·類聚三代格·類聚符宣抄·続左丞抄 [M]. 東京：経済雑誌社、1898：第122頁
④ 国史大系卷十二·令義解·類聚三代格·類聚符宣抄·続左丞抄 [M]. 東京：経済雑誌社、1898：第122頁

中心的汉文教育提供了保障,为律令制国家培养了大批汉学人才。

　　培养汉学人才的另一个途径是派遣遣唐使和留学生。日本留学生进入唐朝的大学和国学后,学习的内容也以儒家经典为主。例如,开元初年,来到长安的遣唐使节"因请儒士授经"[①],希望学习儒学并被特别允许参观孔子庙。唐政府还优待当时的日本留学生,将四门助教赵玄默派遣到当时唐朝的迎宾馆——鸿胪寺教授日本遣唐使,支持日本的汉学教育。

　　总之,通过建立各级学校,制定学令和派遣遣唐使、留学生等文化措施,汉诗与汉文在日本上层社会成为主流文化。从平安时代始,至遣唐使被废止的约一百五十年间,由于历代天皇奖励汉学,再加之日本贵族士绅的偏好,擅长汉诗文的文人也渐渐受到日本上层社会的重视,一时间兴起学问热潮,促进了诗学的大力发展。

---

① 刘昫等撰. 旧唐书[M]. 北京:中华书局,1975:第5341页

第二章

汉诗在唐代东亚地区的传播与接受

一、汉诗的传播方式与文化作用

自《诗经》诞生始,中国古典诗歌便取得了璀璨辉煌的文学成就。正如孔子所言"不学诗,无以言",数千年来,中国文人士大夫均喜好借诗言志、彰显性灵、抒发情感。唐代则是中国古典诗歌发展史上的全盛期。唐朝统治者终结了中国社会近四百年的分裂状态,建立起统一强大的王朝国家,在东亚地区甚至世界范围内都拥有占绝对优势的强盛国力和灿烂辉煌的文化。政治上,唐政府整顿隋朝的均田制和科举制,强化了中央集权的统治体制,成为后世中国王朝的政治制度典范;经济上,一改前朝苛政,施行农业保护政策,出现了封建经济的黄金时代;对外关系上,唐王朝的强大吸引了周边各国的朝拜,打开了中国古代规模最大的外交格局。可以说疆土统一、经济发展、政治稳定与对外开放的社会环境为诗歌的发展提供了客观条件。唐太宗还构筑了唐朝文治政策的基础,有利于崇文风气的形成。《贞观政要》卷七《崇儒学》中记载:"太宗初践阼,即于正殿之左置弘文馆,精选天下文儒,令以本官兼署学士,给以五品珍膳……又诏勋贤三品已上子孙,为弘文馆学生。"[1] 唐太宗即位后,设弘文馆,收集四部之书二十万卷,选天下文士担任学士,又增建国学,推荐精通经书之人任职文官。政府的大力支持使重视学问的风气渗透全国各个角落,唐太宗统治时期"国学增筑学舍四百余间,国学、太学、四门、广文亦增置生员,其书、算各置博士、学生,以备众艺。太宗又数幸国学,令祭酒、司业、博士讲论,毕,各赐以束帛"[2]。随着学校规模的逐渐扩大,唐太宗也亲自到教育机构视察,推进学问普及。

大唐的文治政策与高度发达的文明也影响到周边诸国,史书记载:"四方儒生负书而至者,盖以千数。俄而吐蕃及高昌、高丽、新罗等诸夷酋长亦遣子弟请入于学。于是国学之内,鼓箧升讲筵者,几至万人,儒学

---

[1] 吴兢著,骈宇骞、骈骅译. 贞观政要 [M]. 北京:中华书局,2009:第168页
[2] 吴兢著,骈宇骞、骈骅译. 贞观政要 [M]. 北京:中华书局,2009:第168页

之兴，古昔未有也。"① 可得知当时崇拜学问之风十分盛行，东亚诸国十分渴望学习唐文化。尤其唐代是中国古典诗歌的全盛期，对东亚各国文人而言，学习这种备受唐人欢迎的文学形式更是其发自内心的愿望。吟诵汉诗成为日本贵族必须掌握的技能，吟诗不仅是高尚的爱好，还被认为是与唐人交往必不可少的素养。诗歌赠答、应酬等文学活动成为官僚贵族的必备礼仪和游戏工具。因此，若要了解唐代东亚文人的精神世界，解读用汉字书写的东亚诗歌无疑是最有效的途径之一。正如王勇先生所述，尽管汉诗是一种起源于中国的文学类型，但对于七到十世纪的朝鲜半岛和日本的知识分子而言，汉诗作为文化传播和思想交流的手段，可谓东亚文化人共有的文化财产。②

唐人与来唐的各国使节、僧侣、文人交往，将中国古典诗歌传至海外各国，此为诗歌的"顺流"。但是，《通典》有言"大抵东夷书文并同华夏"，表明汉诗的传播范围仍然局限在东亚地区的朝鲜半岛、日本与越南，闻名天下的唐代诗人的价值当时只在这一地区才能得到认可。例如，唐朝萧颖士擅长教书育人，在新罗和日本亦久负盛名，日本人曾有尊其为师长的想法。关于此事，《全唐文》卷三九五《送萧颖士赴东府序》提道："先师微言既绝者千有余载，至夫子而后洵美无度，得夫天和。顷东倭之人，逾海来宾，举其国俗，愿师于夫子，非敢私请，表闻于天子，夫子辞以疾而不之从也。"可惜的是，《新唐书》卷二〇二《文苑列传·萧颖士传》中记载："倭国遣使入朝，自陈国人愿得萧夫子为师者，中书舍人张渐等谏不可而止。"这与《旧唐书》卷一九〇下《文苑列传》中"是时外夷亦知颖士之名，新罗使入朝，言国人愿得萧夫子为师，其名动华夷若此"的记载多少有些出入，《文苑列传》中希望召请萧颖士的外国使节并非日本使节，而是新罗使节。然而，不论召请国究竟是新罗还是日本，该记载都意味着希望引进汉诗文人才的国家同属东亚。

再举一例。《游仙窟》的作者张荐（字文成）在日本享有盛名，据《新唐书》卷一六一《张荐传》记载，"新罗、日本使至，必出金宝购其文"，《旧唐书》卷一四九《张荐传》亦记载："（张文成）下笔敏速，著述

---

① 吴兢著，骈宇骞、骈骅译. 贞观政要［M］. 北京：中华书局，2009：第168页
② 王勇. 書物の中日交流史［M］. 東京：国際文化工房、2005：第41页

尤多，言颇诙谐。是时天下知名，无贤不肖，皆记诵其文。……新罗、日本东夷诸藩，尤重其文，每遣使入朝，必重出金贝以购其文，其才名远播如此。"对日本和朝鲜半岛影响最大的唐代诗人当数大诗人白居易，元稹在《白氏长庆集》的序文中抒发感怀："又鸡林贾人求市颇切，自云：'本国宰相每以百金换一篇。……'自篇章已来，未有如是流传之广者。"① 可见唐人诗文早已名声大噪，被新罗和日本重金求购，携回本国。以上的几个例子大概可以反映出唐代东亚文化圈普遍使用汉文的核心特质。并且，东亚各国间直接的人员交往是诗歌流动的重要途径，唐诗的传播主要是通过入唐的东亚使节和留学生实现的。

汉诗不仅单向流传至以唐朝为中心的东亚诸国，也从日本和朝鲜"逆流"至唐朝。例如《扶桑略记》卷二十四《醍醐天皇·下》记载，宽建是奈良兴福寺的学僧，926年为了前往中国五台山巡礼，向日本朝廷申请渡海。入唐之际，宽建不仅随身携带菅原道真、纪谷长雄、橘广相、都良香等日本平安朝一流文人的诗集九卷，醍醐天皇还特别赐予宽建小野道风的书法二卷，热切希望他带往"唐家流布"②。又有新发现的日本大阪府河内长野市金刚寺寺僧禅惠1315年所著古文书《龙论钞》中转载了《淡海居士传》一文。据该文所记，奈良文人之首淡海三船曾委托遣唐使将所著《大乘起信论注》带给越州的祐觉，将《北山赋》带给长安的丹丘。唐灵越龙兴寺寺僧祐觉见《大乘起信论注》手不释卷，有诗赞曰："真人传起论，俗士著词林。片言复析玉，一句重千金。翰墨舒霞云卷，文花得意深。幸因星使便，聊申眷仰心。……大理评事丘丹见赋，再三叹仰：曹子建之久事风云，失色不奇。日本亦有曹植耶。"③ 可见日本也有优秀诗作逆流回唐土，这种"逆流"繁荣了唐代诗坛，给东亚文学交流增添了活力。

还有不少唐日诗文"交流"的现象，与"顺流""逆流"共同形成唐诗环流体系。这种"交流"常表现为中日文人间的送别寄赠，即文人间"诗的对话"。例如，盛唐时期的朝衡辞唐归国之际，唐人写了不少送别

---

① 元稹撰．冀勤点校．元稹集 [M]．北京：中华书局，1982：第555页
② 国史大系卷六·日本逸史·扶桑略記 [M]．東京：経済雑誌社、1897：第681－682頁
③ 後藤昭雄．平安朝漢文文献の研究 [M]．東京：吉川弘文館、1993：第19－37頁

诗。李白、王维、储光羲纷纷赠诗朝衡，王维的《送秘书晁监还日本国》诗并序描述了朝衡与唐朝友人"我无尔诈，尔无我虞"的亲密关系并褒扬他"名成太学，官至客卿"的显赫仕途。诗曰："积水不可极，安知沧海东。九州何处远，万里若乘空。向国唯看日，归帆但信风。鳌身映天黑，鱼眼射波红。乡树扶桑外，主人孤岛中。别离方异域，音信若为通。"①朝衡吟咏《衔命还国作》一诗回赠唐朝友人，诗曰："衔命将辞国，非才忝侍臣。天中恋明主，海外忆慈亲。伏奏违金阙，骈骖去玉津。蓬莱乡路远，若木故园林。西望怀恩日，东归感义辰。平生一宝剑，留赠结交人。"②表达了思念故土与不舍大唐的复杂心情。这些唐诗传播中的"交流"现象证明了日本人能够使用汉文吟咏诗歌，与唐人相互唱酬。唐诗的"顺流""逆流""交流"共同构成了唐诗在日本传播的环流体系。

然而，东亚诸国文人创作的汉诗，作为外交的辅助手段，多倾向于外交辞令，少有艺术价值较高的杰作。正如村井章介所言，"使者的诗文修养和遣词造句多与个人荣誉和国家体面直接相关"③，东亚汉诗的创作一开始便带有世俗的外交倾向。诚然，与语句僵硬的公文书相比，优雅的诗歌更能表达情感。中日文人邂逅或分别都吟诗，吐露"一面相逢如旧识，交情自与古人齐"的深情。吟诗是两国建立互信关系、开展亲善外交的有效手段。日本长屋王曾造袈裟一千领并托遣唐使带往中国，供养众僧。袈裟的衣缘上缝制了他的诗："山川异域，风月同天。寄诸佛子，共结来缘。"④表面上这只是一个佛事活动，实质上通过诗文表达了与唐朝亲善友好的愿望。诗文赠答还能使居于从属地位的小国使者从政治身份的束缚中解脱出来，获得宗主国的尊重。渤海使节释仁贞入日宫陪宴时曾作诗献给日皇："入朝贡国惭下客，七日承恩作上宾"（《七日禁中陪宴》），反映了日本对渤海使的礼遇。唐玄宗赠给日本遣唐使的《送日本使》曰，"念余怀义远，矜尔畏途遥"，表达了唐皇对日本使节的关怀。

---

① 彭定求等编，中华书局编辑部点校. 全唐诗（增订本）[M]. 北京：中华书局，1999：第 1288 页

② 彭定求等编，中华书局编辑部点校. 全唐诗（增订本）[M]. 北京：中华书局，1999：第 8456 页

③ 村井章介. 東アジア往還：漢詩と外交[M]. 東京：朝日新聞社、1995：序文

④ 彭定求等编，中华书局编辑部点校. 全唐诗（增订本）[M]. 北京：中华书局，1999：第 8456 页

东亚国家间除友好交往外，也时有摩擦和冲突发生，而诗文赠答可以跨越利害关系，缓和剑拔弩张的政治气氛。历史上新罗与日本频有战事发生，白村江海战使两国邦交极度恶化。长屋王却在私宅"作宝楼"大开诗宴，款待新罗来使。席间日本文人吟诵了一组"长王宅宴新罗客"诗群，表达依依惜别之情。诗曰："新知未几日，送别何依依""青海千里外，白云一相思""未尽新知趣，还作飞乖愁""赠别无言语，愁情几万端"。正如王勇等人所言："尽管新罗和日本在历史上作为对手政治关系异常紧张，但主客唱吟正与相互执行公事时的险恶气氛形成鲜明对比，氛围非常融洽。"① 可见用汉字书写的诗歌作为交流感情和思想的手段，使言语不通的两国人跨越了政治上的差异和对立，在辅助建立良好的外交关系上功不可没。总之，尽管在历史上新罗与唐朝的政治关系时而紧张时而和睦，但与官方往来微妙的政治气氛相反，唐人和新罗人进行诗歌唱酬时，气氛往往十分和谐。在政治上被定位为"下客"的新罗人，在诗歌世界中从身份地位的束缚中解放出来，加深了与唐人的友情。

唐诗还是衡量古代国家文明程度高低的重要指标，外交场合下的"诗文遣词造句的好坏直接关系到国家的体面和个人的名誉"②。大唐兴盛之时，东亚汉文化圈内各国均以炫示各自的汉文实力为交往之要务。双方交往的文牍均委国手书写，行文典故堆砌、辞藻冗缛，还要特选国手抄写。至于双方的诗文唱酬，亦被视为力逞国格的擂台赛。渤海使的屡次访日都被日廷视为番邦"海外慕化"的表现，《凌云集》所收《渤海入朝》诗云："乃知玄德已深远，归化纯情是最昭"，表现出日本人的文化优越感。日廷为避免失态，曾委派菅原道真、岛田忠臣等当时一流文豪接待渤海大使裴颋一行，菅原道真共赋诗十七首与之唱和。日本学者远藤光正曾评价："道真的诗格调高雅、遣词厚重，大量引用《文选》《尔雅》《诗经》《汉书》《史记》等汉典，通篇可见精心雕琢的痕迹。"③ 诚然，道真的诗句用典频繁、晦涩难懂。道真在遣词上如此煞费苦心，无疑也是出于彰显国格

---

① 王勇、久保木秀夫. 奈良平安期の日中文化交流－ブックロードから－[M]. 東京：農山漁村文化協会，2001：第14頁
② 村井章介. 東アジア往還：漢詩と外交[M]. 東京：朝日新聞社，1995：第58頁
③ 遠藤光正. 渤海国使と菅原道真の唱酬詩[A]. 東洋研究[C]. 東京：大東文化大學東洋研究所、1992：第53-87頁

的考虑。

正因为外交使臣代表了本国的文化水平，日廷惯常任命文化修养高的文人出访唐朝。选派的大使、副使、判官都精通汉学，随行人员中亦不乏硕学之士。例如，716年任命的第八次遣唐使押使多治比县守、大使大伴山守、副使藤原马养皆出身名门，尤其是藤原马养极富文才，有文集两卷行世，被称为"翰墨之宗"。他归国后更名藤原宇合，自视甚高。《怀风藻》收录其诗六首，为收诗最多的诗人。又如，804年的遣唐使判官菅原清公出身文章世家，《凌云集》收其诗二首，其中《越州别敕使王国父还京》是献给送行的唐朝官员的诗，诗云："我是东番客，怀恩入圣唐。欲归情未尽，别泪湿衣裳"①，表现了菅原清公敢于展露诗才的自信。而日廷选派藤原宇合、菅原清公出访唐朝无疑也是为了显示本国的汉文化水平。

汉诗还具有一种非公开的文化交往功能，它是东亚知识分子的共同语言，他们通过汉诗这一共通的媒介，交流情感，强化友情。例如，中唐时期的唐日诗文唱酬十分频繁，最著名的是日僧空海与唐人马总的离合诗唱和。《性灵集序》曰："和尚昔在唐日，作离合诗，赠土僧惟上，前御史大夫泉州别驾马总，一时大才也，因送诗云：'乃万里来，可非衔其才。增学助玄机，土人如子稀。'"②这里提到的空海所作离合诗即《在唐日作离合诗赠土僧惟上》一诗："蹬危人难行，石崄兽无登。烛暗迷前后，蜀人不得灯。"③空海、最澄回国时也得到不少唐人赠诗。钱起、孟光、毛焕、崔謩、全济时、林晕等文人，吴已、行满、许兰、幻梦等僧人作组诗《送最澄上人还日本国》相送。毛焕描述了最澄与唐人诗文往来的情况："未传不住相，归集祖行诗。举笔论蕃意，梵香问汉仪"；崔謩赞扬最澄汉学、佛学修养高深："问法言语异，传经文字同。何当至本处，定作玄门宗。"④至晚唐，圆仁、圆载、圆珍等日僧也得到皮日休、陆龟蒙等人赠

---

① 与謝野寛、正宗敦夫注. 日本古典全集·懷風藻·凌雲集·文華秀麗集·経国集·本朝麗藻［M］. 東京：日本古典全集刊行会、1926：第67頁
② 空海. 性靈集［A］. 弘法大師全集·第6卷［M］. 東京：筑摩書房、1984：第729頁
③ 空海. 拾遺雑集［A］. 弘法大師全集·第7卷［M］. 東京：筑摩書房、1984：第129頁
④ 王元明、增田朋洲. 中日友好千家诗［M］. 上海：学林出版社，1993：第21页

诗。皮日休的《送圆载上人归日本国》"讲殿谈余著赐衣，椰帆却返旧禅扉。贝多纸上经文动，如意瓶中佛爪飞"[1]，塑造了一位学识渊博的日本高僧形象；陆龟蒙的《闻圆载上人挟儒书洎释典归日本国更作一绝以送》"九流三藏一时倾，万轴光凌渤澥声。从此遗编东去后，却应荒外有诸生"[2]，描述了圆载收集汉典携归的情况。可见东亚文人用赠答诗或唱和诗的形式，吐露邂逅异国友人的惊喜，借送别诗抒发赞美之情和惜别之意。

关于东亚汉诗的文化作用，王勇先生论述道："汉诗多用于表达友好。与满篇充斥官方套话的官方文书相比，汉诗饱含个人情感，这或许对建立信任感起到一定作用。而且，汉诗被认为是衡量一个国家的文明程度的指标之一。在关乎国家颜面的外交谈判中，通过考察其文学素养来选拔使节，在东亚诸国并不少见。汉诗被认为是超越政治利害关系的沟通方式。"[3] 笔者采纳王勇先生的观点，认为在言语不通的东亚文人间，作为传达情感和思想的手段，汉诗这种共通的文学形式超越了各国的文化差异和政治对立，使东亚文人直接建立交流与联系，用汉字书写的诗歌在东亚文化交流史上所发挥的作用不容小觑。

二、汉诗的传播历程

人们通常认为东亚文化圈的汉诗传播以中国为中心，先传至朝鲜半岛，后蔓延至日本列岛。关于汉诗的传播，李氏王朝史学家涵虚子在《东国通鉴·外纪·檀君朝鲜》（徐居正等编，日本宽文丙午年重刊版）中有如下阐述：

> 箕子率中国五千人入朝鲜，其诗书礼乐医巫阴阳卜筮之流百工技艺，皆从而往焉。既至朝鲜，言语不通，译而知之，教以诗书。使其知中国礼乐之制，父子君臣之道，五常之礼，教以八条。崇信义，笃

---

[1] 王元明、增田朋洲. 中日友好千家诗 [M]. 上海：学林出版社，1993：第42页
[2] 王元明、增田朋洲. 中日友好千家诗 [M]. 上海：学林出版社，1993：第44页
[3] 王勇. 書物の中日交流史 [M]. 東京：国際文化工房，2005：第51—53页

儒术，酿成中国之风教，以勿尚兵斗，以德服强暴。邻国皆慕其义而相亲之，衣冠制度悉同乎中国。故曰：诗书礼乐之邦，仁义之国也，而箕子始之，岂不信哉。

从此文可看出，汉人移民箕子偕同五千人来朝鲜半岛定居，并教习当地人"诗书礼乐"，此为汉文化传播之开端。从此例推测，至少从上代的李氏王朝开始，在朝鲜半岛上就存在汉诗的传播了。历史上的朝鲜文学也是以汉文学为开端，最早的文学作品多数为汉诗。迄今发现的最早汉诗为丽玉咏叹的《箜篌引》："公无渡河，公竟渡河。坠河而死，当奈公何？"诗文为四言绝句，与《诗经》文风相近。据今人考证，诗歌《箜篌引》本为朝鲜族的朝鲜语歌谣，只是将其翻译成汉文，不能说是真正意义上的汉诗。高句丽琉璃王时期，有诗歌《黄鸟歌》诗云："翩翩黄鸟，雌雄相依。念我之独，谁其与归？"与《诗经》的诗风亦十分相似。据韩国史料《三国史记》中记载的传说，此诗是琉璃王为使离家的汉人爱妃回宫而咏唱的诗作。其后，三国时期的朝鲜半岛战乱纷纷，汉诗创作与东亚地区的政治形势紧密相关，汉诗开始用于朝鲜半岛的外交事务。例如《隋书》卷六十《于仲文传》中，乙支文德赠予隋朝将军于仲文的讽刺诗云："神策究天文，妙算穷地理。战胜功既高，知足愿云止。"[①] 此诗在遣词造句上颇下了一番功夫。这首短诗不仅在朝鲜与隋朝的战争中发挥了独特的作用，在鲜少有诗歌传世的三国时期，此诗亦属罕见的留存之作。

七世纪末，新罗统一朝鲜半岛，进一步推进了与唐朝的文化来往，汉诗传播的范围逐渐扩大。入唐的新罗文人数量庞大，留学、应考、就任官职者逐渐增多，唐朝的国学中新罗留学生占绝对多数。《唐会要》卷三十六记载，唐开成二年（837），新罗留学生的数量已达216人。毫无疑问，若再加上入唐的新罗僧侣，其数量将变得更为惊人。他们游历唐土，与唐代文人往来密切，吟咏了大量交往诗歌。新罗人入唐后历经留学、寄居生活，涌现出王巨仁、金地藏、金可纪、金立之、崔致远等有名诗人。新罗国内并无专门诗集，遗留至今的新罗诗人作品散落在《全唐诗》中，如新罗留学生崔承祐所作《送曹松入罗浮》、朴仁范所作《九成宫怀古》《江行

---

① 魏征等撰. 隋书[M]. 北京：中华书局，2019：第1633页

呈张秀才》、崔国裕所作《长安春日有感》《郊居呈知己》等。其中,最有名的一例是被称为"古今绝唱"的贾岛与高句丽使节的《过海联句》(《全唐诗》卷七九一)。高句丽使诗云,"沙岛浮还没,山云断复连",贾岛诗云,"棹穿波底月,船压水中天"①,可见高句丽使节与唐朝诗人的文学水平甚至已经不相上下。有名的旅唐诗人则有被称为统一新罗时期的汉文学鼻祖崔致远。崔致远在唐居住十六年,与唐朝文人结下友谊。他客居扬州之时,以其四年旅居经历和归途见闻为主题,创作了著名的《桂苑笔耕集》。在扬州,他还曾赠予淮南节度使高骈多首诗歌,在《谢借宅状》《谢职状启》《陈情上太卫》等诗中抒发同高骈的友情。他与唐朝文士杜旬鹤、顾云、吴峦、张乔等人也结下了诗文友谊。例如,他的《暮春即事和顾云支使》抒发了与顾云的情谊:"东风遍阅百般香,意绪偏饶柳带长。苏武书回深塞尽,庄周梦逐落花忙。好凭残景朝朝醉,难把离心寸寸量。正是浴沂时节日,旧游魂断白云乡。"②

  六世纪末左右,受到朝鲜半岛汉诗传播的影响,日本也开始接触汉诗。追溯汉诗东渐之源头,应该是阿直岐和王仁等人携《论语》《千字文》至日本此一历史事件。严格来说,《千字文》属韵文,可视之为广义的诗歌。又有《日本书纪》显宗天皇元年(485)三月上巳条记载,天皇巡幸至后苑,举曲水饮宴。很明显这是模仿东晋穆帝永和九年(353)三月三日上巳节,王羲之于会稽山阴兰亭设曲水流觞饮宴的风雅之举。若此事属实,曲水饮宴作为一种诗会,席间吟诗作赋亦是理所当然。由此推测,在当时的日本已出现了汉诗创作。有关汉诗东渐的确切证据可在推古十二年(604)颁布的圣德太子制定的《宪法十七条》中搜寻到。正如日本学者冈田正之先生所指出的那样:"《宪法十七条》摒弃六朝时辞藻富丽堂皇的弊端,洗练字句,用词简洁古朴,选取《诗》《书》《论》《孝经》《左传》《礼记》《管子》《墨子》《荀子》《韩非子》《史记》《文选》以及佛教书籍等广泛的辞书材料,努力避免原封不动沿袭前人,求变而用之。"③ 可知

---

  ① 彭定求等编,中华书局编辑部点校. 全唐诗(增订本)[M]. 北京:中华书局,1999:第 9006 页
  ② 崔致远著,李时人、詹绪左编校. 崔致远全集[M]. 上海:上海古籍出版社,2018:第 529 页
  ③ 岡田正之. 日本漢学史[M]. 東京:共立社書店、1929:第 40 頁

圣德太子在制定此道德规范之际，直接或间接地参考了《诗经》和《文选》这两部重要诗集。

七世纪，中大兄皇子即位，日本进入天智天皇时代。根据日本第一部汉诗集《怀风藻》的序文可知，天智天皇曾经学习过周公、孔子之道，并大刀阔斧地规整学制，试图振兴文教，还召请学士，设宴吟诗。同时，唐朝与日本开始了互派使者的外交事业。天智四年（665）九月，唐朝使节刘德高访问日本，天智六年（667）迁都近江后，日本于669年派使者访唐，唐朝亦派使者郭务悰率两千余人访问日本。在如此大规模的外交活动中，唐日两国使臣的诗赋酬唱必是数量可观。江村北海所著《日本诗史》亦曾记载天智天皇即位后，"鸾凤和鸣，圭璧喝彩，此始值商榷艺文"①。由此可以认为日本汉诗大致起源于天智天皇时期。这一时期，汉诗开始在日本宫廷贵族间流行并日渐兴盛。随着律令制国家官僚体制的完善，以及大学寮的整备与扩充，日本宫廷内的诸项庆典、宴会也逐渐唐风化，诞生了大量的宫廷诗歌，天皇将汉文诗赋定为正式的官方文学。《续日本纪》记载，在新年、曲水、七夕等传统节日，天皇在平城京的皇宫内时常组织饮宴，召请文士，举办诗会。如《续日本纪》圣武天皇神龟五年（728）三月条中记载，皇宫内玉兰盛开之际"天皇御鸟池塘""又召文人，令赋曲水之诗"。又有天平六年（734）七月条记载天皇"令文人赋七夕之诗，赐禄有差"②，此举开唐风讴歌之先河。七世纪后半叶以降，模仿唐诗的日本文学成果被收编在《怀风藻》之中。但是，《怀风藻》的大多数诗作都只是简单模仿中国古典诗歌，从文学表现手法上看并非独创，诗作内容则多为侍宴、从驾、宴饮、游览、述怀、闲适等，几乎千篇一律又极其枯燥地以为天皇歌功颂德作为诗文结尾，少有抒发自我真实情感的作品。

八世纪，随着遣唐使派遣事业的蓬勃发展，汉诗在日本的传播也逐渐兴盛。如，天平三年（731），光明皇后赐赠东大寺的《杂集》是圣武天皇从六朝至隋唐的书籍中抄录出与佛教相关诗文而得。此诗集共收诗一百四十五首，其中包含王居士诗作三十八首及隋炀帝诗作三十二首，被日本学

---

① 江村北海著，清水茂注. 日本詩史・五山堂詩話 [M]. 東京：岩波書店、1995：第44頁
② 国史大系卷二・続日本紀 [M]. 東京：経済雑誌社、1897：第164、195頁

者推定为遣隋唐使带回日本之物。在《正仓院文书》和平城京出土的木简中，还发现《王勃集》《太宗文皇帝集》《庾信集》《许敬宗集》《骆宾王集》等书名，这表明大量唐人诗文集都已传到日本。从宽平三年（891）撰成的《日本国见在书目录》中可见"诗家"部收录诗集十五部（一百六十六卷），这些亦可能是遣唐使携回日本的诗集。以下列出部分诗集，以窥其一斑。

《张昌龄集》十卷、《骆宾王集》十卷、《王勃集》三十卷、《新著王勃集》十四卷、《崔融集》十卷、《陈子昂集》十卷、《卢照邻集》二十卷、《太宗文皇帝集》三十卷、《上官仪集》三十卷、《杨炯集》三十卷、《许敬宗集》二十卷、《沈约集》百卷、《王昌龄集》一卷、《宋之问集》十卷、《张文成集》九卷、《李峤集》百二十卷、《刘希夷私集》一卷、《贺兰遂集》二卷、《沈诠期集》十卷、《李白歌行集》三卷、《王维集》二十卷、《杜审言集》十卷、《白氏文集》七十卷、《元氏长庆集》二十五卷、《白氏长庆集》二十九卷。①

从上列书籍目录可知，很多中唐时期以前的一流诗人的诗集已传到日本。虽然这些诗集并非当时流入日本的全部诗集，却可从中窥见日本国内的汉诗盛行之风，亦可从这些目录看出日本遣唐使的汉文学鉴赏力之高和感受力之强。特别值得注意的是，白居易的诗在日本颇受推崇，所以清单中《白氏文集》和《白氏长庆集》的卷数颇多，分别为七十卷和二十九卷。关于白居易的诗在日本的传播情况，《日本文德天皇实录》仁寿元年（851）九月条中记载了这样一桩轶事：文德天皇时期，大宰少贰藤原岳守查验唐朝船舶的货物时，偶得元白诗作，遂呈献朝廷，获得丰厚褒奖。②由此可知，白居易在日本平安诗人心中的崇高地位。

751年，日本第一部汉诗集《怀风藻》诞生。《怀风藻》共收录日本汉诗一百二十篇，诗人六十四人，按照编次体裁整理而成。卷首的诗序末

---

① 小長谷恵吉. 日本国見在書目録解説稿［M］. 東京：小宮山出版社、1976：第168頁
② 国史大系巻三・日本後紀・続日本後紀・日本文徳天皇実録［M］. 東京：経済雑誌社、1897：第478頁

尾写道"天平胜宝三年（751），岁在辛卯冬十一月也"，故认为编纂年代应该为孝谦天皇年间。序文又云"为将不忘先哲遗风，故以怀风名之云尔"，表明诗集命名的由来。序文还提及"收鲁壁之余蠹，综秦灰之逸文。远至淡海，云暨平都。凡一百二十篇，勒成一卷，作者六十四人"①，说明收录的诗作大多是天智天皇时期的作品。然而，在日本汉文学史上，汉诗出现划时代的大盛行却始于其后的平安时代。794年，桓武天皇迁都平安京后，为粉饰太平盛世，蓄养了大批文士，构建起宫廷汉文学沙龙的基础，有力地推动了日本汉诗的发展。朱雀天皇天庆年间，皇太子（后来成为村上天皇）命令宫廷文人大江维时编撰而成的《日观集》（逸书、二十卷）序文中记载："夫贵远贱近，是俗人之常情。开聪掩明，非贤哲之雅操。……我朝遥寻汉家之谣咏，不事日域之文章。"② 充分说明了当时的日本文人轻视"日域"文学，重视"汉家之谣咏"，专注于中国文坛的诗文动态。

特别值得一提的是，自平安时代初期嵯峨天皇即位的大同四年（809）至仁明天皇驾崩的嘉祥三年（850）的约四十年时间是日本汉诗文的第一个鼎盛时期。关于平安汉文学的发展时期，日本学者川口久雄也将"九世纪前半叶从弘仁、承和时期的王朝汉文学的形成与兴隆期开始，至九世纪后半叶贞观、宽平时期的王朝汉文学成熟的黄金时期统一归结为前期"③。诚然，九世纪的平安初期可谓日本汉文学蓬勃发展的前期，产生了被称为"敕撰三集"的《凌云集》《文华秀丽集》《经国集》。其中，《凌云集》是奉嵯峨天皇的命令，编成于弘仁五年（814）；《文华秀丽集》亦是奉嵯峨天皇的命令，编成于弘仁九年（818）；《经国集》则是奉淳和天皇的敕令，编成于天长四年（827）。这三部敕撰诗集的编撰大大促进了日本汉诗的发展。

然而，《经国集》之后，敕撰诗集渐渐被众多的私家诗集取代。比如，菅原道真的《菅家文草》、都良香的《都氏文集》、空海的《性灵集》等均

---

① 与謝野寛、正宗敦夫注. 日本古典全集・懐風藻・凌雲集・文華秀麗集・経国集・本朝麗藻［M］. 東京：日本古典全集刊行会、1926：第3頁
② 川崎庸之. 平安の文化と歴史［M］. 東京：東京大学出版会，1982：第183頁
③ 川口久雄. 平安朝日本漢文学史研究・上・王朝漢文学の形成［M］. 東京：明治書院、1990：第3頁

为一流诗人的私家诗集。平安中期则又出现了《日观集》《扶桑集》《本朝丽藻》等官方编撰的汉诗集。除诗歌外，这些诗集也收录诏、敕、封事、表、序等代表性的文辞，多样的文体显示出平安中期至后期日本汉文学水平之高。九世纪末，遣唐使的派遣被终止，日本与中国的官方往来中断，日本汉诗的发展亦陷入停滞。到平安末期，在以各种名目举办的宫廷诗会上，汉诗渐渐沦为只注重形式，追求娱乐性和竞技性的宫廷文学。

综上所述，若论及奈良时代与平安时代初期汉诗在日本盛行的原因，从内在而言，乃是能熟练运用汉文的文士受到新建立的中央集权国家的鼓励与支持；从外在而言，则是与外国（唐朝及朝鲜半岛诸国）的交流导致。平安中期以后，日本汉诗的性质发生变化，礼节性色彩浓厚，难以品味到文学作品带来的趣味。平安中期以后，撰写、吟诵汉诗也成为日本贵族的娱乐方式之一。

三、日本汉诗与"文章经国"诗文观

贞观二十二年（648），唐太宗在赐给太子的《帝范》卷四《崇文第十二》中言："宏风导俗，莫尚于文。敷教训人，莫善于学。因文而隆道，假学以光身。不临深溪，不知地之厚。不游文翰，不识智之源。"他提倡文以载道，重视文学阐释政治伦理的教化功能，认为"文"应该起到劝善戒恶的作用，并且身体力行，先后设立了弘文馆和崇贤馆，精选天下文士。这种儒家文学观被日本第一部汉诗集《怀风藻》卷首之序文，以及平安初期"敕撰三集"的序文所引用和借鉴，亦成为日本正史《日本后纪》中所收嵯峨天皇的诏敕中"文章经国"思想的主要依据。可以说，唐太宗所提倡的"文以载道"的诗文观在奈良、平安时代的日本宫廷诗坛成为主流文学观。

首先，《怀风藻》卷首之序文借用《文选》词句并加以润色，描绘宫廷奢豪，赞美天皇圣德，讴歌太平盛世，由其内容可窥见当时侍宴应诏、君臣唱和之盛况。全文如下：

  逖听前修，遐观载籍，袭山降跸之世，天造草创，人文未祚。至于神后征坎，品帝乘乾。百济入朝，启龙编于马厩，高丽上表，图鸟册于鸟文。王仁始导蒙于轻岛，辰尔终敷教于译田。遂使俗渐洙泗之风，人趋齐鲁之学。逮乎圣德太子，设爵分官，肇制礼义。然而专崇释教，未遑篇章。及至淡海先帝之受命也，恢开帝业，弘阐皇猷。道格乾坤，功光宇宙。既而以为，调风化俗，莫尚于文，润德光身，孰先于学。爰则建庠序，征茂才，定五礼，兴百度。宪章法则，规模弘远，夐古以来，未之有也。于是三阶平焕，四海殷昌，旒纩无为，岩廊多暇。旋招文学之士，时开置醴之游。当此之际，宸翰垂文，贤臣献颂。雕章丽笔，非唯百篇。但时经乱离，悉从煨烬。言念湮灭，轸悼伤怀。自兹以降，词人间出。龙潜王子，翔云鹤于凤笔，凤翥天皇，泛月舟于雾渚。神纳言之悲白鬓，藤太政之咏玄造。腾茂实于前朝，飞英声于后代，余以薄官余间，游心文囿。阅古人之遗迹，想风月之古游。虽音尘眇焉，而余翰斯在。抚芳题而遥忆，不觉泪之法然。攀缛藻而遐寻，惜风声之空坠。遂乃收鲁壁之余蠹，综秦灰之逸文。远自淡海，云暨平都，凡一百二十篇，勒成一卷。作者六十四人，具题姓名，并显爵里，冠于篇首。余撰此文意者，为将不忘先哲遗风，故以怀风名之云尔。于时天平胜宝三年，岁在辛卯冬十一月也。①

以上序文叙述了汉字和儒学东传日本的历程。推古朝时期，圣德太子潜心制定爵官礼仪，阐释佛教，无暇顾及文学篇章。淡海先帝天智天皇时期开始建"庠序"、定"五礼"、制"法则"，天下繁荣安泰、局势稳定。于是招来"文学之士"，举行文学饮宴，天皇吟诗，臣下亦纷纷献上颂歌。据此序文的内容，学界普遍认为编纂《怀风藻》的目的是粉饰太平盛世。同时，根据序文可知近江朝以前的大部分汉诗都在壬申之乱（672）中毁于战火。这一记载与《日本书纪》《古事记》所载大致一致，故可以认为序文中关于古代日本汉文学史的理解基本符合事实。

再者，考察《怀风藻》诗人的家谱，据小岛宪之校注的《怀风藻》末

---

① 与謝野寛、正宗敦夫注. 日本古典全集・懷風藻・凌雲集・文華秀麗集・経国集・本朝麗藻 [M]. 東京：日本古典全集刊行会、1926：第3—4頁

尾所附的"诗人小传"所记，多为渡来人。比如，主税头黄文备为高句丽久斯那王之子孙；大学博士田边史百枝为吴国太利须须之子孙；大学头调忌寸老人是百济弩理使主的子孙，曾参与制定大宝律令。还有很多《怀风藻》诗人是参与过律令制度制定的官僚，且多为贵族中的名门望族。例如，诗人皇太子学士伊予部马养参与制定律令有功，其子孙被赐予功田和封户；肥后守道公首名亦曾参与律令的制定，712 年任新罗大使，归国后任筑后、肥后国司，后人多讴歌其仁政。① 可见《怀风藻》诗人的中坚力量是中级以上的官僚且多有国际背景，他们都受到过儒家文学观的教化，具备汉文书写的能力。中国儒家士大夫阶层认为，在文学和仕途上均取得出类拔萃的成绩才是理想的人生状态。在律令制发生扭曲却仍僵持的平安时代前半期，日本贵族官僚必然也受到了这种观念的影响。《怀风藻》的编纂亦应该是当时律令政治的一环，其目的是粉饰律令国家的太平局面，与宫廷生活紧密相连，又带有强烈的政治色彩。正如日本学者波户冈旭所评价的那样："作为天智天皇文治政策的成果，是可与大唐帝国太宗皇帝的文治政策成果相匹敌的伟业。"②

《怀风藻》收录的最早的诗歌是大友皇子的两首五言诗。其中，大友皇子的《侍宴》诗载于《日本诗史》的卷首，认为日本汉诗起源于此史在日本学界已成定说。据《怀风藻》收录的大友皇子传记载，大友皇子为淡海帝之长子，"魁岸奇伟，眼中精耀，顾盼炜烨"，唐使刘德高初见大友皇子，以其为异，云："此皇子，风骨不似世间人，实非此国之分。"日本汉学者国分青厓翁亦赞美大友皇子"弘文聪睿涣奎章，东海诗流此滥觞。仰诵皇明光日月，于今芸苑祖君王"。其《侍宴》诗曰："皇明光日月，帝德载天地。三才并泰昌，万国表臣义。"③ 赞美天智天皇明德如日月光辉照耀尘土，负载天地万物，使天、地、人各得其所，共趋昌盛之世，使远方海外诸国前来臣服。关于此诗的成立详情，一般说法为天智天皇六年

---

① 小島憲之. 日本古典文学大系 69·懷風藻·文華秀麗集·本朝文粋 [M]. 東京：岩波書店、1964；第 505−513 頁

② 波戸岡旭. 八世紀の日本人の国際感覚：『懷風藻』の世界から出発 [J]. 東京：国学院雑誌、2002；第 158−171 頁

③ 与謝野寛、正宗敦夫注. 日本古典全集·懷風藻·凌雲集·文華秀麗集·経国集·本朝麗藻 [M]. 東京：日本古典全集刊行会、1926；第 10 頁

(667)三月天智天皇迁都近江,并于次年正月初三行即位之礼,这首诗便是即位之礼后正月初七的饮宴上,皇子以临照日月、负载天地为喻讴歌帝德所作。虽然释清潭认为此诗是在立太子贺宴时所作,却因其通篇内容乃赞扬帝德,故而无法得到认同。① 然而,冈田正之博士断定此诗为皇子仍居于东宫时的作品,并赞扬此诗:"文字典雅绮丽,气势雄大,并吞八荒,包举宇内。非此诗无以赞天智帝之高德伟业。为凌超隋唐诗人之作。"② 然而,据《日本书纪》记载,大友皇子二十三岁被册封为皇太子,二十四岁登基,二十五岁驾崩,从政局变动和诗歌内容来看,推断为天智天皇即位后的饮宴之作更为妥当。

以上分析了收录于《怀风藻》的最早的一首汉诗——大友皇子的《侍宴》,且以大友皇子的《侍宴》诗为例考察《怀风藻》宴饮诗歌的主要内容,可知淡海(近江)宫廷文人学士相聚的宴饮之游乃是以天皇为中心的政治性官宴,也是文人雅士聚集的诗会。以《怀风藻》为代表的日本宫廷汉诗礼仪色彩浓厚,只是一种形式上的外来文学,奈良时代以前的日本诗人始终无法抒发其真情实感。

平安时代嵯峨朝以降,在六朝与盛唐宫廷文学的影响下日本诗坛迎来了空前的繁盛期,以中央朝廷为首的唐风官僚文学占据主流,尤其是九世纪初编撰的"敕撰三集"具有划时代的意义。究其原因,一方面由于"敕撰三集"的诗人们活跃在以嵯峨天皇为中心的宫廷诗坛,日常生活便处于诗歌创作的环境中;另一方面,这些诗作饱含着诗人真实的思想情感以及"文章经国之大业"的文学思想。嵯峨天皇在位的弘仁时期因其鲜明的"文章经国"文学观,在平安朝汉文学史上独树一帜。嵯峨天皇提倡将文学意义与国家经营相结合,一方面嵯峨天皇提高文章博士的位阶,增加人员,巩固和扩大文章济世的道路;另一方面嵯峨天皇对诸皇子实施汉文学教育。《文德实录》仁寿二年(852)十二月条记载嵯峨天皇"知明奇器,敕劝对策"③,可知嵯峨天皇爱好文书并教其诸子。朝堂之上浓厚的汉文学气息更是此时期的主要特色,出现了小野篁、小野岑守、贺阳丰年、滋

---

① 猪口篤志. 日本漢詩 [M]. 東京:明治書院、1972:第 59—62 頁
② 岡田正之. 日本漢文学史 [M]. 東京:共立社書店、1929:第 73 頁
③ 国史大系卷三・日本後紀・続日本後紀・日本文徳天皇実録 [M]. 東京:経済雑誌社、1897:第 492 頁

野贞主、菅原清公等大批一流的汉文学者。

集中体现这种"文章经国"文学观的还是奉嵯峨、淳和两位天皇之命编撰的"敕撰三集"。嵯峨天皇模仿唐风，时常开设诗宴，君臣唱和，所吟诗作均录入"敕撰三集"。因此，在以嵯峨天皇为中心的平安时代初期（九世纪上半叶）汉诗中，赞颂天皇功德的辞藻华丽之作仍占主流。翻阅"敕撰三集"，嵯峨天皇之作竟达九十三首，在所有诗人中数量最多，几乎相当于排名第二的滋野贞主三十三首、排名第三的小野岑守三十首的三倍。这无疑证明了川崎庸之先生的断言："弘仁期的诗坛，以嵯峨天皇的个人喜好为中心而形成。"① 诚然，从诗作质量以及对诗歌倾注的热情来看，嵯峨天皇是当之无愧的"敕撰三集"代表性诗人，其他诗人的作品基本上都是奉和天皇的吟咏，这种大规模的君臣唱和是模仿儒家礼教的"君臣和乐"。

再者，《日本后纪》弘仁三年（812）五月戊寅条记载，嵯峨天皇在廿一日的敕令中言"经国治家莫善于文，立身扬名莫尚于学"，尽管这只是嵯峨天皇敕令中的一句话，却直接体现了"文章经国"的文学思想。此理念亦贯彻在嵯峨天皇的诗歌创作中。弘仁十四年（823）二月二十八日，嵯峨天皇亲临有智子内亲王的书斋，召开花宴。宴席间，天皇曾赠有智子"忝以文章著邦家，莫将荣乐负烟霞。即今永抱幽贞意，无事终须遣岁华"② 之句，此内容亦载于《续日本后纪》承和十四年（847）十月条中，被认为如实反映了当时贵族文人的"文章经国"文学观。

追溯"文章经国"文学观的渊源，普遍认为起源于三国时期的魏文帝曹丕所著文学评论集《典论·论文》（《文选》卷五二）所记"文章者经国之大业，不朽之盛事"。六臣注《文选》也记载"文帝典论二十篇，兼论古者经典文事。有此篇，论文章之体也"。同样，《文选》卷三张平子《东京赋》中亦有"忘经国之长基"的典型一例；《文选》卷二十一的应休琏《百一诗》有"文章不经国"之句，下引李善注："《典论·论文》曰：'文章经国之大业。'"可见，起源于三国曹魏时期的"文章"

---

① 川崎庸之. 平安の文化と歴史［M］. 東京：東京大学出版会、1982：第117頁
② 国史大系巻三·日本後紀·続日本後紀·日本文徳天皇実録［M］. 東京：経済雑誌社、1897：第388頁

与"经国"的关系在《文选》中被广泛接受，成为中国古代文学的常识之一。日本实践这种"文章经国"文学理念的典型诗集当推《凌云集》，此为平安时代第一部敕撰诗集。此诗集奉嵯峨天皇之命，于弘仁五年（814）由小野岑守编撰而成。小野岑守收集了延历元年（782）至延历五年（786）间的二十三位作者所作诗歌共九十首，编为一卷，并于诗序开头记"从五位上，左马头，兼内藏头美浓守臣，小野朝臣岑守上"。从序文的形式看，《凌云集》为奉敕令编撰，因而不写"某撰"，代之以"某上"，正文以"臣岑守言"开头，以"臣岑守谨言"作结。"上"即上表，意为将"表"上呈朝廷。"表"为文体名，指为阐明道理向君主陈情之文。夏商周以前上书称上奏，到秦朝时则称之为"表"，可见序文的形式接近于上表文。

诗序中还论述"文章者经国之大业，不朽之盛事"，这正是"文章经国"文学观的典型表现。为方便讨论"文章经国"文学观，现摘抄序文如下：

> 臣岑守言，魏文帝有曰，文章者经国之大业，不朽之盛事。年寿有时而尽，荣乐止乎其身。信哉。伏惟皇帝陛下，握衮紫极，御辨丹霄。春台展熙，秋荼翦繁。睿知天纵，艳藻神授。犹且学以助圣，问而增裕也。属世机之静谧，讬琴书而终日。欢光阴之易暮，惜斯文之将堕。爰诏臣等，撰集近代以来篇什。（中略）起自延历（桓武）元年，终于弘仁（嵯峨）五年，作者二十三人，诗总九十首，合为一卷，名曰《凌云新集》。臣之此撰，非臣独断。与从五位上行式部少辅菅原朝臣清公，大学助外从五位下勇山连文继等，再三议，犹有不尽，必经天鉴。从四位下行播磨守臣贺阳朝臣丰年，当代大才也，追缘病不朝。臣就问简呈，更无异论，从此定焉。臣岑守谨言。①

上文首先提笔点出"文章者经国之大业，不朽之盛事"的核心观点，论"文"之道的永恒性，叙述编撰动机。其次，赞美嵯峨天皇，强调天皇

---

① 与謝野寬、正宗敦夫注. 日本古典全集·懷風藻·凌雲集·文華秀麗集·経国集·本朝麗藻 [M]. 東京：日本古典全集刊行会、1926：第47頁

的重"文"思想。随后，记录自受命编撰诗集以来，直至诗集完成为止的编撰方针及相关事项。最后，说明编撰事宜，编者表明自己虚心向文人贺阳丰年征求意见的态度，力求所辑录的诗歌公正合理，无争议。序文首句引魏文帝之言，而非编者本人之言，点明了以小野岑守为首的编者对中国文艺思想的理解。"文章者经国之大业，不朽之盛事"中的"文章"应该是指广义的汉文学或是中国文艺，"经国"意为治理国家、平定天下，"不朽"则是一种价值观，"经国之大业"指文章可用于济世经国，代表执政者的立场，政治色彩颇为浓厚。紧接着一句"年寿有时而尽，荣乐止乎其身。信哉"源于《文选》卷二一的曹子建《三良诗》的"生时等荣乐，既没同忧患"之句，"荣乐"指荣达快乐之意，"信哉"则认可了魏文帝所说文章的不朽性和永恒性。序文末尾的"再三议，犹有不尽，必经天鉴"显示出诗集的敕撰特色，不仅参考了中国文艺思想，亦隐藏着天皇的权威。从序文中不仅能发现天皇直接介入了诗集编撰，汉文学具有政治与文学上的双重优势，还能看出律令制国家统治下的文章和文艺具有了比前代任何时候都浓厚的政治色彩。文章的功能不是停留在单纯的思想表达与情感抒发上，而是拥有了治理国家与维护统治的政治力量，我们能通过文学窥见文人的政治主张。敕撰诗集的出现是实践理论的最好证明，因此"敕撰三集"必然带有官方文学的特点，从第一部《凌云集》序文到第三部《经国集》序文都明显反映了这一点。

然而，即便都有官方文学的特点，但"文章经国"色彩之浓淡又各有不同。平安初期的第三部诗集直接取名为《经国集》。滋野贞主在其序文中写道："臣闻，天肇书契，奎主文章。古有采诗之官，王者以知得失。故文章者，所以宣上下之象，明人伦之叙，穷理尽性，以究万物之宜者也。……扬雄法言之愚，破道而有罪。魏文典论之智，经国而无穷。是知文之时义大矣哉。"① 更进一步标榜"文章经国"的文学观。据《日本后纪》记载，《经国集》的名称大概是出于序文的"经国而无穷"之句。作为"文章经国"文学观的实践，编撰《经国集》的敕令是基于嵯峨天皇"经国治家莫善于文，立身扬名莫尚于学"的文学理念。同《凌云集》的

---

① 与謝野寬、正宗敦夫注. 日本古典全集・懷風藻・凌雲集・文華秀麗集・経国集・本朝麗藻[M]. 東京：日本古典全集刊行会、1926：第109頁

"经国之大业"一样,《经国集》产生于政治气息浓厚的文艺思想下,故而其命名仍未脱离执政者的立场。序文开篇写"天肇书契,奎主文章。古有采诗之官,王者以知得失",这里的文章意指汉诗,上古时期的统治者搜集民间流传的汉诗,可悟治国之得失。因此,汉诗的作用在于"宣上下之象,明人伦之叙。穷理尽性,以究万物之宜者也"。相较于《凌云集》序文,《经国集》序文论述的汉诗的政治性更为具体,认为文学主要发挥着检验施政者德政的功能。换言之,《凌云集》的编者们在序文中明确提出"文章经国"的文学观,而《经国集》的编者们则进一步阐明了如何运用这一文学理论实现"经世治国"的政治目标。

综上所述,"文章经国"的文学观基于儒教的合理主义,以亲政的嵯峨天皇为中心,风靡日本宫廷。"敕撰三集"的编撰标志着"文章者经国之大业"的观念得以贯彻,政治色彩浓郁。然而,"文章经国"的文学观并不仅仅存在于嵯峨天皇在位的弘仁时期,而是贯穿于整个奈良、平安时代的重要文学理念。尽管诗歌更倾向于抒发诗人的真情实感,但平安时代初期的日本汉诗在"文章经国"的理念下显示出强烈的官方色彩。包含"文章经国"文学观的三部敕撰诗集,就如同嵯峨天皇的敕令一样,宣告着平安时代的崭新汉文学的到来。

第三章

阿倍仲麻吕与唐人的诗文交往

一、阿倍仲麻吕的入唐与仕官

从某种程度而言，中国古典诗歌的繁荣受到隋唐时期开始实行的"科举取士"制度的强烈刺激。为了通过科举考试，不仅需要学习经学、史学等科目，还要擅长诗文，因而进入长安太学和地方私塾学习诗歌的人数增多。尽管诗歌作品的质量因人而异，但作为文人必要的文化修养和抒情言志的文学形式，创作、吟诵诗歌已成为文化风潮。文人间诗歌赠答盛行，出现了"以诗会友"的新型社交模式。这种重视诗歌的风气亦影响到周边诸国。伴随汉字和汉文书籍的东渐，汉诗深受日本人的推崇和喜爱。但是，在《怀风藻》成书以前，日本人尚不具备创作汉诗的能力。其后，日本政府频繁派遣使臣及众多日本留学生、学问僧赴唐学习。以此为契机，旅居唐土的日本留学生开始学习作诗的技巧，与唐人互赠诗歌。特别是唐玄宗在位的盛唐时期，经历百余年的政治稳定与经济发展，迎来了唐王朝的全盛期，史称"开元之治"。唐政府与周边各国缔结和平友好的外交关系，吸引了各国使节、留学生、僧侣、商人纷纷到访唐都城长安，以长安为舞台在外交、文学、宗教、艺术、经济等各领域开展交流。其中，最为风雅之事便是唐朝诗人与各国使者文人的诗歌唱和，推动了中国文学史上最早的诗歌对外交往繁盛期的到来。不仅李白、王维等一流文人的文学活动受到朝廷的支持，他们可以自由地与外国友人进行诗歌往来，唐朝最高统治者唐玄宗亦精通诗歌，曾赠诗新罗、日本等外国使者。例如，752年，日本遣唐使藤原清河一行离开长安时，玄宗不仅赐封正使藤原清河为特进，还封副使为银青光禄大夫，并赐赠《送日本使》一诗。由此可知，不仅是普通的唐代诗人，就连皇室贵族也热衷于与外国友人进行诗歌交往。

唐玄宗时赴唐的阿倍仲麻吕是在唐求学、任职，并最终埋骨唐土的日本留学生的典型代表。仲麻吕富有文采，与唐人多有诗歌唱和。仲麻吕的父亲船守官职为中务大辅，相当于正五位的中层贵族。19岁时，仲麻吕被选为遣唐使留学生，跟随716年（实际出发日期为717年）的遣唐使入唐。关于仲麻吕的赴唐，《扶桑略记》卷六的元正天皇条中有记载："灵龟二年八月，大伴山守为遣唐大使，多治比县守、安倍仲麻为副使。下道吉备生年廿，从使入唐。沙门玄昉同入唐。乘船四艘，五百五十七人渡海。"① 文中所述"乘船四艘"西渡唐土是奈良时代遣唐使派遣之惯例。仲麻吕抵达长安时，正值唐玄宗统治下的"开元盛世"。年少的仲麻吕目睹了唐都长安的繁华绚烂，为唐王朝的魅力所倾倒，《旧唐书》卷一九九记载："其偏使朝臣仲满，慕中国之风，因留不去，改姓名为朝衡。"② 718年，顺利完成外交使命的遣唐使一行离开长安，启程回国。仲麻吕却改成了唐人名字，进入长安的太学学习。当时长安设有相当于现代大学的高等教育机构"国子学""太学""四门学"。太学的主要课程为九经，仲麻吕在太学接受了正统的汉学教育，不仅出色地修完课程，还获得科举考试的资格。其后，科举及第成为进士，供职于唐廷。据日本学者杉本直治郎的研究，仲麻吕自入仕起至752年计划归国期间，长期供职于唐朝中央政府。最初的官职为皇太子行宫左春坊司经局的校对，职务颇符合学者的身份。其后逐渐升迁左拾遗、左辅阙等职。据《唐六典》卷八记载，左辅阙主要职责是"掌供奉，讽谏，扈从，乘舆"，是可以近身服侍唐玄宗的官职。大概是由于出任此官职，仲麻吕与唐玄宗的关系颇为亲近，又升迁仪王友、卫尉少卿，最终官至从三品的高等官阶秘书监。③ 唐代的秘书省是管理皇室藏书的极为重要而庞大的机构，相当于今天的国家图书馆。《新唐书·志》卷三七的《百官二》记载秘书监"掌经籍图书之事，领著作局"。并且，历代秘书监皆由学识渊博者担任。唐玄宗任命仲麻吕为秘书监恰恰证明了他才华卓越。综上所述，仲麻吕在唐所任官职虽官阶不高，但他长期在唐朝最高统治者身边工作。而当时的唐诗人多属通过进士或明经考试的士大夫阶层，且在皇帝身边任职的官僚子弟甚多。因此，长期生活在唐政权中心的仲麻吕得以邂逅唐一流文人，并获得了与其交流诗文的机会。

尽管仲麻吕受到玄宗厚待，却难以抑制归国的念头。733年，第八批遣唐大使多治比广成完成使命，准备返回日本。这对仲麻吕而言是搭船归

---

① 国史大系卷十二·令義解·類聚三代格·類聚符宣抄·続左丞抄［M］. 東京：経済雑誌社，1898：第546頁
② 刘昫等撰. 旧唐书［M］. 北京：中华书局，1975：第5341页
③ 杉本直治郎. 阿倍仲麻呂伝の研究［M］. 東京：勉誠出版、2006：第243-279頁

国的良机，但仲麻吕长期任职于唐朝中央官僚系统第一线，是玄宗皇帝不可或缺的人才，他的归国请求并未获得玄宗的批准。752 年，遣唐使藤原清河一行归国之际，仲麻吕再度下定决心归国，向玄宗倾诉思乡之情。玄宗深思熟虑后批准其为唐朝的特派使节，跟随遣唐使返回日本。54 岁的仲麻吕终于实现夙愿，跟随藤原清河一行离开了久居的长安城。然而遗憾的是藤原清河一行遭遇海上风暴，仲麻吕漂流至安南（现今越南），不得不重返唐土。755 年，仲麻吕和藤原清河历经千辛万苦终于抵达长安。同年，安禄山于范阳发动叛乱。次年，玄宗禅让帝位，携大批皇室官员前往蜀地避难，仲麻吕亦随行。757 年，唐肃宗、唐玄宗返回长安，仲麻吕也终回长安。安史之乱虽已平定，唐朝的黄金时代却已逝去。但仲麻吕在唐却平步青云，唐肃宗时任左散骑常侍、镇南都护，后任光禄大夫兼御史中丞，唐代宗时被授予北海军开国公，曾官至宰相、节度使等高职。770 年，仲麻吕客死唐土。《续日本后纪》仁明天皇承和三年（836）五月条记载其功绩并追封正二品。

  故留学问僧从二品安倍朝臣仲满，大唐光禄大夫、右散骑常侍兼御史中丞、北海郡开国公赠潞州大都督朝衡可赠正二品。身涉鲸波，业成麟角。词峰耸峻，学海扬漪。显位斯升，英声已播。如何不愁，莫遂言归。唯有扶天之章，长传掷地之响。①

综上所述，仲麻吕晚年达到了富贵与荣耀的人生巅峰，死后亦受优待。不仅在中国，他在故国日本亦声名远播，因"词峰耸峻，学海扬漪"而为人称道。

二、阿倍仲麻吕的在唐诗歌

阿倍仲麻吕的汉诗现今仅存两首，分别为五言绝句《无题》和五言排

---

① 国史大系卷三・日本後紀・続日本後紀・日本文徳天皇実録 [M]. 東京：経済雑誌社、1897：第 52 頁

律《衔命还国作》。1820 年,江户学者市河宽斋收集 1159 年以前的日本汉诗编纂了大型诗集《日本诗纪》。阿倍仲麻吕的这两首诗被收入《日本诗纪》卷六的"甲集、第二"之中。

(一)《无题》

首先,将市河宽斋《日本诗纪》卷六中所收的阿倍仲麻吕的《无题》一诗及注摘录如下:

> 无题　《古今和歌集》目录载仲麻吕小传云:"仲麻吕性聪敏,好读书。灵龟二年,以选为入唐留学生,时年十六。开元十九年,京兆尹日知荐之。下诏褒赏,超左补阙。二十一年,以亲老上请归,不许。赋诗云:'慕义名空在,输忠孝不全。报恩无何日,归国定何年。'"①

上述诗作未见于现存的唐代文献中,若此诗确为阿倍仲麻吕所作,则给为数不多的仲麻吕汉文学增添了一篇宝贵佳作。收录此诗的《日本诗纪》虽在日本广为流传,却含颇多误传。据传为奈良时代正史的逸书《国史》②中所录《无题》便与上述《日本诗纪》的记录稍有不同。平安时代的藤原仲实所著《古今和歌集》中,在"安倍朝臣仲麿"条中曾引用《国史》的记载。内容如下:

> 《国史》云:"本名仲麿,唐朝赐姓朝氏,名衡,字仲满。性聪敏,好读书。灵龟二年以选为入唐留学问生,时年十有六。十九年,京兆尹崔日知荐之。下诏褒赏,超拜左补阙。廿一年,以亲老上请归,不许。赋诗曰:'慕义名空在,愉忠孝不全。报恩无有日,皈国定何年。'至于天宝十二载,与我朝使参议藤原清河同船溥归。任风掣曳,漂泊安南。属禄山构逆,群盗蜂起,而夷獠放横,却杀众类,同舟遇害者,

---

① 市河寛斎编,後藤昭雄解説. 日本詩紀 [M]. 東京:吉川弘文館、2000;第 45 頁
② 《续日本纪》卷六的和铜七年戊戌条记载"诏从六位上纪朝臣清人,三宅臣藤麻吕,令撰《国史》",可知存在史书《国史》,今已佚失。

一百七十余人。以大历五年正月薨,时年七十三,赠潞州大都督。①"

比较以上《日本诗纪》与《古今和歌集》转引《国史》的两段记录,全诗的不同之处为"输"和"愉"、"何"和"有",以及"归"和"饭",含义并无太大差异。日本学者藏中进认为,虽然难以判明《国史》为何物,但因其为国家正史,理应记述准确,可信度高,而《日本诗纪》历来就有诸多误传。②

再考察上述诗歌所流露的仲麻吕的思乡之情,小川环树曾高度评价:"仲麻吕抒发了在外漂泊,无法归乡的日本人的真情实感,故而在日本广泛传唱。"③ 这种难以抑制的思乡之情,可谓众多日本遣唐使与留学生的普遍心情。而对于诗中反映的思想的矛盾性,杉本直治郎则解释:"基于当时慕华思想的世界观,即Internationalism和根植于人生观的思乡情感,换言之也可认为是Nationalism吧。"④ 笔者亦认为,仲麻吕在上述诗歌中将作为唐朝高级官员的理性气概与文字背后潜藏的感性乡愁融为一体,诗歌表达了他对自身日本人的身份认同与客居唐土、出仕唐廷的复杂情感。

关于此诗的创作时间,日本学者普遍认为是733年大使多治比广成率领第八批遣唐使归国时,即仲麻吕36岁时的诗作。最具代表性的是藏中进的观点,他认为此诗是"开元二十二年十月,遣唐使一行从苏州出发,阿倍仲麻吕的同学吉备真备、玄昉等都获准同行回国。仲麻吕为其饯行之际,为表达惜别之情而作"⑤。不难想象,仲麻吕作为受到玄宗器重的唐朝中央官员,无法像同期留学生吉备真备与留学僧玄昉一样自由归国,只能徒然伤感,叹息归国遥遥无期。

创作于唐朝的《无题》一诗并未出现在中国的文献记载中,却在日本

---

① 塙保己一. 群書類従 [M]. 東京:八木書店、1994:卷二八五·和歌部·古今和歌集目次

② 蔵中進. 鑑真渡海前後―阿倍仲麻呂在唐詩二首の周辺― [J]. 神戸:神戸外大論叢、1975:第25—42頁

③ 小川環樹. 三笠の山に出でし月かも [A]. 文学 [C]. 東京:岩波書店、1968:第37—39頁

④ 杉本直治郎. 阿倍仲麻呂の詩の周辺―「銜命使本国」詩の場合― [J]. 東京:東方学、1969:第67—84頁

⑤ 蔵中進. 鑑真渡海前後―阿倍仲麻呂在唐詩二首の周辺― [J]. 神戸:神戸外大論叢、1975:第25—42頁

广为流传，这是颇值得玩味的地方。有关《无题》传至日本的始末，藏中进推测："阿倍仲麻吕同当时的遣唐使关系匪浅，恐怕是乘坐第一艘船平安归国的吉备真备一行将此诗带回故国，随即为《国史》所收录，且记载于《古今和歌集目录》中，才得以流传至今。"① 诚然，于唐人而言，《无题》不过是浩瀚无边的唐诗海洋中的一篇小作，但于日本人而言，这首诗是客居唐土的日本文人典范——阿倍仲麻吕的宝贵诗作，抒发了奈良时代海外日本人的无限乡愁，因而才有资格被录入《国史》以及后世的《古今和歌集》中。虽然《无题》是经由吉备真备传至日本的可能性颇高，但仍无法忽略其他的可能性。笔者翻检日本奈良时代的正史，发现其中不断出现有关仲麻吕、藤原清河一行遇难后经由渤海再度返回唐朝的记载。最早确认他们并未在海上罹难的记录亦见于《续日本纪》天平宝字二年（758）条。据记载，九月丁亥日，渤海国使者杨承庆等随同遣渤海大使小野田守来到日本。同年十二月戊申日的记录显示小野田守上奏了详细的"唐朝消息"②。正如日本学者增村宏所言："小野田守上奏的《王赐渤海王敕书·副状》带来清河返回唐朝的消息，表明清河仍然在世。"③ 由此亦可确定同行的仲麻吕并未罹难。笔者推测小野田守、杨承庆等渤日两国的外交官中应该有人知晓仲麻吕的《无题》，并通过外事活动将其带至日本。并且，根据《续日本纪》的记载，天平宝字四年（760）正月，前来日本朝贡的渤海国使高南申献上名曰《日本朝遣唐大使特进兼秘书监藤原清河上表》的公文。此外，《续日本纪》中亦记载宝龟元年（770）三月，新罗国使金初正携带《在唐大使藤原清河·学生朝衡》书简赴日。换言之，自753年海难后的十几年间，随着日本大贵族藤原清河在唐信息的传递，仲麻吕的在唐消息，尽管只是零星半点，也经由渤海和新罗的使者传至日本。因此，笔者认为仲麻吕的诗歌也极可能经由渤海、新罗的外交官东传故土。需要特别注意的是，金初正曾将仲麻吕的书简带至日本，这份书简中或许含有其诗作《无题》以及他本人书写的在唐生活总结。

---

① 藏中進. 鑑真渡海前後－阿倍仲麻吕在唐詩二首の周辺－［J］. 神戸：神戸外大論叢、1975：第25－42頁
② 国史大系卷二·続日本紀［M］. 東京：経済雑誌社、1897：第361頁
③ 増村宏. 遣唐大使藤原清河の滞留［J］. 鹿児島：鹿大史学、1980：第37－57頁

（二）《衔命还国作》

除《无题》外，仲麻吕另有一首题为《衔命还国作》的诗作。这是他回赠唐人所作，为对仗工整的五言排律诗，诗文流露的思乡之情以及对唐土的深深眷恋使人动容。诗歌见于《文苑英华》卷二九六，亦被《全唐诗》卷七三二收录，现抄录如下：

　　衔命将辞国，非才忝侍臣。天中恋明主，海外忆慈亲。
　　伏奏违金阙，騑骖去玉津。蓬莱乡路远，若木故园林。
　　西望怀恩日，东归感义辰。平生一宝剑，留赠结交人。①

此诗是回赠诗友王维的送别诗。根据诗意推测，极有可能作于753年遣唐大使藤原清河一行归国之际，长安文人送别遣唐使的场合。诗歌的出处为成书于987年的李昉等人所著《文苑英华》（卷二九六）。诗题《衔命还国作》，作者"胡衡"。此处的"胡衡"普遍被认为是阿倍仲麻吕的唐名"朝衡"的误写或误刻，所以此诗应视为阿倍仲麻吕的在唐诗。

虽然此诗作于唐代，为唐人所熟知。但日本人知晓仲麻吕的诗作《衔命还国作》，却是在此诗创作约九百年后的江户时代。日本史料显示，首次发现此诗的日本人为林罗山的第四子林靖（春德）。《罗山先生文集》卷三七所收的《改定阿倍仲麻吕传》中出现关于诗作《衔命还国作》的相关内容，抄录如下：

　　（罗山）先生常惜仲麻吕篇藻之不著见也。一日，靖白曰，唐诗有曰胡衡者，作《衔命使日本国诗》。曰，衔命将辞国，非才忝侍臣。天中恋明主，海外忆慈亲。伏奏违金阙，騑骖去玉津。蓬莱乡路远，若木故园林。西望怀恩日，东归感义辰。平生一宝剑，留赠结交人。《唐诗品汇》虽不记其爵里，而载于盛唐诗人之列。《文苑英华》题云，使本国而无日字也。朝胡字相似，且就海外慈亲、蓬莱乡路、若

---

① 彭定求等编，中华书局编辑部点校. 全唐诗（增订本）[M]. 北京：中华书局，1999：第8456页

木故园、西望东归等之句而检证之，则此诗可为朝衡之作乎。《王维送朝衡序》云捧天皇敬问之诏，然则仲麻吕之出大唐也，齐来玄宗之敕简者必矣。非使本国之谓乎。先生喜曰，其或然乎。其后十题杂咏之时，靖探题得胡衡，乃作长句辩其旨趣。结句云，胡衡终何者，恐是晁巨卿。先生益颔焉。①

细读上文可知《罗山先生文集》所录诗歌的内容与《文苑英华》基本相同。而且，在诗文后紧跟关于作者的说明，详细阐述了判断作者为仲麻吕的理由。林春德综合中日两国史料兼考虑《衔命还国作》的两大出处——《唐诗品汇》与《文苑英华》，得出结论：《文苑英华》记载的作者"胡衡"为"朝衡"之误写，此诗当为仲麻吕在唐时期所作。

日本学者小川环树也曾考察过《日本诗纪》所收仲麻吕的两首在唐诗作，认为发现此诗的大概是林春斋。②确实，林春斋（恕）继承父亲林罗山遗志，在编写《本朝通鉴》之际，于卷十四的"光仁天皇宝龟十年五月条"中记载了与上述引文内容几乎相同的文章。又有水户德川家所著《大日本史》（1709）卷一一六的《阿倍仲麻吕传》中记录，近世林恕的说法认为"胡""朝"两字相似，且张氏唐雅将"胡"认作"朝"，认为林恕解读过此诗的作者。况且，《大日本史》的编撰时期在《本朝通鉴》完成三十九年之后，间隔时间颇为久远。或许是因为林恕编撰《本朝通鉴》时抄录了《阿倍仲麻吕传》的全文，由此便产生了"林恕（春斋）发现说"。然而，杉本直治郎却对《罗山先生文集》所收的《改定阿倍仲麻吕传》进行了详细考证，承认本诗作者为仲麻吕，却同时指出林恕为第一发现者是错误的观点。③上述《罗山先生文集》中的《改正阿倍仲麻吕传》明确记载："靖探题得胡衡，乃作长句辩其旨趣。结句云，胡衡终何者，恐是晁巨卿。先生益颔焉。"此处的"靖"指林罗山的第四子林靖（春德）。据

---

① 林羅山撰，京都史蹟会編. 羅山先生文集 [M]. 東京：ぺりかん社、1988：第422－423頁

② 小川環樹. 三笠の山に出でし月かも [A]. 文学 [C]. 東京：岩波書店、1968：第37－39頁

③ 杉本直治郎. 阿倍仲麻呂の詩の周辺－「銜命使本国」詩の場合－[J]. 東京：東方学、1969：第67－84頁

此，第一发现者应为林靖。杉本氏还断定林靖发现此诗为仲麻吕之作时恰好是其写作《阿倍仲麻吕传》的江户时代元和年间，即1615年至1623年间。而林罗山在1619年左右撰写《改定阿倍仲麻吕传》，1657年逝世。由此推断，日本人知晓此诗大概是在十七世纪上半叶。[①]

（三）在唐羁旅歌

753年，仲麻吕随遣唐大使藤原清河一行从长安南下，奔赴扬州，准备启航。仲麻吕旅唐几十载，声名远播。从长安远道而来送至扬州港口的唐人诗友亦不在少数。据《唐大和上东征传》记载，尽管遣唐使一行春天就已经抵达扬州，但启航日期却延至十一月十五日。滞留期间，每当夜晚皎皎明月升起，仲麻吕心中百感交集，大概于海边的送别宴会上，以日语作和歌一首，表达了对唐朝朋友的依依惜别之情。此歌被藤原家定所著《小仓百人一首》收录，编为第七首：

あまの原　ふりさけ見れば　春日なる　三笠の山に　出でし月かも[②]

此歌是一千两百多年以来一直被日本人不断咏唱的名歌。歌中的三笠山为奈良市东部春日山的一峰（今若草山），仲麻吕便是通过对这座山的吟咏来寄托乡愁。奈良时代的遣唐使在出发前，有面向遣唐使出发地举行祭祀，向神灵祈祷航海顺利平安的习俗，而祭祀地点则正位于上述仲麻吕和歌中的春日山麓。有关此风俗，《续日本纪》的养老元年（718）二月壬申朔条记载"遣唐使祀神祇于盖山之南"。《万叶集》卷十九第四三六四首，光明皇后的和歌中亦对此有明确描述。史学家还指出三笠山与阿倍氏一族渊源颇深。这也从侧面反映了和歌中"三笠山之月"的意象与祈愿平安往返唐土的少年遣唐使留学生仲麻吕的记忆紧密相连，具有特殊的思乡含义。此诗亦收录于《古今和歌集》和《土佐日记》中。《古今和歌集》

---

① 杉本直治郎. 阿倍仲麻呂の詩の周辺－「銜命使本国」詩の場合－[J]. 東京：東方学，1969：第67－84頁
② 島津忠夫訳. 小倉百人一首[M]. 東京：角川書店、1977：第26頁

卷九"羁旅诗歌"部虽仅有十六首歌，却被独立编成一卷，其卷首记录了仲麻吕的此首名歌。

　　　　　もろこしにて月を見てよみける　　安倍仲麿
　　天の原ふりさけみれば　かすがなるみかさの山にいでし月かも
　　　この歌は、むかしなかまろをもろこしにものならはしにつかはしたりけるに、あまたのとしをへて、えかえりまうでこざりけるを、このくにより又つかひまかりいたりけるにたぐひて、まうできなむとて、いでたちけるに、めいしうといふところのうみべにて、かのくにの人むまのはなむけしけり。よるになりて月のいとおもしろくさしいでたりけるをみて、よめるとなむかたりつたふる。
　　　おきのくににながされける時に、ふねにのりていでたつとて、京なる人のもとにつかはしける。①

承平五年（935），《土佐日记》正月二十日的日记中亦提及仲麻吕此歌如下：

　　　はつかの、よのつきいでにけり。やまのはもなくて、うみのなかよりぞいでくる。かうやうなるをみてや、むかし、安倍仲麿といひけるひとは、唐にわたりて、かへりきけるときに、ふねにのるべきところにて、かのくにひと、むまのはなむけし、わかれをしみて、かしこのからうたつくりなどしける。あかずやありけん、はつかの、よのつきいづるまでぞありける。そのつきはうみよりぞいでける。これをみてぞ、仲麿のぬし、「わがくににかかるうたをなむ、神代より神もよんたび、いまは上中下のひとも、かうやうにわかれをしみ、よろこびもあり、かなしびもあるときにはよむ。」とて、よめりけるうた。
　　　あをうなばらふりさけみれば春日なる三笠山にいでしつきかも

---

　　①　佐伯梅友校注. 日本古典文学大系 8・古今和歌集［M］. 東京：岩波書店、1958：第184頁

とぞよめりける。①

　　根据上述《土佐日记》的记载，仲麻吕在唐土见到的月亮是二十日夜晚的月亮，此歌为登船之际，与友人话别的宴席间所吟。纪贯之在《土佐日记》中并未言及仲麻吕西渡唐土以及在唐出仕的功绩，亦未点出唐人明州送别之始末，而仅聚焦于抒发浓浓的乡愁。相比《古今和歌集》中简略的左注，更为详细地描述了当夜的情景，给人身临其境之感。

　　而关于这首仲麻吕在唐所吟和歌传至日本的契机，笔者认为日本学者远田晤良的研究值得关注。远田氏在详细考察中日史实的基础上认为，仲麻吕见到的最后一批遣唐使高元度于天平宝字五年（761）八月抵达大宰府，又有宝龟元年（770）三月前往日本朝贡的金初正带去仲麻吕的书信，因此，此歌应由高元度或金初正传至日本。② 东城敏毅则依据史料分析，仲麻吕因紧张的局势而推迟归国，不得不作为镇南都护奔赴安南，只能托高元度将此歌带回日本，寄托乡愁。③ 综合上述见解，这首和歌应该是通过高元度或金初正带回的仲麻吕书简传至日本的。

　　最后，关于此歌的创作背景，可参考《唐大和上东征传》的相关记载，先确定遣唐使船出发的时间与地点。森克己所著《遣唐使》一书写道：“四艘遣唐使船于同年十一月十六日从唐朝苏州黄泗浦启航，取道南岛线路，到二十日，第三只船首先到达阿儿奈波岛（冲绳岛），翌日二十一日，第一艘和第二艘同时抵达阿儿奈波岛（冲绳岛）。”④ 这段记录与《唐大和上东征传》的记录相符，或许亦出自该书。总之，遣唐使出发回国是在十一月中旬应该是确切无疑的。但是，森氏在该书中还写道：“第十批遣唐使藤原清河归国之际，（仲麻吕）一同跟随，于天平六年（743年，即开元二十二年）从明州出发踏上归国之途，因遭遇海上风暴，漂流

---

　　① 鈴木知太郎校注. 土左日記・かげろふ日記・和泉式部日記・更級日記 [M]. 東京：岩波書店、1966：第42頁
　　② 遠田晤良. 青海原ふりさけみれば－土佐日記の阿倍仲麻呂の歌－ [A]. 比較文化論叢 [C]. 札幌：札幌大学文化学部紀要、2006：第27－49頁
　　③ 東城敏毅. 阿倍仲麻呂在唐歌－その作歌事情と伝達事情－ [A]. 日本文学論究第五十四冊 [C]. 東京：国学院大学国文学会、1995：第27－39頁
　　④ 森克己. 遣唐使 [M]. 東京：至文堂、1972：第48頁

至安南……"① 可见森氏自身也难以确定出发地究竟是明州还是苏州。根据杉本直治郎的研究，该歌于遣唐使起航回国的那一年的十一月十五日，在苏州黄泗浦的扬子江上的遣唐使船中所作，而并非《古今和歌集》左注所说的作于"明州"。杉本氏的这一结论目前已成为学界的定论。毫无疑问，这一结论否定了纪贯之《土佐日记》中"廿日之月"的说法。杉本氏还结合可信度较高的《唐大和上东征传》认为："十月十五日，仲麻吕随遣唐使藤原清河一行归国，于扬州延光寺拜访鉴真。一行恳请鉴真东渡日本，并获得许诺，因此赶赴苏州的遣唐使归船，等待鉴真一行的到来。"② 十九日，鉴真等人离开龙兴寺，二十三日，分别乘坐使船。据说一个月后的十一月十五日，"首尾相连的四艘船终于同时从苏州的黄泗浦出发时，一只野鸡飞到第一艘船前，据当时的迷信说法，当日不适宜启航，随即决定抛锚停于扬子江上。一夜后，即十六日再次扬帆起航"，"停泊于江上，虚度一夜，就是天宝十二年（753）农历十一月十五日的满月之夜"。③ 由此可推测仲麻吕的这首和歌咏叹的是十五日月圆之夜的月亮。然而，远田晤良却支持纪贯之《土佐日记》的记载，认为"并非十一月，而是此前的十月二十日晚，黄泗浦的海上明月引发仲麻吕的感慨而吟望乡歌"④，远田氏的观点同样依据的是《唐大和上东征传》的记载。天宝十二年十月十五日，仲麻吕随同藤原清河、大伴古麻吕、吉备真备等人前往扬州延光寺拜访鉴真，并恳请鉴真与其弟子东渡日本。鉴真等人于十月十九日离开扬州，从江边乘船前往苏州黄泗浦。仲麻吕于十月十五日在扬州拜访了鉴真，应先于鉴真等人于二十日抵达遣唐使船所在地——黄泗浦。因此，纪贯之认为仲麻吕所见之月为十月二十日之月并非误说。

笔者认为可以根据当时的情况推测仲麻吕在唐望乡歌的创作时间与地点。鉴真等唐朝僧人跟随遣唐使船东渡日本，乃是触犯国禁之举，而将鉴真收藏在遣唐使船上更是特别让人紧张和万分危险之举。在冒着触犯国禁

---

① 森克己. 遣唐使［M］. 東京：至文堂、1972；第135頁

② 杉本直治郎. 阿倍仲麻呂の歌についての問題点［A］. 文学［C］. 東京：岩波書店、1968；第26—36頁

③ 杉本直治郎. 阿倍仲麻呂の歌についての問題点［A］. 文学［C］. 東京：岩波書店、1968；第26—36頁

④ 遠田晤良. 青海原ふりさけみれば－土佐日記の阿倍仲麻呂の歌－［A］. 比較文化論叢［C］. 札幌：札幌大学文化学部紀要、2006；第27—49頁

的风险东渡日本之际,仲麻吕一行能在扬子江上公开举行饯别会吗?唐朝诗友们将仲麻吕由长安送至海边,即便有欢送会,也应该是在苏州黄泗浦等待鉴真一行到来的十月二十日更为合理。《土佐日记》虽然未能说明纪贯之是依据何种资料而知晓仲麻吕的观月之日,但十月十五日之说抑或值得参考。

三、阿倍仲麻吕的长安诗友及其诗作

(一) 储光羲《洛中贻朝校书衡朝即日本人也》

储光羲的贺诗是唐朝文人赠给阿倍仲麻吕的第一首诗。史书记载,阿倍仲麻吕年长储光羲九岁,年仅十九岁的储光羲于726年进士及第。当时正值仲麻吕入唐的第九年,若仲麻吕十九岁入唐,此时已二十八岁。可以想象,仲麻吕与储光羲的相遇可能是在某个一起在太学求学的日子,或者二人同年通过科举考试。储光羲《洛中贻朝校书衡朝即日本人也》一诗收入《全唐诗》卷一三八中。全诗如下:

> 万国朝天中,东隅道最长。吾生美无度,高驾仕春坊。
> 出入蓬山里,逍遥伊水傍。伯鸾游太学,中夜一相望。
> 落日悬高殿,秋风入洞房。屡言相去远,不觉生朝光。①

与其他唐人赠给仲麻吕的诗作不同,上述五言诗并非在送别宴上所作,而在其官僚录用考试及第后,被任命为洛阳太子春坊的司经校书时所赠。校书是校书郎略称,在印刷术尚不发达的唐代,此官职是负责校正临摹本及公文的重要职位,非学识渊博者无法胜任。诗题"洛中贻朝校书衡朝即日本人也"中的"洛中"指相对于都城长安的东都洛阳,这亦是皇太子官厅所在处。"朝校书衡"是根据唐人习惯,在姓和名之间加入职位名

---

① 彭定求等编,中华书局编辑部点校. 全唐诗(增订本)[M]. 北京:中华书局,1999:第1405页

的写法。据此诗可知,仲麻吕通过科举考试后,从洛阳的太子春坊司经校书开始他在唐廷的仕途。然而,森下金二郎提出另一种说法。他认为阿倍仲麻吕应该是被推荐给笃实勤学的国子监长官(祭酒,从三品),属国子监的正九品下司经局校书。并且,仲麻吕并未经过科举考试,而是从太学直接赴洛阳任职。作为仲麻吕的同窗,储光羲对其任职一事表示祝贺,赠诗一首。① 翻检中日史书,并未发现仲麻吕参加科举的确切记录。因此,森下金二郎的观点作为一种假说,亦可供参考。

(二) 赵骅《送晁补阙归日本国》

除储光羲的贺诗外,仲麻吕还曾收到同僚赵骅的赠诗。赠诗存于《新唐书》卷一五一的《赵骅传》与《全唐诗》卷一二九中,且《全唐诗》所收诗序中亦对赵骅有简要介绍。赵骅,字云卿,河南省邓州穰城人,自幼好学,开元中进士及第,后官至秘书少监(秘书省的次官)。赵骅与颜真卿、李华、陆据等赫赫有名的文士相交甚密,可谓长安城内远近闻名的诗人。根据赵骅的生平简介可推测,同在秘书省任职的赵骅与仲麻吕相识,任秘书少监的赵骅或许还曾是秘书监仲麻吕的部下。赵骅赠予仲麻吕的《送晁补阙归日本国》全诗如下:

西掖承休浣,东隅返故林。来称郑子学,归是越人吟。
马上秋郊远,舟中曙海阴。知君怀魏阙,万里独摇心。②

诗题中的"补阙"毫无疑问是指朝衡(亦作晁衡)。补阙是"从七品上"的低阶官职,因此,赵骅的赠诗是较早以前的作品,作于仲麻吕初次尝试归国之际。而市河宽斋《日本诗纪》卷六的《阿倍仲麻吕小传》中"官历秘书监、至左补阙"的记载属误写。笔者认为,阿倍仲麻吕任左补阙的时间是 733 年左右。当时正值遣唐使多治比广成一行归国之际,阿倍仲麻吕曾私下告知友人赵骅自己欲跟随其回国。得知他即将归国的消息,

---

① 森下金二郎. 阿倍仲麻呂(朝衡)伝の研究－2－陳舜臣「朝衡小考」「詩人たちの長安」について[A]. 宮城学院女子大学研究論文集[C]. 仙台:宮城学院女子大学、1992:第71-100頁

② 彭定求等编,中华书局编辑部点校. 全唐诗(增订本)[M]. 北京:中华书局,1999:第1320页

赵骅随即吟诗赠予仲麻吕，表达惜别之情。大概仲麻吕的首次归国申请未得玄宗许可，故而知其归国的唐朝友人较少。因此，第一次计划回国之际仲麻吕仅从唐文人那里获赠此一首送别诗。从这一点来看，赵骅与仲麻吕的关系理应十分亲密。

（三）王维《送秘书晁监还日本国》及诗序

唐代文人赠给阿倍仲麻吕的送别诗中，最有名的当属王维的赠诗《送秘书晁监还日本国》。王维赠予仲麻吕的诗歌标题中的"秘书晁监"指任职秘书监的朝衡，这是在职务间插入姓氏的唐人书写方式。在诗前还附有长篇序文。在唐人送别的诗宴上，有附一篇序文介绍相关情况，并将所有诗作整编为一册赠送给远行之人的惯例。753 年，仲麻吕跟随遣唐使藤原清河归国的消息传遍朝廷内外，长安诗人为其举行欢送会，必定有不少诗歌唱和往来。在送别的诗会上，王维被选为长安文人的代表，执笔创作了诗集的序文并作赠别诗一首。其序文如下：

> 舜觐群后，有苗不格。禹会诸侯，防风后至。动干戚之舞，兴斧钺之诛。乃贡九牧之金，始颁五瑞之玉。我开元天地大宝圣文神武应道皇帝，大道之行，先天布化。乾元广运，涵育无垠。若华为东道之标，戴胜为西门之候。岂甘心于筇杖，非征贡于包茅。亦由呼耶来朝，舍于葡萄之馆。卑弥遣使，报以蛟龙之锦。牺牲玉帛，以将厚意。服食器用，不宝远物。百神受职，五老告期。况乎戴发含齿，得不稽颡屈膝。海东国，日本为大。服圣人之训，有君子之风。正朔本乎夏时，衣裳同乎汉制。历岁方达，继旧好于行人；滔天无涯，贡方物于天子。同仪加等，位在王侯之先。掌次改观，不居蛮夷之邸。我无尔诈，尔无我虞。彼以好来，废关弛禁。上敷文教，虚至实归。故人民杂居，往来如市，晁司马结发游圣，负笈辞亲。问礼于老聃，学诗于子夏。鲁借车马，孔丘遂适于宗周；郑献缟衣，季札始通于上国。名成太学，官至客卿。必齐之姜，不归娶于高国；在楚犹晋，亦何独于由余。游宦三年，愿以君羹遗母；不居一国，欲其昼锦还乡。庄舄既显而思归，关羽报恩而终去。于是稽首北阙，裹足东辕。篚命赐之衣，怀敬问之诏。金简玉字，传道经于绝域之人；方鼎彝尊，致分器于异姓之国。琅琊台上，回望龙门；碣石馆前，夐然鸟逝。鲸鱼

喷浪，则万里倒回；鹢首乘云，则八风却走。扶桑若荠，郁岛如萍。沃白日而簸三山，浮苍天而吞九域。黄雀之风动地，黑蜃之气成云。森不知其所之，何相思之可寄。嘻！去帝乡之故旧，谒本朝之君臣。咏七子之诗，佩两国之印。恢我王度，谕彼蕃臣。三寸犹在，乐毅辞燕而未老；十年在外，信陵归魏而逾尊。子其行乎，余赠言者。①

上述王维的诗序是中日往来诗文中篇幅最长的一篇，内容亦十分精彩丰富。序文是以骈体书写的长篇叙事散文，使用了大量典故。与王勃的《滕王阁序》相比，其价值在于详细叙述了唐人对日本的认知。序文中不仅咏叹了唐代文人和仲麻吕的深厚友情，还赞美了中日两国的友好关系。序文前半部全面叙述了中日两国的外交发展史，有史料价值。首先，序文简略回顾了日本自古便与中国多有交往的各种史实，并叙述了由于大海阻隔，日本使节通常每隔数十年才渡海一次前来朝贡，历经千辛万苦，因而受到优于他国的礼遇。其次，王维的序文认为中日两国自古就构筑起"我无尔诈，尔无我虞"的友好信任关系。关于两国友好往来的盛况，王维描绘出一幅"彼以好来，废关弛禁。上敷文教，虚至实归。故人民杂居，往来如市"的生动画面。并且，正如王维所言"服圣人之训，有君子之风。正朔本乎夏时，衣裳同乎汉制"，日本深受中国文化影响，风俗习惯亦与唐朝相仿。序文后半部分讲述了阿倍仲麻吕留学唐朝并在唐为官的经历。虽然他在唐廷位高权重，长期以来却难以抑制思乡之情与归国之心。仲麻吕兼有唐廷使者和日本奈良朝留学生的双重身份，获得唐皇与日皇的"两国之印"，最终获准归国。

现从《全唐诗》卷一二七中摘抄出王维的送别诗：

积水不可极，安知沧海东。九州何处远，万里若乘空。
向国唯看日，归帆但信风。鳌身映天黑，鱼眼射波红。
乡树扶桑外，主人孤岛中。别离方异域，音信若为通。②

---

① 彭定求等编，中华书局编辑部点校. 全唐诗（增订本）[M]. 北京：中华书局，1999：第1288页

② 彭定求等编，中华书局编辑部点校. 全唐诗（增订本）[M]. 北京：中华书局，1999：第1288页

王维此诗为五言排律，饱含惜别之情，可谓送别诗中的杰作。从诗歌标题"秘书晁监"可知此诗为仲麻吕第二次申请归国之际所赠。据史册记载，王维自进士及第至安史之乱爆发期间，一直任职于长安，与仲麻吕是同僚。二人同为诗文修养颇深的宫廷文人，应该会经常见面，切磋诗文。

试想在送别的宴会上，为回应王维等诗友的赠诗，仲麻吕作《衔命还国作》。然而，考察此诗与仲麻吕诗的韵脚不难发现，两首诗的押韵不同。王维诗的韵脚为"东""空""红""中""通"，而仲麻吕诗的韵脚为"亲""津""林"。在唐代，答诗的押韵通常与赠诗相同。而上述赵骅《送晁补阙归日本国》诗却以"林""吟""阴""心"为韵脚，恰与仲麻吕诗相同，可见这两首诗之间似乎存在赠答关系，但遗憾的是，至今并无确切证据证明仲麻吕的《衔命还国作》究竟为赠答谁而作。

（四）包佶《送日本国聘贺使晁巨卿东归》

关于诗人包佶，《全唐诗》卷二〇五有简要介绍。包佶生卒年不详，生活于758年左右。父亲包融与贺知章、张若虚、张旭一起被称为"吴中四士"。包佶与其兄包何俱以诗扬名，被世人称为"二包"，两人共同留下一卷诗集。又据《唐才子传》记载，他交友甚广，与诗人刘长卿、窦叔向等关系甚密，同属当时的一流诗人。包佶于747年进士及第，历任刑部侍郎、太常少卿、谏议大夫、御史中丞，后荣升秘书监。若假定仲麻吕为726年的进士，包佶则是仲麻吕的晚辈，极有可能是在仲麻吕之后继任秘书监。他与仲麻吕担任过相同的官职，必定有公务上的往来，甚至与仲麻吕私交密切，因而赠诗送别。现从《全唐诗》卷二〇五中摘引出包佶的《送日本国聘贺使晁巨卿东归》。

> 上才生下国，东海是西邻。九译蕃君使，千年圣主臣。
> 野情偏得礼，木性本含真。锦帆乘风转，金装照地新。
> 孤城开蜃阁，晓日上朱轮。早识来朝岁，涂山玉帛均。①

---

① 彭定求等编，中华书局编辑部点校. 全唐诗（增订本）[M]. 北京：中华书局，1999：第2144页

通读上诗，诗人对"晁巨卿"诗文才华与外交功绩的赞美之情溢于言表。考察诗歌的创作背景，引人注目的是诗题中"聘贺使"的身份。"聘贺使"为聘问贺正使的简称，聘问即访问，贺正指恭贺新年。换言之，聘贺使是君主任命并赐予称号的使节。杉本直治郎的研究认为，仲麻吕在唐朝虽官至秘书监，但日本奈良时代的官方文献《续日本纪》卷三十称其生前为"学生朝衡"，死后九年仍称其为"前学生阿倍朝臣仲麻吕"（《续日本纪》卷三五）。可见日本认可的仲麻吕的身份始终只是普通入唐留学生。因此"日本国聘贺使"这一称呼应为唐朝中央政府对仲麻吕的身份定位。752年，入唐的遣唐大使藤原清河、副使大伴古麻吕以及吉备真备等一行人抵达长安，并于翌年的正月初一上朝祝贺。《册府元龟》卷九七一天平胜宝五年（753）三月条将此事件称为"日本国遣使贺正"。又据《续日本纪》卷一九记载，副使大伴古麻吕回国后向日本朝廷上奏："大唐天宝十二载，岁在癸巳。正月朔癸卯，百官诸藩朝贺，天子于蓬莱宫含元殿受朝。"① 要言之，遣唐大使及副使三人均拥有"日本国聘贺使"的身份，此称号当来自唐政府的特别赐封。

藤原清河和大伴古麻吕都是第一次入唐，在长安的停留时间亦不长，与唐文人深交的可能性并不大。但是，一同入唐的吉备真备乃是第二次入唐，在此之前已在唐旅居了十七年之久，在唐朝文人圈中亦是知名人士。《续日本纪》光仁天皇宝龟六年（775）条记载："留学受业，研览经史，该涉众艺。我朝学生播名唐国者，唯大臣及朝衡二人而已。"② 因此，杉本直治郎曾大胆提出假说："拥有能与仲麻吕匹敌的才学和人脉的真备，经斡旋在第二次入唐之际，或许曾同仲麻吕一样被任命为秘书监、卫尉卿……既然能将'朝'写作'晁'，称呼有官职且为'卿'的朝衡为晁衡，那么称呼享有同等待遇的朝臣真备亦为晁臣卿，也不足为奇。"③ 杉本直治郎在此提出了"晁巨卿"是"朝巨卿"的误写，可以是仲麻吕与真备中的任何一人的可能性。然而，即使包佶所指的"日本国聘贺使晁臣卿"并非仲麻吕，也并不意味着就是真备。依笔者之见，将"朝"错写

---

① 国史大系卷二・続日本紀［M］. 東京：経済雑誌社、1897：第588頁
② 国史大系卷二・続日本紀［M］. 東京：経済雑誌社、1897：第626頁
③ 杉本直治郎. 阿倍仲麻呂の詩の周辺－「銜命使本国」詩の場合－［J］. 東京：東方学、1969：第67－84頁

为"晁",称呼吉备真备为"朝臣卿"的可能性并不大。即使"聘贺使"确是指真备,称呼其为"吉备朝臣"或者"吉备"应该更为合适。并且,玄宗曾任命仲麻吕为遣唐使一行在长安期间的接待人员,后又准其随遣唐使一行回日本,称仲麻吕为"聘贺使"亦是合情合理。再者,朝衡的《衔命还国作》与包佶诗的押韵又相呼应,包佶的诗很有可能还是与仲麻吕相关。

(五) 李白的追悼诗

据以往的李白传记研究,李白大约生于701年前后,是与仲麻吕同一时代的诗人。李白曾受玄宗之诏赴任长安,于742年至744年期间任职翰林供奉,时间短暂,经历大约三年的宫廷生活后,受到排挤,被迫离开长安。因此,李白与仲麻吕的相遇应是在长安的宫廷之中,此时的仲麻吕已在长安生活了近二十年。李白供职于玄宗在位期间,翰林院改制,翰林供奉变为翰林学士。唐朝的翰林学士是天子直属的私人侍者,作为天子的顾问居住在翰林院,等待皇帝随时召见。这一官职常常是文学之士担任,与著名诗人李白的身份相符。当时,李白可谓唐玄宗宫廷文学沙龙的中心人物,频繁被玄宗传唤作诗,而仲麻吕同为宫廷文人的一员,自然与李白熟识。仲麻吕与李白在长安宫廷的往来虽不足三年,二人却通过诗文惺惺相惜,友情颇深。其后,李白遭到陷害被逐出宫廷,无法再踏入长安城。然而,可以想象两人一直有诗文往来。李白离开长安后,开始了漫游神州大地的自由生活。当听闻仲麻吕在归国途中遭遇风暴而溺死的传闻时,他悲痛万分,当即吟诗追悼,寄托哀思。全诗载于《全唐诗》卷一八四,内容如下:

哭晁卿衡
日本晁卿辞帝都,征帆一片绕蓬壶。
明月不归沉碧海,白云愁色满苍梧。①

---

① 彭定求等编,中华书局编辑部点校. 全唐诗(增订本)[M]. 北京:中华书局,1999:第1892页

上述李白的悼念诗寓情于景，表达了对日本友人仲麻吕亡故的深切哀伤。位于现今陕西省西安市兴庆公园的"阿倍仲麻吕纪念碑"上也刻有这首七言绝句，并署名"李白哭晁衡"。学界普遍认为李白的这首诗作于754年左右，吟诗地点在扬州或苏州。《唐才子传笺证》中记载李白贬官后常乘舟与崔宗之自采石至金陵。因此确定李白离开长安后大概于江南一带逗留。黑川洋一进而断言仲麻吕在归国时，定会告知并拜访李白，还举出李白诗《送王屋山人魏万还王屋》为证。李白得知仲麻吕遇难的消息时，正在广陵会见魏万。当时李白身上的衣服正是用仲麻吕所赠的日本布匹制成。于是，李白在赠给魏万的诗中写道"身著日本裘，昂藏出风尘"，还专门注解"裘则朝卿所赠，日本布为之"①。由此推断，李白此诗应该作于广陵（今扬州）②。但是，《送王屋山人魏万还王屋》诗文中的"身著日本裘，昂藏出风尘"表现出一种自信和乐观的精神，这与李白的哀悼诗所流露出的哀伤完全不同。若真是在会见魏万时得知仲麻吕溺死的消息，那么因友人之死而悲痛不已的李白会在赠予魏万的诗中展露如此高昂的精神吗？因此，笔者认为黑川氏的假说难以成立。李白的悼亡诗仍是在游历江南一带的旅途中，听到从长安传来的消息后而作。

综上所述，玄宗时期来唐的阿倍仲麻吕入长安的太学学习，后考科举入仕，供职于唐王朝的中央政府，并逐渐升迁高位。作为唐朝官员，他屡次接待日本遣唐使，在唐日间架起友好沟通的桥梁，但始终无法实现回归故国的心愿，最终客死唐土。阿倍仲麻吕可谓日本留学生中的文人典范。仲麻吕的诗才出类拔萃，他与唐朝一流诗人结下了深厚的友情。在计划归国之际，李白、王维、储光羲等唐代一流诗人都赠予送别诗，他亦以诗回赠唐人。仲麻吕与唐人的诗文之交不仅是唐日诗歌交流史上的重要一环，也是中日文学交流的源头所在。

---

① 彭定求等编，中华书局编辑部点校. 全唐诗（增订本）[M]. 北京：中华书局，1999：第1794页
② 黒川洋一. 阿倍仲麻呂の歌について[A]. 文学[C]. 東京：岩波書店、1975：第988-999頁

第四章

《万叶集》的遣唐使和歌

一、遣唐使和歌的基本情况

众所周知,奈良时代是日本派遣遣唐使的高峰期,《续日本纪》《日本后纪》《新唐书》《旧唐书》等史册中有不少日本遣唐使任命、出发、归国的记录,《全唐诗》《怀风藻》及"敕撰三集"(《凌云集》《文华秀丽集》《经国集》)等诗集中亦有不少遣唐使相关诗篇。成书于奈良时代的日本第一部和歌总集《万叶集》共辑录四千多首歌谣,涉及奈良生活的各个方面,其中也收录了二十二首遣唐使送别歌。这些歌谣的内容几乎无一例外地赞美"言灵"或是举行"斋戒",大致可以分为三种类型:(1)献给神的仪式性歌谣,体现出对航海路线与地点的关注;(2)统治者由上对下的宣旨,天皇所赐之"酒"被赋予特别的政治意味;(3)表达对遣唐使的无限思念,其题材与内容明显受到了中国古代别离诗的影响,同时流露出个人情感与遣唐使派遣事业的剧烈冲突。

但是,历来的遣唐使诗歌研究多局限在汉文正史与汉文诗歌两类资料的范畴内,对和歌中的遣唐使相关资料尚未有系统整理与研究。鉴于相关研究的不足,笔者参考佐竹昭广校注的新日本古典文学大系《万叶集》四卷本(岩波书店,1999),将辑录其中的二十二首遣唐使送别歌进行简要梳理与分析(见表4-1)。

表4-1 《万叶集》中遣唐使送别歌情况

歌谣编号	歌名(中文译名)	作者	创作时间
卷1第62首	三野连入唐时春日藏首老送歌	春日藏首老	701年
卷1第63首	在大唐忆本乡歌	山上忆良	704年
卷5第894—896首	好去好来歌	山上忆良	733年
卷8第1453—1455首	天平五年癸酉春闰三月笠朝臣金村赠入唐使歌	笠金村	733年
卷9第1784首	赠入唐使短歌	不详	不详
卷9第1790—1791首	天平五年癸酉遣唐使舶发难波入海之时亲母赠子歌	遣唐使母	733年

续表4-1

歌谣编号	歌名（中文译名）	作者	创作时间
卷19第4240首	春日祭神之日藤原太后赐入唐大使藤原朝臣清河御作歌	光明太后	752年
卷19第4241首	大使藤原朝臣清河歌	藤原清河	752年
卷19第4242—4244首	藤原大纳言饯入唐使歌三首	藤原仲麻吕等	752年
卷19第4245—4246首	天平五年赠入唐使歌	不详	733年
卷19第4247首	阿倍朝臣老人遣唐时奉母悲别歌	阿倍老人	不详
卷19第4262首	闰三月于卫门督大伴古慈悲宿祢家饯入唐副使同胡麻吕歌	多治比真人鹰主	752年
卷19第4264—4265首	高丽朝臣福信遣于难波，赐酒肴入唐使藤原朝臣清河等御歌	孝谦天皇	752年

纵览表4-1，以上送别歌大多作于第七次（701）、第九次（733）、第十次（752）次遣唐使渡海前夕。遣唐使所作和歌仅四首，分别是山上忆良二首、藤原清河一首、阿倍老人一首。其余是送行者所作。其中，第九次遣唐使相关和歌约占总数的一半，其次大多是第十次遣唐使出发前所作。笔者拟以数量较多的第九、第十次遣唐使送别歌为中心，管窥奈良时代遣唐使派遣事业的真实面貌，补充史书中相关记载的缺漏。

二、遣唐使和歌的叙事内容

（一）危险重重的赴唐之旅

由于古代航海技术不发达，遣唐使渡海实为极度危险、恐怖、艰难之旅，如藻屑般消逝海上者、渡海途中病逝者、被海贼残杀者、漂流荒岛被岛民虐杀者均见于正史记载。例如，《续日本纪》卷十一就记载了第九次遣唐使渡海往返的艰辛经历。天平五年（733）三月二十六日遣唐使大使多治比广成辞行、授节刀；四月三日四艘遣唐使船从难波港出发，八月抵苏州；天平六年（734）四月向唐朝献贡，十月四艘遣唐使船从苏州入海归国，十一月二十日第一艘船抵达多弥；天平七年（735）三月第二艘船归国；天平十一年（739）十一月三日第三艘船归国，第四艘船遇难，行踪不明。除第一艘船顺利渡海外，其余三艘船或漂流半年以上，或行踪不明，结局悲惨。即便是取道朝鲜半岛沿岸相对安全的北路航线时代，史册中亦有如此记录："伊吉博得言：'学问僧惠妙于唐死，知聪于海死，智国于海死，智宗以庚寅年付新罗船归，觉胜于唐，义通于海死。'"① 可以说，这些在海上逝去或是客死唐土的使者名单给奈良时代的日本人带去了挥之不去的心理阴影，是遣唐使入选者及家人对入唐产生不安与动摇的重要原因。

人们脑海中镌刻着入唐旅途的悲痛记忆，期望借助神明的力量克服对大海的畏惧。圆仁的《入唐求法巡礼行记》卷一中有遣唐使在船上向神明祈祷的记录："廿四日，望见第四舶在前去，与第一舶相去卅里许，遥西方去。大使始画观音菩萨。请益、留学法师等相共读经誓祈。"② 通过画佛像、念经文的方式祈求平安渡海。《延喜式》卷三十的"大藏省入诸蕃使"条亦记载遣唐使团成员中设有主神（神道教的祭司）、阴阳师（负责《周易》占卜和天文观测）、卜部（占卜师）等职，在大使所乘的第一艘船中还安设神殿，祭祀日本神道教中的海神——住吉大神，安抚焦虑不安的入唐人员。

《万叶集》也有反复吟咏住吉大神的和歌。例如，第 4243 首民部少辅多治比真人土作创作的短歌"住吉に斎く祝が神言と行くとも来とも船は早けむ"③ 是侍奉住吉大神的神官祈祷时的话语，祈愿遣唐使船来去顺利，第1784 首《赠入唐使歌》"わたつみのいづれの神を祈らばか行くさも来さも船の早けむ"④ 祈求所有的海神都保佑船儿早日归来。万叶歌人反复吟诵海神大概出于两点原因。其一，如果吟咏充满苦难与危险的渡海经历，或许会使入唐者产生厌恶与畏惧，导致辞退者相继出现，给国家的遣唐使派遣事业带来不利影响。历史上日本遣唐使以各种理由逃避赴唐的

---

① 国史大系卷一・日本書紀［M］．東京：経済雑誌社，1897；第 456 頁
② 圆仁撰，顾承甫、何泉达点校．入唐求法巡礼行记［M］．上海：上海古籍出版社，1986；第 1 页
③ 佐竹昭广等校注．新日本古典文学大系・万葉集・四［M］．東京：岩波書店、2003；第 331 頁
④ 佐竹昭广等校注．新日本古典文学大系・万葉集・二［M］．東京：岩波書店、1999；第 384 頁

事件频频发生，九世纪上半叶的第十九次遣唐使发生大使与副使争夺好船的事件，副使小野篁冒着被判处死刑的危险拒绝上船；有些入唐留学生临行前托病不出，或者躲进岸边的芦苇丛中看着船开走；894 年最后任命的遣唐使大使是日本文神菅原道真，他不仅自己不想冒渡海的风险，还建议朝廷停止派出遣唐使。其二，可能是由于日本最初的歌谣起源于与神明的交流，被视为神谕或对神的赞美。

（二）单向的仪式性献歌

日本最早的歌谣见于《古事记》和《日本书纪》的颂祝，有明显的宗教色彩，是一种"咒术"或"言灵信仰"。古代日本人认为所崇拜之物都具有与人同样的属性，想要驱邪避灾必须虔诚崇拜它们，诚心诚意祈求它们。例如，"要山的话面对山，要水的话面对水进行具体的祭拜。这就是所谓的'寄物陈思式'的思维方式中产生的一种原始的宗教心理"①。并且，颂祝中的咒术相当重要，是以朗诵或讲唱的形式向神灵祈求安宁或驱邪避灾、治病、占卜等的祈祷方式之一，在原始人的生活中有非常重要的作用。遣唐使送别歌便反映出这种原始的宗教心理，具有辟邪、祈求安宁的精神效应。

例如，天平五年（733），多治比广成被任命为第九次遣唐大使并决定四月出发。根据《万叶集》的注释"天平五年三月一日，良宅对面，献三日。山上忆良谨上大唐大使卿记事"，广成在出发前拜访了前任遣唐使少录山上忆良。此时的忆良已七十四岁高龄，距他入唐的时间过了将近三十年。他将自己的赴唐体验写成《好去好来歌》献给广成，从歌名可看出这首歌寄托了他对广成平安渡海的祝福。

1. 神代より 言ひ伝て来らく そらみつ 大和の国は 皇神の 厳しき国 言霊の 幸はふ国と 語り継ぎ 言ひ継がひけり
2. 今の世の人もことごと 目の前に 見たり知りたり 人さはに 満ちてはあれども 高光る 日の大朝廷 神ながら 愛での盛りに 天の下 奏したまひし 家の子と 選ひたまひて 勅旨 反し

---

① 尹允镇."记纪歌谣"和巫俗文化的关联 [J]. 东北亚论坛，2006 年第 15 卷第 6 期

て、大命と云ふ 戴き持ちて 唐の 遠き境に 遣はされ 罷りいませ 3. 海原の辺にも沖にも 神留まり うしはきいます 諸の 大御神たち 船舳に 反して、ふなのへにと云ふ 導きまをし 天地の 大御神たち 大和の 大国御魂 ひさかたの 天のみ空ゆ 天翔り 見渡したまひ 4. 事終はり 帰らむ日には また更に 大御神たち 船舳に 御手うち掛けて 墨縄を 延へたるごとく あぢかをし 値嘉の崎より 大伴の 御津の浜びに 直泊てに み船は泊てむ つつみなく 幸くいまして はや帰りませ①

整首歌由四部分构成：（1）对大和国和"言灵"的赞美；（2）天皇选拔优秀的世家子为遣唐使；（3）入唐时神灵保佑船儿平安渡海；（4）归国时在神灵引导下顺利靠岸。

此歌作者山上忆良擅长和汉文学，献歌的对象多治比广成亦因高贵的出身和出众的文学才华获选入唐大使。《怀风藻》中收录其汉诗三首，其父多治比岛历任持统、文武两朝左大臣一职，其兄多治比县守也曾担任716年度的遣唐押使。然而，擅长诗文的广成却没有作歌回赠忆良。日本学者塚本邦雄解释："（此歌）以神明庇佑平安归来为主题，用传统礼仪歌谣的手法大气蔚然地吟咏出来。"② 此歌是向神明祈祷航海平安的仪式性歌谣。此类歌谣在"记纪歌谣"中占比较大，日本学者土桥宽在《古代歌谣的世界》（墙书房，1975）一书中统计收录在《古事记》和《日本书纪》中的此类歌有五十多首，一般和国家的各种庆典、年中仪式或皇室的各种仪式联系在一起。《好去好来歌》亦属此类，顺利入唐的经历让忆良深切感受到咒术的神力，赞美"言灵"的力量，祈祷广成往返平安。与此相仿的还有一例。三野连入唐之际，春日藏首老赠歌"ありねよし対馬の渡り海中に幣取り向けてはや帰り来ね"③。从歌名来看这是遣唐使成员三野

---

① 佐竹昭広等校注. 新日本古典文学大系・万葉集・一［M］. 東京：岩波書店、1999；第504-507頁

② 塚本邦雄. 帰京後の生活・死［A］. 山上憶良・人と作品［M］. 東京：桜楓社、1991；第213頁

③ 佐竹昭広等校注. 新日本古典文学大系・万葉集・一［M］. 東京：岩波書店、1999；第54頁

连渡海之际春日藏首老祝愿对方早日归来的赠歌。对于这首赠歌，《万叶集》中亦未见三野连的答歌。由此推测遣唐使送别歌并非歌者间互相赠答的一组完整歌谣，而只是一种单向性的献给神的仪式性歌谣。

（三）对航海路线与地点的关注

那么，送别歌中"言灵的力量"究竟是如何守护遣唐使船安全往返的呢？护佑遣唐使的神明究竟是一种怎样的存在呢？正如《好去好来歌》吟咏的那样，入唐路途由统领海域的"諸の大御神たち"在船首引路，天空中飞翔着守护使船的"天地の大御神たち"。回国归途中"大御神たち"又牵引着船只的墨绳，一直指引遣唐使从"値嘉の崎"航行到"大伴の御津の浜び"。此处的"大伴の御津"是指难波的三津浦（今大阪市南区三津寺町），这是当时日本的外港，遣唐使船的出发地点和回国的靠岸地点都是这里。日本学者木宫泰彦在《日华文化交流史》（冨山房，1977）一书中指出遣唐使船从三津浦沿濑户内海南行抵达筑紫后停靠大津浦（今博多），再从大津浦分南北两路赴唐，归路也是经由这两条线路。《万叶集》的遣新罗使歌中也有"大伴の御津に船乗り漕ぎ出てはいづれの島に庵りせむ我"[1]之句。"値嘉の崎"是指经过值嘉岛（五岛列岛中福江岛）三井湾所在的海角，此地是遣唐使取道南岛路的必经之路。第九次遣唐使应该是取道横断中国东海的较为危险的南线航路。虽然描述归途的歌词中仅见一地名，亦足可想象航海的艰难。作者在此歌中回忆了三十年前在狂风巨浪下艰难归国的经历，却完全不提遣唐一事，只强调遣唐使的往返行程"大和—唐—大和"，借用"言灵""大御神"的神力保佑旅途平安，显示出巫术的性质。《万叶集》卷十九的《天平五年赠入唐使歌一首并短歌》中也有类似描写航海路线，祈求"住吉大御神"保佑航海平安的内容。

そらみつ大和の国　あをによし　奈良の都ゆ　おしてる　難波に下り　住吉の　御津に船乗り　直渡り　日の入る国に　任けらゆる　わが背の君を　かけまくの　ゆゆし恐き　住吉の　我が大御神

---

[1] 佐竹昭広等校注. 新日本古典文学大系・万葉集・三 [M]. 東京：岩波書店、2002：第396頁

船の舳に　うしはきいまし　船艫に　立たしいまして　さし寄らむ　磯の崎々　漕ぎ泊てむ　泊り泊りに　荒き風　波にあはせず　平らけく　率て帰りませ　もとの国家に
　　沖つ波辺波な起ちそ君が船漕ぎ帰り来て津に泊つるまで　①

上述歌谣对唐日往返航路的描述较之《好去好来歌》更为详尽，全歌以"大和の国の奈良の都—難波の住吉の御津—日の入る国—もとの国家—津"为线索展开。

从上述歌谣均吟咏"大和、难波、住吉、御津"这一点来看，遣唐使船沿大和到难波（大伴御津）或难波到大和的实际线路似乎是遣唐使送别歌的一种固定表达。万叶歌人可能希望通过频繁吟诵出发和抵达的地点以及往返航路受神明庇佑来祈求平安。这与遣唐使汉诗对航海的描写迥然不同。《凌云集》有贺阳丰年的《别诸友入唐》"数君为国器，万里涉长流。奋翼鹏天眇，轩鹏鲲海悠"之句，通过对辽阔海景的描绘，使人感受到踊跃渡唐的气魄和吸收灿烂唐文化的抱负。唐人赠日本使的送别诗中也有许多关于航海的类似表达。比如，唐玄宗的《送日本使》："涨海宽秋月，归帆快夕飙"；刘眘虚的《海上诗送薛文学归海东》："沧溟千万里，日夜一孤舟""有时近仙境，不定若梦游"；王维的《送秘书晁监还日本国》："积水不可极，安知沧海东""鳌身映天黑，鱼眼射波红"等诗句均极度夸张海路之遥远，想象大海风光的奇异变幻，强调航行速度之快，处处洋溢着乐观的浪漫主义情怀，完全不同于遣唐使送别歌的悲伤氛围。值得一提的是，遣唐使送别歌的主要内容是吟咏旅程，极少抒发对旅途景物的感想，也没有与大海风浪搏斗的内容，更加没有一首吟咏入唐使命与唐土见闻的歌作，明显不具备纪行文学的基本特征。正如美国学者魏朴和所言："《万叶集》收录的二十多首有关遣唐使的诗歌，这些确实是以派遣前日本国土的送别仪式、海路渡来的安全和平安回国的祈祷为中心，简单来说，遣唐使的汉诗是日本人作为超越过境的东亚人的'诗的对话'的产物，反而给遣唐使写的和歌可以说是保护顺利回国途中的神和日本人自身间的'诗的

---

① 佐竹昭広等校注. 新日本古典文学大系・万葉集・四［M］. 東京：岩波書店、2003：第 332—333 頁

对话'的产物。"①

（四）天皇所赠送别歌的官方立场

据《续日本纪》记载，天平胜宝二年（750）九月，太政大臣藤原房前之第四子、光明皇太后之侄藤原清河被任命为第十次遣唐使大使。同时被任命为副使的有大伴古麻吕和曾于养老元年与阿倍仲麻吕及玄昉一起入唐的吉备真备二人。另外，随行人员中还有大纳言藤原仲麻吕之子藤原刷雄。关于此次入唐，《万叶集》中收录了一组宴会场合创作的送别歌群，其中特别提及了"赐酒"一词。

根据《万叶集》的注释，天平胜宝四年（752）闰三月，在藤原仲麻吕以及大伴古慈悲宿祢的府邸分别举行了送别宴。其时，多治比真人鹰主的送别歌《饯入唐副使同胡麻吕宿祢等》"唐国に行き足らはして帰り来むますら健男に御酒たてまつる"②是天皇向副使以下等人授予节刀后所吟，歌中提及遣唐使归来后天皇所赐之"酒"。渡海前夕，高丽朝臣福信受孝谦天皇之命，奔赴遣唐使出发的难波港，赐大使藤原清河等人酒肴。送别宴上，福信吟诵天皇作歌一首。

> そらみつ　大和の国は　水の上は　地行くごとく　船の上は床に居るごと　大神の　斎へる国そ　四つの船　船の舳並べ　平らけく早渡り来て　返り言　奉さむ日に　相飲まむ酒そ　この豊御酒は
>
> 四つの船はや帰り来としらか付け朕が裳の裾に斎ひて待たむ
>
> 上は、勅使を発遣し、并せて酒を賜ひて楽宴せし日月、未だ詳審らかにすること得ず③

---

① 魏朴和. 诗的两面与歌的一面 [A]. 东亚视域与遣隋唐使 [C]. 北京：光明日报出版社，2010：第28页
② 佐竹昭広等校注. 新日本古典文学大系・万葉集・四 [M]. 東京：岩波書店、2003：第343頁
③ 佐竹昭広等校注. 新日本古典文学大系・万葉集・四 [M]. 東京：岩波書店、2003：第345頁

上述长歌不仅有神灵保佑航海平安的描写，还想象了遣唐使归国后盛大的欢迎仪式以及天皇对遣唐使的赐酒。上述二首赠歌均创作于饮宴场合，却全然没有对宴会场景的描写，反而表现出对渡海成功以及对所敬祝福之酒的关注。

"酒"在奈良时代的日本有深刻的象征意义，日本史书把酒记述为神的物品。《日本书纪》卷三的"神武即位前纪戊午年九月条"中记载了神罐里的酒被当成祭祀仪式上的必需贡品一事①。平安时代编撰的《延喜式》的祝词、四时祭、临时祭等规范祭祀礼仪的条文中也能找到许多关于酒用来供奉神的记载。而《古事记》《风土记》中与酒相关的记录则基本上是神话传说和歌谣。例如《古事记》的第四十号歌谣大意是"这圣酒，不是我所酿，司酒是少名御神，如岩似的永恒，在长生不老之国的少名御神，狂舞酿之表祝福，环舞酿之表祝福，献上的啊是这圣酒，请一饮而光，请请"②。这首歌谣是宴席上神功皇后为被禊归来的品陀和气命皇子所作。在这首歌中酒被认为是神所酿造的饮品，是供神饮用之物。《续日本纪》天平胜宝二年（750）条中也有给即将回国的新罗王子赐"酒肴"的记录，天平胜宝四年（752）七月条中亦有"泰廉等还在难波馆，敕遣使赐绵、布并酒肴"③的记录。可见"酒"除供奉给神以外，在宴会场合也被用于赐给尊贵的臣子，而天皇的赐酒其实是一种对臣子的宣旨。天皇对遣唐使赐酒并赠歌，命令遣唐使渡海入唐，完成外交使命。从这一点来看，可将天皇、贵族等给遣唐使的赠歌视为对遣唐使事业的官方发言。特别是天皇的赐歌隐藏着最高统治者的政治倾向，体现出对遣唐使事业的高度重视与大力支持。

三、遣唐使和歌的离别与望乡

除了宗教仪式性的祈祷外，对踏上旅途的遣唐使的思念也是送别歌谣

---

① 国史大系卷一・日本書紀［M］．東京：經濟雜誌社、1897：第83頁
② 李满红．大伴旅人《赞酒歌》的构思与表现［A］．白居易与日本古代文学［C］．北京：北京大学出版社，2012：第3页
③ 国史大系卷二・続日本紀［M］．東京：經濟雜誌社、1897：第301頁

的一大主题。

第 895 首　大伴の御津の松原かき掃きて我立ち待たむはや帰りませ

第 896 首　難波津にみ船泊てぬと聞こえ来ば紐解き放けて立ち走りせむ①

以上二首山上忆良所作的短歌即表达了等待使者归来的思恋之情，一旦踏上旅途就不知能否平安归国，留给送行者的只有无限的思念。《万叶集》中还有忆良的《在大唐时忆本乡歌》：

第 63 首　いざ子ども早く大和へ大伴の御津の浜松待ち恋ひぬらむ②

这不仅是在日本被广泛传诵的离别歌，还是《万叶集》中唯一的海外作品。此歌是在即将离开唐土的情形下而吟，而第 895、896 首短歌却是为等待从唐土归来者而作。吟诵的地点分别在唐土与日本，但构思却仿佛跨越了近三十年的时空距离，形成一组完美的对答。"大伴の御津の浜松"与"大伴の御津の松原"两句都用"松"（まつ）字引出"待"（まつ）一词，有等待早日归来的意味。巧借谐音将"等待"这一抽象动作形象化为海边松树的景观意象，想象着故国亲人犹如海边的松树，殷殷期盼着使者归来。正如中国古诗中大量出现的"柳"这一意象一样，"柳"谐音为"留"。和歌中有使用"浜松"意境的传统，常用"松"（まつ）引申出同音的"待"（まつ），营造等待与思念远方旅者的意象。

与这组和歌主题相似的汉诗在中国文学中较为常见。《艺文类聚》编有卷二十九、卷三十来记载这一重要诗题。古诗中也有不少望乡诗，《古诗十九首》第十九首（《文选》卷二十九）有"客行虽云乐，不如早旋归"

---

① 佐竹昭広等校注. 新日本古典文学大系・万葉集・一 [M]. 東京：岩波書店，1999：第 504—507 頁

② 佐竹昭広等校注. 新日本古典文学大系・万葉集・一 [M]. 東京：岩波書店，1999：第 55 頁

等表达归心的诗句。汉代李陵和苏武的赠答诗中也有表达望乡和归乡的诗句："游子暮故思，寒耳不能听""戎马悲边鸣，游子恋故庐"（李陵诗，《艺文类聚》卷二十九），"征夫怀远路，游子恋故乡"（苏武诗，《文选》卷二十九）。这种思乡情怀一直影响着后世的中国诗人，"望乡"被反复吟诵。例如，张融的《别诗》："白云山上尽，清风松下歇。欲识离人悲，孤台见明月。"（《全齐诗》卷四）借白云、松音寄托离别悲伤。汉学素养深厚的山上忆良可能早已熟读这些离别诗篇，借用汉诗的主题和意境创作了在唐望乡的和歌。忆良也借用"松"的意象巧妙表达了等待遣唐使归来的急切心情。从这一点来讲，这首作于唐土的和歌无疑继承了中国别离诗的文学传统。

关于此歌创作的时间与地点，日本学者中西进认为："忆良是汉学教养极深的日本人，他在长安的诗友也是对海外文艺抱有极大关心的人物。吟咏乡愁的这首和歌从内容来看是忆良即将离开中国之际，在与唐朝文人惜别的宴会上而作。"① 中西进先生通过考证忆良在长安的生活指出，他大约是在日本庆云年间（704—708）回国，即随庆云元年（704）归国的粟田真人使节船或庆云四年（707）归国的巨势邑治使节船回日本，且进一步指出忆良于704年归国的可能性较大。此观点的依据是《全唐文》第01部卷十七收录的唐中宗《宴集日本国使臣敕》："日本国远在海外，遣使来朝。既涉沧波，兼献方物，其使真人莫问等，宜以今月十六日于中书宴集。"根据这段记载，唐朝的中央机构中书省曾举办宴会欢迎粟田真人，作为遣唐使少录的山上忆良也理应在场，由此推测此歌的创作时间大致是704年。渡海前夕，忆良的内心深处必定涌动着思乡之情以及对渡海的恐惧，他用故乡传统的和歌抒发此种感情，向唐人展示与唐诗迥然不同的日本诗歌。

《万叶集》中有大量吟咏男女恋情的歌谣，但歌咏母子亲情的却仅有卷九所收《天平五年癸酉遣唐使舶发难波入海之时亲母赠子歌》一例。这是第九次遣唐使出发之际，一位目送儿子踏上大唐之旅的母亲所作。

　　　　秋萩を妻どふ鹿こそ　独り子に　子持てりといへ　鹿子じもの

---

① 中西進. 山上憶良・人と作品 [M]. 東京：桜楓社，1991：第79頁

　　　　我が独り子の草枕　旅にし行けば　竹玉をしじに貫き垂れ　斎瓮
　　取り垂でて　斎ひつつ　我が思ふ我が子　ま幸くありこそ①

　　为准确理解此歌的创作背景，需先确认当时的东亚局势。第九次遣唐使出发前夕，渤海国的军事武装在山东半岛引发了一场武力冲突，即《旧唐书·新罗传》记载的唐开元二十一年（733）渤海国军队渡海入侵登州事件。以此次争端为导火索，东北亚国际形势骤然紧张，周边诸国被迫卷入这场纷争。面对紧张的国际形势，遣唐使与送行者的心理不安日益加剧。为了躲避战乱，此次入唐并没有选择相对安全的北路航线，而是选择了直接横渡中国东海的比较危险的南路航线。

　　面对渡海与政治动荡的双重危险，忧心忡忡的遣唐使的母亲吟诵了此歌。歌的前半部分描写盛开的荻花丛中母鹿带着一只小鹿的温馨画面，并由这一幅美好的画面联想到遣唐使的母子亲情。母鹿每胎只生一只小鹿，对于遣唐使母亲而言，被派往唐土的独子正如这只幼鹿。歌的后半部分是向神明的祈祷，描绘了母亲祭祀神灵的画面。日本古代有通过斋戒祈求平安的习俗，奈良时代的人们认为人的力量是有限的，遇到困难时只能虔诚祈求神明的护佑。人们清洁身体，避免接触污物，通过坚忍和克制自身行为为远游者祈祷。独子渡海后，母亲便串起"竹玉"，在斋瓮中盛满酒，并将"木棉"悬挂在家中进行洁斋。"竹玉"是神事用的管玉，用细细的竹筒切成圆圈状串起来制成。《万叶集》的歌谣中使用"竹玉"祭祀的都是女性。"斋瓮"是祭祀中用来盛酒的不可缺少的土制器皿。"木棉"是用楮或麻的表皮纤维制成的洁白、美丽、不开裂的绳子，作为币帛常常被供奉给神灵。斋戒时通常将这三种物品摆放在家里的地板或枕头边。与忆良在歌中用赞美"言灵"、默念咒语的简易方式进行祈祷不同，遣唐使的母亲怀着虔诚之心，用更加具体而烦琐的宗教仪式为儿子祈求平安。

　　那么作为儿子的遣唐使对故乡的母亲又抱有何种感情呢？天平五年的遣唐使送别歌中，阿倍朝臣老人的《遣唐时奉母悲别歌》便是最好的体

---

① 佐竹昭広等校注. 新日本古典文学大系·万葉集·二［M］. 東京：岩波書店、1999：第387—388頁

现，歌云："天雲のそきへの極み我が思へる君に別れむ日近くなりむ"①，大意是"远在天空云际的你，将我的相思遥寄予你，与敬爱的你（母亲）别离将近"。而上述遣唐使母亲所吟长歌下面还收录有短歌："旅人の宿りせむ野に霜降らば我が子羽ぐくめ天の鶴群"②，母亲将儿子比喻为鹤鸟，想象儿子在唐土的旅途。这恰好与《遣唐时奉母悲别歌》构成了一组无比优美的赠答。遣唐使团虽然在农历四月出发，但短歌中描述的霜降季节却应该是冬季。因此，这里的"旅人の宿りせむ野"应该不是日本而是指唐土。这位母亲想象出一幅广袤无际的中国原野的画面，希望在寒冷的日子里天空的鹤群能用羽毛为儿子御寒，寄托了无尽的母爱，而被任命为遣唐使的儿子则在和歌中吟咏"我が思へる君"，将远在天云之际的思念遥寄母亲，母子间传递着浓浓的思念之情。

从此歌优美动人的意境不难推测，这位母亲应当具有相当不错的文学素养。正如中西进先生所言："她并非不成体统地怜悯孩子，而是寂静地深切想念着身在远方的孩子的遣唐使母亲"③，此歌营造出一种使人倍感悲伤的氛围。伊藤博先生亦评论："真切吟咏了不断祈祷爱子平安的慈母之心。在古今送行遣唐使的歌谣中算得上极其秀逸吧。"④ 和歌中描绘出一位静思远方、祈祷独子平安的贵妇人形象，这或许正是唐文化熏染下的优雅、坚韧、为国牺牲的天平时代贵族女性的形象。然而，面对如此宏伟的事业，作为有望通过入唐而出仕的日本优秀青年的母亲，她却并未将独子的赴唐视为对国家的贡献而加以祝福，而是完全沉浸在爱子之情中，仅从母子关系的角度吟咏了离别悲情。

绵延两百余年的遣唐使事业虽然创造了日本文化与外交的丰功伟绩，但在细致具体的派遣工作的每一环节上践行这一艰辛任务的却是一个个平凡的日本人。史书中对遣唐使船遇难的诸多记载也折射出人们巨大的牺牲。事实上，第九次遣唐使多灾多难的归途在历史上留下了浓厚的悲剧色彩。

---

① 佐竹昭広等校注. 新日本古典文学大系·万葉集·四 [M]. 東京：岩波書店、2003：第333頁
② 佐竹昭広等校注. 新日本古典文学大系·万葉集·二 [M]. 東京：岩波書店、2003：第388頁
③ 中西進. 遣唐使の母 [A]. 万葉の長歌·下 [M]. 東京：教育出版株式会社、1982：第109頁
④ 伊藤博. 万葉集釈注·五 [M]. 東京：集英社、1996；第210頁

《续日本纪》天平十二年（740）十一月条记载，出发两年后第九次遣唐使只有半数归国。据副使中臣名代带回的唐玄宗御书记载，四艘船之一还漂流至"林邑国"（今越南）一带，"言语不通，并被劫掠，或杀或卖，言念灾患，所不忍闻"。但这次入唐使日本回避了唐朝和渤海间的冲突，消除了政治外交上的不安，文化方面也受益颇多。可以说唐日政治外交的大局与支撑其大局的个体情感间的矛盾与冲突在此首歌谣中体现得淋漓尽致。

纵览《万叶集》的遣唐使送别歌群，虽然作者有天皇、官员、亲友、前辈遣唐使成员、遣唐使本人等身份各异的歌人，创作地点也有日本与唐土、公宴与私宴之分，但歌谣大多数以祈求神灵庇佑的"斋戒"仪式或者歌颂"咒语""言灵"为主，无一例外都是对航海平安的祈祷。从这一点分析，遣唐使送别歌实质上应该是一种宗教仪式性歌谣，而不仅是表达离别的送别歌。虽然万叶歌人吟咏了许多思念、保佑遣唐使的歌谣，最终能平安回到日夜等待的家人身边的使者却不足半数。显然，这些歌谣并没有给他们带来期望的幸运。但吟诵祈求神灵护佑的送别歌就如同默念佛经咒语一般，至少能帮助即将渡海的遣唐使减少内心的恐惧与不安。

第五章

《怀风藻》中的东亚使节文人

一、《怀风藻》中的日本学问僧

如前章所述，奈良时代是遣唐使派遣的高峰期，除《万叶集》外，遣唐使诗歌还被奈良时代的汉诗集《怀风藻》所收录。因此，研究遣唐使和歌的同时，也有必要对遣唐使相关汉诗进行考察。首先值得关注的是《怀风藻》所收入唐学问僧的相关诗文，这些汉诗与前章的遣唐使和歌不同，都创作于异国唐土。

（一）智藏

《怀风藻》中收录了"僧正吴学生智藏师"略传一篇。

> 智藏师者，俗姓禾田氏。淡海帝世，遣学唐国，时吴越之间，有高学尼，法师就尼受业。六七年中，学业颖秀。同伴僧等，颇有忌害之心。法师察之，计全躯之方，遂被发阳狂，奔荡道路。密写三藏要义，盛以木筒，着漆密封，负担游行。同伴轻蔑，视为鬼狂，遂不为害。太后天皇世，师向本朝。同伴登陆，暴晾经书。法师开襟对风曰："我亦暴晾经典之奥义。"众皆嗤笑，以为妖言。临于试业，升座敷演，辞义峻远，音词雅丽。论虽峰起，应对如流，皆屈服，莫不惊骇。帝嘉之拜僧正，时年七十三。①

上述小传简述了智藏的出身及在唐留学经历。根据上文可知，智藏在唐留学期间遭到日本同伴的迫害，只能一边装疯度日，一边刻苦学习三论宗经典，十分艰辛。回国后，因学业优秀得到日本天皇的重视，担任僧正一职。除《怀风藻》中的这篇短文外，佛教史料与正史中也有关于智藏身世的只言片语。

---

① 与謝野寬、正宗敦夫注. 日本古典全集・懷風藻・凌雲集・文華秀麗集・経国集・本朝麗藻 [M]. 東京：日本古典全集刊行会、1926：第 12–13 頁

1. 《扶桑略记》卷五："智藏任僧正、吴学生，福亮僧正在俗时子也。"
2. 《僧纲补任》："僧正智藏（同日任。吴国人，福亮在俗时子也）。"
3. 《元亨释书》卷三一："僧智藏、吴国人，福亮法师俗时子也。"
4. 《三论祖师传》："释智藏，吴国人，福亮法师在俗之时子也。"
5. 《本朝高僧传》卷一："释智藏者，吴国人，福亮在俗时之子。"

从上述史料可知，智藏的父亲是福亮，是来自中国江南地区的归化人。663年的白村江海战后，日本与唐朝之间的人员往来极盛。而翻检《续日本纪·天智纪》中的记载可以判断淡海帝（天智天皇）时期的日本留学人员的来唐时间。天智四年（665）九月，唐朝使朝散大夫沂州司马上柱国刘德高等人出使日本。日本朝廷于十一月十三日赐飨宴，次年十二月唐使刘德高等人归国，智藏极有可能借此机会跟随归国唐使赴唐留学。

根据上述《怀风藻》所附略传，智藏长期旅居唐土。此外，《怀风藻》还收录其诗作二首。第一首《玩花莺》全诗如下：

桑门寡言晤，策杖事迎逢。以此芳春节，忽值竹林风。
求友莺嫣树，含香花笑丛。虽喜遨游志，还愧乏雕虫。①

上诗以"玩"为题，在《文选》中这种诗题并不鲜见，智藏此处应是模仿六朝诗人，如南朝梁沈约的《玩庭柳诗》、南朝宋鲍照的《玩月城西门廨中》等。诗文对中国典故的运用亦十分娴熟。如"求友莺嫣树"便是化用了《诗经·小雅·伐木》中的"嘤其鸣矣，求其友声"。智藏还有一首《秋日言志》，全诗如下：

---

① 与謝野寛、正宗敦夫注. 日本古典全集·懷風藻·凌雲集·文華秀麗集·経国集·本朝麗藻［M］. 東京：日本古典全集刊行会、1926：第13頁

> 欲知得性所，来寻仁智情。气爽山川丽，风高物候芳。
> 燕巢辞夏色，雁渚听秋声。因兹竹林友，荣辱莫相惊。①

上诗不仅在结构上有完整的起承转合，在主题上也有亲近老庄与玄学的倾向，全诗意趣在于渲染与玄学高士的君子之交，表达出诗人对自然的亲近以及对"竹林七贤"的喜爱与推崇。并且，"仁智"之句的出典也以儒学经典为依据，可见智藏精通内外之学，除佛法三藏外，对儒家孔子、道家老庄的思想也十分了解，玄学造诣尤其精深。

虽然此两首诗并非作于唐土，不在本章重点讨论的范围内，但智藏作为最初的在唐留学僧，其诗风给日本奈良诗坛带去了不可磨灭的影响。学者胡志昂做了如下论述："智藏诗文中表现出的儒学与老庄思想的融合倾向渗透着江南文化的三教合一理念。这种思想的融合正是基于他对三教义理的透彻认识与理解。智藏诗文中流露出的这种思想给天武、持统朝的知识阶层带来了莫大的影响。"② 从这种意义上而言，作为日本最初的诗僧，智藏给奈良时代的日本汉诗坛带去的影响是难以估量的。

（二）辨正

《怀风藻》中的第二位留唐学问僧是辨正，据《怀风藻》所附小传，他的在唐经历如下所述：

> 辨正法师者，俗姓秦氏，性滑稽，善谈论。少年出家，颇洪玄学。太宝年中，遣学唐国，时遇李隆基龙潜之日，以善围棋，屡见赏遇。有子朝庆、朝元。法师及庆，在唐死。元归本朝，仕至大夫。天平年中，拜入唐判官。到大唐，见天子。天子以其父故，特优诏，厚赏赐。还至本朝。寻卒。③

---

① 与謝野寬、正宗敦夫注. 日本古典全集・懷風藻・凌雲集・文華秀麗集・経国集・本朝麗藻［M］. 東京：日本古典全集刊行会、1926：第13頁
② 胡志昂. 釈智藏の詩と老荘思想［A］. 埼玉学園大学紀要・人間学部篇［C］. 埼玉：埼玉学園大学、2010：第437-450頁
③ 与謝野寬、正宗敦夫注. 日本古典全集・懷風藻・凌雲集・文華秀麗集・経国集・本朝麗藻［M］. 東京：日本古典全集刊行会、1926：第18頁

根据上述小传，辨正俗姓秦，他是移民之后当是无疑。"遣学唐国"说明他曾有出使唐朝的经验。"太（大）宝年中"的入唐学问僧辨正应该是跟随大宝元年（701）正月受命、大宝二年（702）启航的第七次遣唐使船赴唐的。抵达长安后，辨正凭借出色的棋艺受到李隆基的赏识，倍受礼遇。他在唐朝娶妻生子，老死中国。但是，他的次子朝元却随第八次遣唐使渡日，效命于日本朝廷，并作为第九次遣唐使船队的判官再次入唐。因其父辨正的缘由，朝元也受到了玄宗皇帝的厚赏。

那么，辨正"遣学唐国"的经历在他的诗作中发挥了怎样的影响呢？辨正在《怀风藻》中有两首五言诗，其一为《在唐忆本乡》，诗题明确说明作诗地点是唐土；其二为《与朝主人》，此诗疑点颇多。此处首先抄录《与朝主人》全诗：

钟鼓沸城闉，戎蕃预国亲。神明今汉主，柔远静胡尘。
琴歌马上怨，杨柳曲中春。唯有关山月，偏迎北塞人。①

这首《与朝主人》仅仅是诗题的"朝主人"便众说纷纭。林古溪认为，此处的"朝"有"宿舍，朝宿邑"之意，"主人"可以理解为最常用的"所有者"。也就是说，他认为这是诗人赠给宿舍所有者的诗。而小岛宪之则认为，不能将此处的"主人"界定为"寓所主人"，将"朝"理解为人名更合理。就字面而言，"朝"所指的人有辨正之子"朝元"与"朝衡"（阿倍仲麻吕的汉名）二项可选。他进一步指出，此处的"朝主人"是朝衡的可能性极大。因为"主人"除了有与"宾客"相对应的意思外，还可用于对别人的尊称，与"贵下"同义。而"朝元"为其子，用尊称难以说通。另外，王维在《送秘书晁监还日本国》中就以"主人"一词代称阿倍仲麻吕。据史料记载，辨正于大宝元年（701）入唐，此后一直留在唐朝，再没有回到日本。而阿倍仲麻吕则是养老元年（717）入唐。就时间段而言，两人完全有交往的可能。因而，小岛宪之认为大致可以将此诗看作在唐的辨正赠给同在唐的阿倍仲麻吕之作。即便没有确切证据证明

---

① 与謝野寬、正宗敦夫注．日本古典全集・懷風藻・凌雲集・文華秀麗集・経国集・本朝麗藻［M］．東京：日本古典全集刊行会、1926：第18頁

"朝"字指"朝衡",至少可以肯定"朝"是指人。林古溪之说与小岛宪之之说,就其所述理由,并无可议之处,其推测也确有极大可能。曾在央视热播的电视剧《鉴真东渡》中,辨正便与仲麻吕相交甚深。剧中还有秦朝元作为遣唐使入唐后,辨正、朝庆、朝元三人去见阿倍仲麻吕的情节。剧本因其文学性固不可作为史实来看待,却不能排除其作为历史的可能性。

还有一种说法是将"朝主人"视为"朝主"与"人"的组合,而非"朝"与"主人"的搭配。这也就是说,这首诗很有可能是写给拜见唐玄宗的日本遣唐使的。笔者在整理资料时发现对日本早期汉诗产生过巨大影响的《文选》中多处出现以"主人"代指"君主"之句。如,王粲《公宴诗》的"愿我贤主人,与天享巍巍"句中的"主人"即指魏武帝曹操。再如,鲍明远《拟古三首》的"既荷主人恩,又蒙令尹顾"句中的"主人"亦指"君主"。所以,这里的"朝主人"中的"朝"指"朝廷","主人"则是"当朝之主"的意思,"朝主人"自然是指唐玄宗李隆基。然而,"与"字鲜少用在地位尊贵的皇帝身上,但若双方是惺惺相惜的密友,还有不顾及地位高低的可能性。但是,再细读诗中的"神明今汉主,柔远静胡尘"之句,似乎是对第三人陈述"汉主"的作为。这样看来,"朝主人"或许并不是唐玄宗李隆基了。尽管如此,由"时遇李隆基龙潜之日,以善围棋,屡见赏遇"的记载可知,辨正与李隆基的棋友之谊还是极其深厚的。"龙潜之日"表明当时的李隆基还没有成为皇帝,王勇在《望乡的还俗僧——关于辨正法师的在唐经历》(《中日文化集刊》第一集,杭州大学出版社,1999)一文中经过细致的推算得出辨正的还俗时间最早只能追溯到706年,认为李隆基被册立为皇太子时,辨正已经还俗,因此法师时代的辨正的围棋对手不是皇太子,也不是皇帝,而是郡王时代的李隆基。尽管"朝主人"究竟是何许人,尚无定论。但是无论是宿馆的主人、阿倍仲麻吕还是来朝见唐主的使者,均属身在唐土之人,此诗理应作于唐土。辨正因围棋与"龙潜"之时的李隆基结识,由此泽被其子朝元,被传为中日友好交往的佳话,其事迹也展现了"颇洪玄学"的留学僧辨正出入唐朝宫廷,广泛结交文人雅士的活跃一面。

再者,从《与朝主人》的内容看,这是吟咏唐朝皇女嫁给周边少数民族的诗作。《旧唐书·中宗纪》记载唐中宗四年春正月"命左骁卫大将军、河源军使杨矩为送金城公主入吐蕃使。已卯,幸始平,送金城公主归吐蕃。二月壬午，曲赦咸阳、始平，改始平为金城县"①。这一重大历史事件还被详细记录于同书的《吐蕃传·上》之中。710年，中宗李显选派了护送金城公主至吐蕃的使者，并行幸长安城郊外，举行饯别宴会。根据学者胡志昂的推论，702年就已经来唐的辨正或许目睹了这场盛事，上述诗中吟诵的事件正是此事。②当时，唐中宗依依不舍地送别公主，还命令随行的大臣们即兴赋诗饯别。以修文馆大学士李峤为首的文臣所作的应制诗竟多达十七首。以下列举其代表作，李峤的《奉和送金城公主适西蕃应制》一诗：

汉帝抚戎臣，丝言命锦轮。还将弄机女，远嫁织皮人。
曲怨关山月，妆消道路尘。所嗟秾李树，空对小榆春。③

将李峤与辨正的诗进行对照，发现两者的整体构造几乎完全相同。唐中宗常常率领众多文臣设宴作诗。而宫廷文臣之中，李峤的应制诗被称为当时的魁首，是习诗者的典范。以上这首《奉和送金城公主适西蕃应制》想必在次日就已传遍整个长安城了，而辨正的这首《与朝主人》恐怕也只是在听闻李峤原作后的拟作。

此外，《怀风藻》还存有另一首辨正的《在唐忆本乡》：

日边瞻日本，云里望云端。
远游劳远国，长恨苦长安。④

辨正在上诗中巧妙地运用了"双拟对"的作诗方法，吟咏"日、云、远、长"四字诗语，并且，诗的平仄也符合近体诗的韵律，该诗在《怀风藻》中可谓难得的佳作。从诗题看来，这首诗与山上忆良的《在大唐忆本

---

① 刘昫等撰. 旧唐书 [M]. 北京：中华书局，1975：第149页
② 胡志昂. 最盛期の遣唐使を支えた詩僧·釈弁正 [A]. 埼玉学園大学紀要·人間学部篇 [C]. 埼玉：埼玉学園大学、2009：第345—358页
③ 彭定求等编，中华书局编辑部点校. 全唐诗（增订本）[M]. 北京：中华书局，1999：第692页
④ 与謝野寛、正宗敦夫注. 日本古典全集·懷風藻·凌雲集·文華秀麗集·経国集·本朝麗藻 [M]. 東京：日本古典全集刊行会、1926：第18页

乡歌》题目相仿，也许是在日本遣唐使间的某个聚会上，又或是在与唐人欢聚的场合吟诵的。可能辨正为了向他人展示自己留学唐朝的成果，刻意创作了这首题为《在唐忆本乡》的汉诗。

如果依据诗人小传来考证，诱发辨正思乡之情的契机很可能是其子朝元返回日本一事。717年，以多治比县守为押使的第八次遣唐使抵唐，次年归国之际，朝元代替其父辨正随遣唐使船返回日本。笔者推测，极有可能辨正把自己的诗作托付给儿子或是其他回国的遣唐使，希望自己思念故土的诗作能在日本流传，被国人所知。

（三）道慈

道慈是与辨正同期来唐的学问僧，与辨正的经历颇为相似，长期在唐朝留学，受到唐朝皇帝的青睐。因学业优秀，被选拔于宫中讲经，受到皇帝的褒奖。具体情况可以从以下《怀风藻》的道慈小传窥见一斑。

> 释道慈者，俗姓额田氏。添下人，少而出家。聪敏好学，英材明悟，为众所欢。太宝元年，遣学唐国。历访明哲，留连讲肆。妙通三藏之玄宗，广谈五明之微旨。时唐简于国中义学高僧一百人，请入宫中，令讲仁王般若。法师学业颖秀，预入选中。唐王怜其远学，特加优赏。游学西土，十有六岁。养老二年，归来本国。帝嘉之，拜僧纲律师。性甚骨梗，为时不容。解任归游山野。时出京师，造大安寺。时年七十余。①

虽然由于遗存的文献资料有限，上述入宫讲经的具体时间已难以考证，但道慈在唐的学业积年累月地精进却是确凿的事实。由此试想，作为高僧的道慈，入唐宫讲经的时间大概较为接近回国的日期，即在唐留学的后期。并且，道慈留学唐朝是在702—718年，而唐玄宗即位于712年，属于道慈留学生活的后期。那么，宫中讲经发生在玄宗时期的概率较高。如此一来，与玄宗熟识并极有可能任职于唐的辨正与道慈相识的可能性很

---

① 与謝野寛、正宗敦夫注．日本古典全集・懐風藻・凌雲集・文華秀麗集・経国集・本朝麗藻［M］．東京：日本古典全集刊行会、1926：第37—38頁

大，二人应该有过交往。若此假设成立，那《怀风藻》收录的道慈《在唐奉本国太子》一诗也有很大可能是与辨正的《在唐忆本乡》创作于同一场合。道慈不仅自己创作汉诗，展示留学唐土的成果，还可能帮辨正将其《在唐忆本乡》携回日本。其五言绝句《在唐奉本国太子》全诗如下：

> 三宝持圣德，百灵扶仙寿。
> 寿共日月长，德与天地久。①

道慈在诗中赞奉的皇太子正是圣武天皇。714 年，他被册立为皇太子的消息应是通过 717 年的第八次遣唐使来唐时传递给了唐人以及在唐的日本人。根据《怀风藻》的诗人小传推测，即将随第八次遣唐使回国的道慈带着十六年来在唐积累的学识，希望回国后能一展抱负，因而在唐朝听闻日本新立了皇太子的消息，即刻吟诗表达了祝福。此时，在道慈身旁的大概还有一同留学唐朝的辨正及其子朝元。辨正不仅把自己的诗作托付给道慈，可能把儿子朝元也一并托付给了道慈带回日本。

综上所述，以上留学僧的《与朝主人》《在唐奉本国太子》等在唐诗的主题几乎都是对政治形势、人生志向等现实问题的关心。若将上一章所述《万叶集》的遣唐使和歌与《怀风藻》的遣唐留学僧汉诗相对比，不难发现两大特点：第一，《万叶集》收录的遣唐使和歌的内容都以向神明祈求渡海平安为中心展开，而未见描写与旅途的孤独寂寥作斗争的充满渡海恐怖与危险的现实情景的写实作品，亦未见感动于路途的自然风物的叙景作品。从这点来看，遣唐使和歌实际上与宗教咒术相类似。第二，在离别场合吟诵的和歌大都笼罩着悲伤的氛围，而在遣唐使留学僧的汉诗中却能感受到明快高扬的气氛。这大概是因为和歌描写的是内心真实的离别之情，而汉诗却是粉饰太平盛世的形式之作。自古以来日本和歌中就有抒发离别之情的传统，而汉诗的出现却与日本律令政治密切相关。因此，在宴饮场合下吟诵的汉诗大都以称颂天皇为重要内容，而日本留学僧所吟诗歌内容的重点则是自身的政治理想和政治观点。从这一点来看，遣唐使的汉

---

① 与謝野寬、正宗敦夫注．日本古典全集・懐風藻・凌雲集・文華秀麗集・経国集・本朝麗藻［M］．東京：日本古典全集刊行会、1926：第 38 頁

诗是一种理性的表达，而遣唐使和歌却带有表述情爱的感性特质。

二、《怀风藻》中的东亚使臣与"诗赋外交"

600年前后，日本朝廷派出小野妹子为第一次遣隋使，与中国建立官方外交关系。此后，每隔二三十年，均有日本使节来华访问。这些来华的日本使节目睹了隋唐的王朝交替以及唐代"贞观之治"的欣欣向荣，切身感受到了唐朝的强大。这促使他们认识到若要强国，唯有模仿中国礼乐制度一途。645年，日本模仿唐制，进行了"大化改新"，使国家面貌焕然一新。但是，日本统治者开始夜郎自大，野心膨胀，意图染指朝鲜半岛。663年，天智天皇以支援百济为借口，入侵朝鲜半岛，与唐新联军决战于白江口，日军战败。这便是中日之间的第一次战争——"白江口之战"。战败后，由于唐朝善意的宽大处理，中日关系迅速得以缓和。然而，战争中所显现的唐日实力的巨大差距对日本统治者带来了巨大冲击。此后，日本天皇开始大规模派出使者赴唐，全面学习唐朝的政治、文化、制度等。

据日本各类史料记载，日本遣唐使是从当时最通经史且文章秀丽的贵族中选拔出来的。如孝德朝的押使高向玄理、副使药师惠日，文武朝的执节使栗田真人、少录山上忆良，孝谦朝的大使藤原清河、副使吉备真备，光仁朝的送唐客大使布势清直、同判官甘南备清野，淳仁朝的大使藤原常嗣、副使小野篁、判官菅原善主，宇多朝的大使菅原道真、副使纪谷长谷雄等人都是名垂后世的学者文人。遣唐使栗田真人入唐后，唐人亦赞日本遣唐使："真人好读经史，解属文，容止温雅。"[1] 成书于奈良时代的日本第一部汉诗集《怀风藻》中也收录了遣唐使的诗作。这些遣唐使深受中国文化濡染，有中国传统士大夫的思想，将擅长汉诗文与官场实务作为人生的双重理想。他们将派遣遣唐使作为支撑日本律令制的重要手段。被选拔出来的遣唐使也常具有律令制国家官员和汉学者的双重身份。比如，遣唐副使藤原宇合（694—737）就擅长诗文，被喻为"翰墨之宗"，其汉诗作品亦收入《怀风藻》。以下引用藤原宇合的传记加以论证。据《尊卑分脉》

---

[1] 刘昫等撰. 旧唐书［M］. 北京：中华书局，1975：第5340页

所收的《宇合卿传》记载:

> （藤原宇合）式家之始也。任式部卿。故云式家。官至参议正三为勋二等式部卿兼太宰帅。器宇弘雅，风范凝深，博览坟典，才兼文武，虽经营军国之务，特留心文藻。天平之际，为翰墨之宗，有集二卷，犹传也。①

又据《续日本纪》记载，藤原宇合亦名藤原马养，乃奈良初期公卿，权臣藤原不比等第三子。717年，任遣唐副使入唐，归国后任常陆守、式部卿。724年，任虾夷征讨、难波宫营造等职。731年，任参议，其后又任西海道节度使，兼太宰帅、进正三位。737年，染疾而死。藤原宇合虽是一位贵族政治家，但却有汉文学素养，《怀风藻》收其汉诗六首，《经国集》收其汉文赋一篇。

又如，《怀风藻》中还收有天平时期任命的遣唐大使石上乙麻吕（？—750）的汉文小传，兹录如下：

> 石上中纳言者，左大臣第三子也。地望清华，人才颖秀，雍容简雅，甚善风仪。虽勖志典坟，亦颇爱篇翰。尝有朝谴，飘寓南荒，临渊吟泽，写心文藻，遂有衔悲藻两卷，今传于世。天平年中，诏简入唐使。元来此举，难得其人，时选朝堂，无出公右，遂拜大使。众佥悦服，为时所推，皆此类也。然遂不往。其后授从三位中纳言。自登台位，风采日新，芳猷虽远，列荡然。时年。②

据《续日本纪》记载，石上乙麻吕乃左大臣石上麻吕第三子。724年，官居从五位下。739年，因事被流放土佐（今高知县），四年后遇赦归京。746年，石上乙麻吕被任命为遣唐大使，后因故中止。此次遣唐使鲜见史册记载，中日学术著作和论文中亦少提及。但《怀风藻》所载《石

---

① 黒板勝美. 国史大系·尊卑分脈·第一篇［M］. 東京：吉川弘文館、1987：第17頁
② 与謝野寛、正宗敦夫注. 日本古典全集·懷風藻·凌雲集·文華秀麗集·経国集·本朝麗藻［M］. 東京：日本古典全集刊行会、1926：第41頁

上乙麻吕传》以及《正仓院文书》所收《经师等调度充帐》却对此有所记载。748年，石上乙麻吕官至从三位，任中纳言兼中务卿。有《衔悲藻》二卷（已佚），《怀风藻》收其汉诗作品四首。

以上两篇遣唐大使的生平传记，均以简练的文字记述了两位汉诗人的身世背景、优秀才华与出众仪态，并着重表达了他们对于"文藻"的执着。藤原宇合是"博览坟典""特留心文藻""天平之际，为翰墨之宗"，石上乙麻吕则是"勤志典坟，亦颇爱篇翰""临渊吟泽，写心文藻"。上述两篇小传对二人汉学才华的充分渲染说明了遣唐使成员选拔的高标准和严要求，其标准和要求应当是包括家世、才能、官位等各方面。而具体到藤原宇合和石上乙麻吕二人，他们的汉文学素养与成就是其能被选为入唐大使的最主要原因。

这些被派遣出访的遣唐使节有与东亚文人进行"诗赋外交"的传统，这是东亚汉文化圈诸国间一种特有的文化交流现象。所谓"诗赋外交"是指将中国古典诗歌自古就有的"诗言志"功能运用到外交活动之中，通过汉诗表达感情、增进双方友谊、解决国际争端。春秋时代，诸侯大夫常在各种社交场合朗诵《诗经》，借以表明自己的立场、观点和感情，充分利用诗歌的交际功能来寻求救兵、调解纠纷。春秋时期的《左传》中也常有通过赋诗来劝谏君主、抒发政见的记录。虽然这里的"赋诗言志"只是对《诗经》的运用，但对于赋诗者而言却是传达思想感情的最佳方式，听者亦可以通过赋诗者的诗文内容以及抑扬顿挫的语气来观察赋诗者的政治倾向与外交意图。在唐代，东亚汉文化圈内各国都广泛使用汉字汉文。东亚各国的执政者能够积极地运用"诗言志"的理念与他国交往，甚至可以说，"诗赋外交"这一理念在东亚各国交流中发挥了重要的作用。在《怀风藻》汉诗中也能看到其被东亚诗人们巧妙运用的案例。

尽管日本急于以大唐文明为模板，导入大唐的各项制度，但地理因素和政治原因导致一时间还是很难频繁地直接与唐交流学习。古濑奈津子在分析天武朝至持统朝年间的日本没有派出遣唐使这一现象时还认为，经历了"壬申之乱"的天武天皇及其后继者，以律令社会为目标，着力于构建新体系，全力推进国内政治建设，因而并无派出遣唐使的余力。[①] 并且，

---

① 古濑奈津子. 遣唐使の見た中国 [M]. 東京：吉川弘文館、2003：第7頁

因为唐使与天智一系建立了良好的关系，使得在"壬申之乱"中夺取天智系皇位的天武系统治者不愿直接以唐为师。在这一时期，日本没有直接向唐求学，而是把具有高度汉文化素养的东亚大陆移民及其后裔推上了国家文化建设的最前线。660年，百济被唐朝与新罗联军所灭，不少百济的王公贵族逃亡日本以求复国，这些百济移民成为推动日本社会文化发展的生力军。据《日本书纪》卷二十六《齐明纪》的齐明天皇六年十月条载："冬十月，百济佐平鬼室福信遣佐平贵智等来献唐俘一百余人。今美浓国不破、片县二郡唐人等也。"此条记载也可见于《入唐求法巡礼行记》开成五年二月二十八日条。这些归化的百济移民不仅定居日本，还将唐人也带去了日本，这对日本汉文学的发展无疑是非常有用的。要言之，奈良时代的日本因急于强国而对汉学人才极其渴求，但唐日间的直接交流尚未完全恢复，或者说是受制于交流规模的限制，获取的信息无法满足当时日本的需要。而朝鲜和中国移民却具有相当的才学与技艺，此一时期，他们在文教方面所发挥的作用更为突出，甚至成为《怀风藻》中开展东亚诗赋外交的主要诗人群体。

三、《怀风藻》所载"长王宅宴新罗客"诗群考[①]

正如上一章所言，如果将日本官方举办的送别遣唐使的宴会上创作的和歌视为一种皇命，那么送别东亚使臣的宴会上吟诵的汉诗又具有何种性质呢？本节试以《怀风藻》所载"长王宅宴新罗客"诗群为线索进行分析。虽然这些欢送新罗使臣的汉诗中未出现遣唐使或唐人，但上文已经论证汉诗具有东亚世界共通外交语言的特殊功能，因而与遣唐使和歌一样，送给新罗使节的汉诗同样具有与外交相关的特性，作为辅助资料亦有价值。

（一）"长王宅宴新罗客"诗群的构成

《怀风藻》收录的"长王宅宴新罗客"诗群的诗题所言"长王"是奈

---

① 本节由本书著者与江苏师范大学王丽博士合作撰写，特此说明。

良时代的一品高官左大臣"长屋王"。他喜好汉诗,常在私宅"作宝楼"召开诗文聚会,是奈良时代汉文学沙龙的重要组织者。他还与佛结缘,曾向唐朝赠送袈裟千领,并在袈裟衣边上绣了四句汉诗:"山川异域,风月同天。寄诸佛子,共结来缘。"①(《绣袈裟衣缘》)传说鉴真正是因为见到长屋王的这首诗,深受感动,由此萌发了东渡扶桑弘扬佛法的念头。身为皇族的长屋王在主持朝政的同时,与东亚使节的交往亦十分频繁。"长王宅宴新罗客"诗群即是在宴请新罗使节的场合下创作的。这一诗群数量多达十首并附两篇诗序,内容大都是对宴会豪奢场面的细致描写以及对新罗使的依依惜别之情,喜好用华丽的词语描绘盛大场景,并且无一例外是五言律诗且多为探韵诗。诗文的用典主要出自《文选》和初唐王勃、骆宾王等人的诗作,受六朝初唐诗风影响显著。解读这组汉诗及诗序的过程就如穿越时空隧道,千年前的那场外交飨宴又鲜活地浮现在眼前。通过对这组诗群的考察,不仅可以了解中国古典诗歌在日本奈良时代的接受情况,亦能管窥七至八世纪日本、新罗和唐朝间的外交关系,为研究唐日关系提供佐证。本节为详考"作宝楼"的这场国际诗会,先将诗群全文内容引用如下:

其一 大学头从五位下山田史三方 秋日于长王宅宴新罗客
　　白露悬珠日,黄叶散风朝。对揖三朝使,言尽九秋韶。
　　牙水含调激,虞葵落扇飘。已谢灵台下,从欲报琼瑶。

其二 从五位下大学助背奈王行文 秋日于长王宅宴新罗客 赋得风字
　　嘉宾韵小雅,设席嘉大同。鋈流开笔海,攀桂登谈严。
　　盅酒皆有月,歌声共逐风。何事专对士,幸用李陵弓。

其三 皇太子学士正六位上调忌寸古麻吕 初秋于长王宅宴新罗客

---

① 彭定求等编,中华书局编辑部点校.全唐诗(增订本)[M].北京:中华书局,1999:第8456页

一面金兰席，三秋风月时。琴樽叶幽赏，文华叙离思。
　　人含大王德，地若小山基。江海波潮静，披雾岂难期。

　其四　正六位上刀利宣命　秋日于长王宅宴新罗客　一首　赋得稀字
　　玉烛调秋序，金风扇月帏。新知未几日，送别何依依。
　　山际愁云断，人前乐绪稀。相顾鸣鹿爵，相送使人归。

　其五　大学助教从五位下下毛野朝臣虫麻吕　秋日于长王宅宴新罗客　赋得前字
　　圣时逢七百，祚运启一千。况乃梯山客，垂毛亦比肩。
　　寒蝉鸣叶后，朔雁度云前。独有飞鸾曲，并入别离弦。

　其六　左大臣正二位长屋王　于宝宅宴新罗客　赋得烟字
　　高旻开远照，遥岭霭浮烟。有爱金兰赏，无疲风月筵。
　　桂山余景下，菊浦落霞鲜。莫谓沧波隔，长为壮思篇。

　其七　从三位中纳言兼催造宫长官安倍朝臣广庭　秋日于长王宅宴新罗客　赋得流字
　　山牖临幽谷，松林对晚流。宴庭招远使，离席开文游。
　　蝉息凉风暮，雁飞明月秋。倾斯浮菊酒，愿慰转蓬忧。

　其八　正六位上但马守百济公和麻吕　秋日于长王宅宴新罗客　赋得时字
　　胜地山园宅，秋天风月时。置酒开桂赏，倒屣逐兰期。
　　人是鸡林客，曲即凤楼词。青海千里外，白云一相思。

　其九　正五位下图书头吉田连宜　秋日于长王宅宴新罗客　赋得秋字
　　西使言归日，南登践送秋。人随蜀星远，骖带断云浮。
　　一去殊乡国，万里绝风牛。未尽新知趣，还作飞乖愁。

其十　赠正一位大臣藤原朝臣房前　秋日于长王宅宴新罗客　赋得难字

职贡梯航使，从此及三韩。歧路分袂易，琴樽促膝难。
山中猿吟断，叶里蝉音寒。赠别无言语，愁情几万端。①

如上文所示，因出席作宝楼诗宴的有山田史三方、藤原总前、下毛野虫麻吕等当时的一流学者和官员，由擅长诗文的朝廷重臣、日本皇族长屋王主导这场高级别的宫廷文学盛宴自是理所当然。关于这一组诗歌的创作时间，小岛宪之结合长屋王的生平事迹，翻阅《续日本纪》中对新罗来使的记载，认为完成时间有以下几种可能：

1. 养老三年（719）五月来朝，闰七月新罗贡调使归国 ……………
…………………………………………………………………… 长屋王任大纳言
2. 养老七年（723）八月来朝，同月归国 ………… 长屋王任右大臣
3. 神龟三年（726）五月来朝，萨飡金造近等七月归国 ……………
…………………………………………………………………… 长屋王任左大臣②

同时，小岛氏还认为，如果从具有宴请新罗使节的资格的角度来看，这组诗歌应该是长屋王担任左大臣期间，神龟三年（726）的宴饮诗。笔者亦采纳小岛氏的这一说法。

（二）"长王宅宴新罗客"诗群作者考

本节在稽考《新撰姓氏录》《续日本纪》等资料的基础上，解读"长王宅宴新罗客"诗群中几位官阶较低、史书中记载较少的诗人出身。

（1）大学头从五位下山田史三方。《日本书纪》中三方作御形，《续日本纪》为御方，训读皆通。据《新撰姓氏录》的《河内国诸藩》记载为"魏司空王爬后也"③。

（2）从五位下大学助背奈王行文。《续日本纪》卷四十的延历八年十月乙酉条中对背奈王行文之甥福信有介绍："福信，武藏国高丽郡人也。

---

① 与謝野寛、正宗敦夫注．日本古典全集・懐風藻・凌雲集・文華秀麗集・経国集・本朝麗藻［M］．東京：日本古典全集刊行会、1926：第58−182頁
② 小島憲之．上代の日本文学と中国文学・下［M］．東京：塙書房、1965：第1312頁
③ 佐伯有清．新撰姓氏録・本文篇［M］．東京：吉川弘文館、1986：第321頁

本姓背奈，其祖福德，属唐将李彭拔平壤城，来归国家，为武藏人焉。福信，即福德之孙也。小年，随伯父背奈行文入都，时与同辈，晚头往石上街，游戏相扑。巧用其力，能胜其敌。遂闻内里，召令侍内竖所，自是着名。初任右卫士大志。稍迁，天平中，授外从五位下，任春宫亮。圣武皇帝甚加恩幸。胜宝初，至从四位紫微少弼，改本姓，赐高丽朝臣，迁信部大辅。神护元年，授从三位，拜造宫卿荣，兼历武藏、近江守。宝龟十年，上书言'臣自投圣化，年岁已深。朝臣过分，而旧俗之号，高丽未除。伏乞，改高丽以为高仓'诏许之。以散位归第焉。莞时，八十一。"可知背奈王行文是来自朝鲜半岛的归化人后代，世代居住在日本的武藏一带，族人多被天皇所重用。

（3）皇太子学士正六位上调忌寸古麻吕。《新撰姓氏录》第二十三卷《姓氏录》曰："阿智使主男都贺使主，大泊濑稚武天皇谥雄略御世，改使主赐直姓，子孙因为姓。男山木直。是兄腹祖也。本名山猪。此志努一名成努，是中腹祖也。此尔波伎直，是弟腹祖也。《姓氏录》曰山木直者，是民忌寸……路忌寸。路宿祢等二十五之祖先也。"又，《姓氏录》曰："弟腹尔波伎是也。山口宿祢、文山口忌寸、樱井宿祢、调忌寸、谷忌寸、文宿祢、文忌寸并大和国吉野郡文忌寸、纪伊国伊都郡文忌寸、文池边忌寸等八姓之祖也。"① 可知调忌寸古麻吕的祖先为汉人阿智使主。

（4）正六位上刀利宣命。《续日本纪》卷廿三的《淳仁纪》记载，"百济人余民善女等四人，赐姓百济公韩远智等四人，中山连王国嘴等五人，杨津连甘良东人等三人，清簇连刀利甲斐麻吕等七人，三丘上连"，由此可知"刀利"之姓亦是来自百济。

（5）正六位上但马守百济公和麻吕。由其"百济"之姓便可知是来自百济的移民。《新撰姓氏录》的《左京诸藩·下》亦有记载"百济和朝臣出自百济国都慕王十八世孙武宁王也"。

（6）正五位下图书头吉田连宜。据《新撰姓氏录》的《左京·下·皇别》载："吉田连大春日朝臣同祖先。观松彦香殖稻天皇谥孝昭，皇子天带彦四世孙彦国普命之后也。昔矶城瑞篱宫御宇御间城入彦天皇御代，任那国奏曰：'臣国东北有三己汶地，上己汶、中己汶、下己汶。百里土地

---

① 佐伯有清. 新撰姓氏録·本文篇［M］. 東京：吉川弘文館、1986：第 297 頁

人民亦富饶。与新罗国相争，彼此不能摄治，干戈相寻，民不聊生，臣请将军令治此地，即位贵国之部也。'天皇大悦，救群卿，令奏应遣之人。卿等奏曰：'彦国普命孙盐垂津彦命，头上有赘三岐如松树，因号松树君。其长五尺，力过众人，性亦勇悍也。'天皇令盐垂津彦命遣奉救而镇守。彼俗称宰为吉，故谓其苗裔之姓，为吉氏。男从五位下须知等，家居奈良田村里间，仍天玺国押开丰樱彦天皇。谥圣武。神龟元年，赐吉田连姓。吉本姓田取居地名也。今上弘仁二年，改赐宿称。续日本书纪合。"① 据此记载，"吉田连"这一姓氏起源于移民于朝鲜半岛任那国的日本天皇后代。

由对诗群作者的考察可得出以下结论：从官职的位阶来看，以上作者的官位大都集中在五位与六位之间，且普遍具有归化人背景；从他们的官职来看，应当是属于国家重要部门工作的实际执行者，而且多集中于文教方面，仅从职务判断，便有五人与文教事业直接相关。

（三）"长王宅宴新罗客"诗群的外交功能

这十首诗的内容主要有以下几点特征：第一，频繁地描写秋季的来临与美丽的秋景；第二，对长王宅的地理位置及周边景致进行了细致描绘；第三，描写了酒宴的盛况；第四，倾诉了对即将归国的新罗使节的离别之情。要言之，对长屋王宅邸景物的描写占据了诗文内容的一半以上。这种景物描写从某种意义上来说，也是对长屋王风雅情操的赞美。按照常理，送别外国使节的公务性诗文应该侧重描写饯别对象——新罗使节，表达依依惜别之情，以及对使节平安回国的祝福等。但是，诗中对新罗使节只是轻描淡写，略有涉及。与此相对，诗文内容几乎全是对宴会举办者——长屋王及其宅邸的风雅情趣的描写。若从这一点来界定这场诗宴的性质，正如日本学者井上充实所言，"假托招待新罗使，实质是以长屋王为中心的、邀请各国使节参加的宴会"②，其实质近似于以奈良朝皇子、王公及上流贵族为中心的文雅私宴。

---

① 佐伯有清. 新撰姓氏録・本文篇［M］. 東京：吉川弘文館，1986；第167頁
② 井上充実. 「於長王宅宴新羅客」詩の論［A］. 上代文学［C］. 東京：上代文学会、1994；第53—66頁

试从诗文的这一特点分析其所蕴含的深意。奈良时代正值日本律令制度的完善期，也是天皇掌握实权的国内大一统时期，当时已模仿唐制创立了完备的文化礼仪。日本天皇将自己视为像中国皇帝一样君临周边诸国的君主。并且，在这一时期的日本史册中也不难发现朝鲜半岛的使节访日，天皇召开豪华的外交宴会，要求使臣献诗称颂天皇，粉饰太平盛世的记载。关于这种类型的慰劳外国使节的赐宴，日本学者田岛公认为："这是日本传达外交方针的场所，伴随着律令制国家的最终形成，日本开始追求中国式的外交礼仪，受容了拥有外交权的皇帝直接会见藩国使节的中国礼宾制度，拜朝仪式等也得到进一步完善。此外，伴随律令制国家的建设，日本对外自诩为东亚小帝国，逐渐形成了一种中华思想的国际意识。而引入的外国使节的拜朝仪式，实际上发挥着天皇作为小帝国皇帝君临诸藩国的外交场所的机能。"[①] 因而，笔者认为长屋王于私宅接待新罗客人的诗宴是对模仿中国外交礼仪的天皇慰问外交使节宴会的一种衍生。

因此，招待外国使节的诗宴明显有别于送别遣唐使的歌宴，带有浓厚的政治色彩。举办诗宴是基于儒教思想体现明君统治下的天下太平、礼乐完善、万国来朝的华夷思想的手段。因此，与遣唐使和歌侧重于吟咏具有宗教和咒术色彩的歌谣不同，外交场合下吟咏的汉诗不管是赞美风雅人物抑或表达送别之情，其叙述的重点多为宴会的豪华场面。

（四）"长王宅宴新罗客"诗群的"悲离别"主题

《怀风藻》中的这组"长王宅宴新罗客"诗群以"悲离别"为主题，大量引用了中国古典文学作品，行文风格厚重正式，体现了"诗赋外交"的思想。然而，整个诗群流露出浓浓的悲哀气氛，似乎与宴请外交使节的豪奢基调有些不符。但是，这种将真挚的友情巧妙地穿插到外交场合的交流方式，正是"诗赋外交"的最佳表现。

比如，调忌寸古麻吕《初秋于长王宅宴新罗客》中的"一面金兰席，三秋风月时""琴樽叶幽赏，文华叙离思""江海波潮静，披雾岂难期"等句，用"金兰"一词，立刻拉近双方距离，"文华叙离思"句直言主题，

---

① 田岛公. 外交と儀礼［A］. 日本の古代・七・まつりごとの展開［M］. 東京：中央公論社、1996：第223-245頁

最后一句表达了难以平复的心情。再看刀利宣命的《秋日于长王宅宴新罗客 赋得稀字》，"愁"滋味更浓。虽是新知，却已经是"送别何依依"了。因为使节要归，诗人愁绪难消，只能强颜欢笑。虽多少有些刻意，从文学效果而言，却能充分地利用对比的手法展现作者对于使节的离别之情。又有下毛野朝臣虫麻吕的《秋日于长王宅宴新罗客 赋得前字》中的"独有飞銮曲，并入别离弦"之句，吉田连宜《秋日于长王宅宴新罗客 赋得秋字》中的"一去殊乡国，万里绝风牛。未尽新知趣，还作飞乖愁"之句，都是直抒胸臆，表达"悲离别"主题。

藤原房前亦是悲情无限，他的《秋日于长王宅宴新罗客 赋得难字》写道："赠别无言语，愁情几万端"，可以说是上述诗作中"悲离别"的典型。"职贡梯航使，从此及三韩"一句非常耐人寻味。据小岛宪之的注解，"职"与"贡"的意思相同，都是"贡物"的意思。"梯"者，"梯山"也。"航"者，"航海"也。大致的意思应当是新罗遣使翻山涉水，路途艰辛。"三韩"是朝鲜的古称，原指"马韩、辰韩、弁韩"，在这里特指新罗。整句的意思是跋山涉水携来贡物的新罗使者即将归国了。藤原房前的这首诗，开篇直接点出"职贡"二字作为大前提，统摄全诗。"职贡"二字折射出日本受容了儒家思想的华夷之别，模仿了唐王朝的国际关系体系。这一时期，日本人的华夷意识增强，视较为弱小的新罗为朝贡国的想法逐渐明晰，而新罗是否愿意服从这种安排，答案理应有所保留。但是，将"职贡"所体现的森严的等级秩序与对新罗客"悲离别"的抒情主题结合起来表达，体现出诗歌的绝佳外交功能。在诗宴上吟诗，无论是现实世界中的权臣，还是身负外交使命的使节，都专注于诗歌的唱和往来，着迷于汉字的魅力，惊叹于对方的翩翩才情，现实政治世界的敌对无形中被冲淡了，紧张的气氛逐渐得以缓解。

本章通过对《怀风藻》的诗文以及相关史料的分析，描摹了奈良时代东亚各国使节的文学形象。有不畏艰难、万里取经的佛门诗人群像，也有积极走出国门、渡海访日的东亚使节形象，他们在文教传承与对外交流方面起到了重要作用。通过对这些使节文人的身世与文化背景的分析，了解到日本统治者在吸收汉文化的不同阶段所倚重的人员有所不同，这也让我们大致把握到当时日本对外政策的基本走向。日本政府对唐朝、新罗等东亚大陆移民及其后裔的重用充分体现出日本官方在接受外来文化过程中的被动性，而佛教界人士频繁积极地奔赴唐朝则向我们昭示了日本民间在接受外来文化过程中的主动性。

第六章

以鉴真为中心的奈良佛门诗坛

一、鉴真及其弟子的东渡与在日活动

唐代高僧鉴真大和尚（688—763）历经六次东渡后，最终抵达日本弘扬佛法，在中日文化交流史上留下了浓墨重彩的一笔。鉴真在日期间（754—763），不仅建立起严密的"三师七证"制度，整肃了日本国家佛教的威仪，还在奈良末期汉文学圈的形成中起了核心作用。鉴真因其崇高的道德声望、深厚的学识以及坚强意志得到了日本人的尊崇。

关于鉴真及其弟子赴日的具体经过在真人元开所著的《唐大和上东征传》（简称《东征传》）中有明确的记载。天平十四年（742）十月，遣唐使学问僧荣叡、普照二人受日本政府委托，从大唐邀请传授戒律的高僧前往日本弘法。于是，他们回国前专程赴扬州，拜访在大明寺朝夕讲律的高僧鉴真大和尚。当时的情景在《东征传》中记载如下：

> 是岁，唐天宝元载冬十月时，大和上在扬州大明寺为众（僧）讲律，荣叡、普照师至大明寺，顶礼大和上足下，具述本意曰："佛法东流至日本国，虽有其法，而无传法人。本国昔有圣德太子曰：'二百年后，圣教兴于日本。'今钟此运，愿和上东游兴化。"大和上答曰："昔闻南岳（慧）思禅师迁化之后，托生倭国太子，兴隆佛法，济度众生。又闻，日本国长屋王崇敬佛法，（造）千袈裟，（来施）此国大德、众僧；其袈裟（缘）上绣着四句曰：'山川异域，风月同天，寄诸佛子，共结来缘。'以此思量，诚是佛法兴隆，有缘之国也。"①

据此可知，日本国圣德太子乃高僧惠思之托生的故事，以及长屋王托遣唐使带千领袈裟赴唐供养的故事传到唐朝，成为鉴真向日本传授戒律的重要契机。虽然围绕鉴真赴日的动机问题，中日学界尚有争论，但从上文记述至少可以推测，鉴真应该是感动于长屋王的颂偈，产生了必须有人前

---

① 真人元开著，汪向荣校注. 中外交通史籍丛刊·唐大和上东征传 [M]. 北京：中华书局，1979；第 40 页

往日本这样与佛法有缘的国家来传授戒法的强烈使命感。从这一点而言，长屋王与中国佛教界的诗文交流无意中促成了鉴真的赴日。

根据《东征传》的记述，鉴真一行的赴日旅程十分艰险。从决心赴日起，至成功登陆日本的十二年间，鉴真共遭遇了五次失败，甚至因为海难而双目失明。即便如此，他仍未放弃。753年，鉴真在扬州听闻可搭乘日本遣唐使回国的船只赴日，便立刻决定第六次渡海。此时的鉴真已六十六岁高龄了，这或许是他最后的机会。对当时的情况，《东征传》记载如下：

天宝十二载，岁次癸巳，十月十五日壬午，日本国使大使特进藤原朝臣清河，副使银青光禄大夫、光禄卿大伴宿祢胡麿，副使银青光禄大夫、秘书监吉备朝臣真备，御尉卿安倍朝臣朝衡等，来（至）延光寺，白和上云："弟子等早知和上五遍渡海向日本国，将欲传教，今亲奉颜色，顶礼欢喜。弟子等先录和上尊名，并持律弟子五僧，已奏闻主上，向日本传戒。……

廿三日庚寅，大使处分：大和上已下分乘副使已下舟。毕后，大使已下共议曰："方今广陵郡觉知和上向日本国，将欲搜身，若被搜得，为使有（殃）；又（被风）漂还，着唐界，不免罪恶。"由是，众僧总下舟，留。

十一月十日丁未夜，大伴副使窃招和上及众僧纳己舟，总不令知。

十三日，普照师从越余姚郡来，乘吉备副使舟。

十五日壬子，四舟同发。有一雉飞第一舟前，仍下矴留。

十六日发，廿一日戊午，第一、第二两舟同到阿儿奈波岛，在多祢岛西南；第三舟昨夜已泊同处。①

据上文记录，鉴真受藤原清河等人的邀请，计划随归国的遣唐使船出发。但是，鉴真赴日并未得到唐廷的许可，他便秘密藏身于副使大伴古麻吕的船中，于十六日出航。之后，如《续日本纪》卷十九的天平胜宝六年

---

① 真人元开著，汪向荣校注. 中外交通史籍丛刊·唐大和上东征传［M］. 北京：中华书局，1979：第83页、第90—91页

（754）壬子条记载，"入唐副使、从四位上大伴宿祢古麻吕来归。唐僧鉴真、法进等八人随而归朝"，鉴真终于到达了日本。

抵达日本的鉴真等唐僧受到奈良朝廷的热烈欢迎，朝廷举行了盛大的欢迎仪式，《续日本纪》卷二十一的天平宝字二年（758）八月条中还记载："其大僧都鉴真和上，戒行转洁，白头不变。远涉沧波，归我圣朝。号曰'大和上'，恭敬供养。……集诸寺僧尼，欲学戒律者，皆属令习。"① 鉴真抵日后立刻被日本佛教界委以重任，终于实现了在日弘扬戒律的梦想。

除《东征传》外，《续日本纪》卷二十四中所收记载鉴真赴日始末及在日传法活动的《鉴真卒传》亦是关于鉴真的重要史料。通读《鉴真卒传》可以了解鉴真的在日事迹，以及鉴真圆寂时的情况。以下引用《续日本记》卷二十四天平宝字七年五月戊申之条，考察鉴真的在日活动。

> 大和上鉴真物化。和上者，扬州龙兴寺之大德也。博涉经纶，尤精戒律。江淮之间，独为化主。天宝二载，留学生荣叡、业行等白和上曰："佛法东流至于本国，虽有其教，无人传授。幸愿和上东游兴化。辞旨恳至，咨请不息。"乃于扬州买船入海，而中途风漂，船被打破。和上一心念佛，人皆赖之免死。至于七载，更复渡海，亦遭风浪，漂着日南。时荣叡物故，和上悲泣失明。胜宝四年，本国使适聘于唐，业行乃说以宿心。寄乘副使大伴宿祢古麻吕船归朝。于东大寺安置供养。于时有敕，校正一切经论，往往误字，诸本皆同，莫之能正。和上谙诵，多下雌黄。又以诸药物令名真伪，和上一一以鼻别之，一无错失。圣武皇帝师之受戒焉。及皇太后不念，所进医药有验，授位大僧正。俄以纲务烦杂，改授大和上之号。施以备前国水田一百町，又施新田部亲王旧宅以为戒院，今招提寺是也。和上预记终日，至期端坐，怡然迁化，时年七十有七。②

正如《卒传》中所述"和上一心念佛，人皆赖之免死"，鉴真被日本

---

① 国史大系卷二·続日本紀［M］．東京：経済雑誌社、1897：第354頁
② 国史大系卷二·続日本紀［M］．東京：経済雑誌社、1897：第410-411頁

人神化为佛。这种尊崇与奈良朝的佛教意识相关,当时的佛教被称为"国家佛教",奈良统治者用神佛的力量来镇护国家,甚至连佛教经典都被视为保佑平安的咒语,而从唐土远道而来的高僧大德鉴真和尚自然被认为是外来的"神佛"。鉴真抵达日本后,先居于东大寺,他组织弟子为日本佛教界校注佛典,又辨别药物真伪,修建新的戒院,在佛学、医学、建筑等多个领域传播唐文化,对奈良文化的繁荣起到了极大的推动作用。天平宝字七年(763)五月六日,七十七岁的鉴真预料到自己的死期,临终之际端坐灭度,回归了佛国世界。

鉴真的灭度对其弟子以及日本僧俗文人而言,都是极其悲痛之事,作诗悼念亦是理所当然。笔者推测,为了替灭度的鉴真大和尚祈愿,鉴真弟子以及平日交好的奈良文人很可能举行了追悼诗会。并且,鉴真的亲近弟子思托是创作与收录鉴真相关诗群的号召者和中心人物,他将诗群收录在《唐大和上东征传》卷尾。本章将讨论这些诗篇对奈良诗坛的影响,重点考述《唐大和上东征传》卷末所附诗的三个基本问题——作于何时、作于何地、为何而作,认为通过鉴真,唐僧思托、法进与奈良"文首"石上宅嗣、淡海三船在同一汉文化沙龙中进行了佛学与文学交流。通过文献考察石上宅嗣与淡海三船的信佛情况与汉文学成就,笔者认为在奈良时代举国崇佛的佛学语境下,奈良时代末期出现的诗歌新题材开创了与前朝《怀风藻》截然不同的诗歌风格,成为平安朝以降日本佛门诗的源流。

二、《唐大和上东征传》卷末所附诗群考

如上所述,现行各种版本的《唐大和上东征传》(779)是记述鉴真东渡事迹最完善的著作,被奉为鉴真研究的权威资料。该书记叙清晰,文字流畅,卷末还附有赞颂鉴真东渡事迹的诗七首,分别是淡海三船的《初谒大和上》诗及序二首,思托、法进、石上宅嗣、藤原刷雄的同题《伤大和上》诗四首(四首诗的押韵有相似之处,且次韵也较为明显),高鹤林的《因使日本(顶)谒鉴真和上,和上既灭度,不觐尊颜,嗟而述怀》一首。从诗的内容来看,除了淡海三船的两首初谒诗作于鉴真生前外,其余都是鉴真圆寂后的悼亡诗。诗文运用大量佛教用语,蕴含着许多佛教故事,形

成与前朝《怀风藻》截然不同的佛教诗世界，就文学角度而言，亦有开创性价值。然而，现今的鉴真及《东征传》研究多围绕宗教、历史、艺术与医学方向展开，运用卷末汉诗独辟蹊径者寥寥无几。仅有个别学者通过文献爬梳，考证了部分诗篇的创作情况①，但未能在对奈良时代晚期政治宗教情况的历史叙述中考察鉴真相关汉诗的文化与文学价值。本节将对一直以来未受学者重视的《东征传》末尾所载鉴真相关汉诗进行探讨。这些诗作虽然数量不多，但它们不仅填补了《怀风藻》之后日本上代诗的空白，也是日本佛门诗的先驱作品。事实上，佛门诗是宗教与文学相互交涉的一个有待深入开拓的课题。研究日本汉诗，如果忽略了佛门题材诗歌这一重要环节，必然会影响对日本汉文学发展态势完整性、丰富性的认识，而研究僧侣的诗歌创作如果忽略了僧俗间的密切互动，则必然陷入狭小的圈子，降低研究价值。因此，本节拟通过文献考察唐日僧俗文人的交往关系，管窥奈良时代末期佛门诗坛的情况。

（一）弟子僧思托与《东征传》卷末诗的成立

自鉴真决心赴日以来，与其一同行动的仅寥寥数人。而与鉴真一起经历了六次渡海的仅有两人，一位是日本学问僧普照，另一位是思托。《东征传》中有如下记录：

> 大和上从天宝二载始为传戒，五度装束，渡海艰辛，虽被漂回，本愿不退。至第六度，过日本卅六人，总无常（去）退心。道俗二百余人，唯有大和上、学问僧普照、天台僧思托始终六度，经（逾）十二年，遂果本愿，来传圣戒；方知济物慈悲，宿因深厚，不惜身命，

---

① 20世纪以来鉴真研究的代表学者及成果有安藤更生『鑑真大和上伝の研究』（平凡社，1960）、蔵中進『唐大和上東征伝の研究』（桜楓社，1976）、汪向荣《唐大和上东征传》（中华书局，2000）、王勇『おん目の雫ぬぐはばや：鑑真和上新伝』（農山漁村文化協会，2002）等。而涉及《东征传》卷末诗群的研究仅有蔵中進「鑑真渡海前後——唐使人高鹤林「嗟而述懷」詩の周辺」（『神戸外大論叢』，1985）、「「唐大和上東征伝」の成立と付載の詩」（『水門』第九号，1976）、「思託——渡来僧の生涯と文学」（『日本文学』，1974）、「文人之首——淡海三船の生涯と文学」（『日本文学』，1971）、王勇《沉默的鉴真像》（《扬州大学学报》，2012）。

所度极多。①

对鉴真而言，思托是重要的亲近弟子，思托自然也对鉴真感情深厚、充满敬爱之情。因此，可以说思托是悼念鉴真的相关诗文得以完成的中心人物，他为这些诗的创作提供了契机，并将其选录，可谓功不可没。

据《从高僧沙门释思托传》②记载，思托原是台州开元寺僧人，后入五台山的寺庙修行，753年与鉴真一同赴日。思托为鉴真弟子，俗家乃"琅琊王仙人王乔之后"，出身沂州（今山东省沂河附近及枣庄新泰县等地）。742年，日本留学生荣睿、普照等人于扬州大明寺拜访鉴真，邀请鉴真赴日传戒时，思托侍奉左右，目睹了鉴真的决心，与同门二十一位僧人共同发誓"愿同心随和上去"。随后，如《东征传》所载，思托追随鉴真辗转中国各地，历经数次赴日计划的失败，备尝艰辛。天平胜宝五年（753）十二月二十日，乘坐遣唐副使大伴古麻吕船只的鉴真一行，终于抵达了萨摩国阿多都秋妻屋浦。此时跟随鉴真的弟子有法进、昙静、思托、义静、法载、法成等十四人，尼僧智首等三人，以及扬州优婆塞藩仙童、故国人安如宝、昆仑国人军法力等二十四人。思托作为其弟子之一，终于成功抵达日本。

思托卒年不详。据《日本佛家人名辞典》记载，他于日本延历末年七十余岁时圆寂，但其依据不详，因而不可妄下结论。据藏中进考证，思托在撰述《延历僧录》之后不久便圆寂，享年大约七十岁。③关于他与鉴真的相遇仅有《从高僧沙门释思托传》中的"扬州鉴真和上为受戒依学"一句，无法确认思托入鉴真门下的具体时间，但又有"在唐得十九年，佐师共行佛事，经劳过海得十二年"的记载，因而753年思托赴日之际至少已经三十一岁。《续日本纪》记载，788年，思托撰述《延历僧录》④，此时

---

① 真人元开著，汪向荣校注. 中外交通史籍丛刊·唐大和上东征传 [M]. 北京：中华书局，1979：第93页

② 黒板勝美. 国史大系新訂増補·日本高僧伝要文抄·元亨釈書 [M]. 東京：吉川弘文館，2007：『延暦僧録』第一「高僧沙門思委託伝」

③ 蔵中進. 思託——渡来僧の生涯と文学 [A]. 日本文学 [C]. 東京：日本文学協会，1974：第62—78頁

④ 根据日本学者后藤昭雄发现的《龙论钞》中所引逸文，依稀可见被誉为"日本僧坛嚆矢"的《延历僧录》原书由五卷构成，共收录了一百四十二人的传记。

他六十四岁以上。自此以后,日本史书中再未见关于思托的记载,他极有可能不久便圆寂。

思托善文采,著有《延历僧录》与《大唐传戒师僧名记大和上鉴真传》(又称《广传》)两部佛教汉籍,大大促进了日本汉文学的发展。遗憾的是这两部汉文古籍已逸散。788 年,他著成了被誉为"日本僧坛嚆矢"的《延历僧录》,留存至今的各类古籍中仍依稀可见对其逸文的引载。《延历僧录》虽被称为"僧传",但实际不仅限于僧侣,也兼及帝王、皇后、官吏、居士等,将其称之为奈良时代的文人传记总集或许更为妥当。其中,《延历僧录》第一部《从高僧沙门释思托传》里记载了自述的《思托述和上行记》。

鉴真灭度后,思托曾将鉴真传记整理成《广传》三卷,《唐大和上东征传》就是以《广传》为蓝本撰写的。据藏中进推论,779 年是鉴真圆寂十七周年忌日。思托委托淡海三船执笔撰述《唐大和上东征传》。藏中进还认为,既然对《东征传》最为执着并希望其"流芳百世"的人乃思托,那么这些诗作便是经思托而非三船之手所收。① 笔者赞同藏中进的观点,但他却没有对其原因进行深入分析。笔者愚见,思托之所以将此事委托三船,首先是因为淡海三船作为当时的"文人之首"德高望重,又有大学头、文章博士的头衔,文笔极佳。而三船确实没有辜负思托的重托,《东征传》成书后便立刻成为奈良时代末期的汉文名作。其次,思托与奈良文人来往密切,有条件组织日本文人为鉴真作诗纪念。若以《东征传》收录的淡海三船等奈良文人诗作为依据推测,可知思托与奈良文人之间交情笃深。《东征传》中也提道:"唐道璿律师请大和上门人思托曰:'所学有基绪,璿弟子闲汉语者,令学励疏并镇国记,幸见开导。'僧思托便受于大安(寺)唐院,为忍基等讲,四、五年中,研磨数遍。"② 可见思托通过讲经或其他方式与不少奈良贵族官员保持交往。特别是与寄心佛教并皈依鉴真大和尚的贵族官人结下了亲密之交。最后,思托决意编撰《东征传》乃是出于奈良时代末期特殊的政治宗教环境。鉴真赴日后旋即被委任为大

---

① 藏中進. 思託——渡来僧の生涯と文学 [A]. 日本文学 [C]. 東京:日本文学協会、1974:第 62—78 頁

② 真人元开著,汪向荣校注. 中外交通史籍丛刊·唐大和上东征传 [M]. 北京:中华书局,1979:第 95 页

僧都，曾为圣武天皇等四百多人授戒，日本政府还规定僧侣非经鉴真授戒不予认可，通过尊崇鉴真直接控制了全国僧尼。然而，鉴真的传法思想和活动严重妨碍了奈良旧教团的利益，从而不可避免地发生了冲突。鉴真受到了攻击，不得不离开东大寺唐院，自建唐招提寺作为传播律宗的根据地。《从高僧沙门释思托传》记载："后真和上移住唐寺，被人谤诉，思托述《和上行记》，兼请淡海真人元开述《和上东行传荃》，则扬先德，流芳后昆。"[1] 结合当时的历史背景考察，这段记载颇为可靠。据《续日本纪》记载，天平胜宝八年（756）七月土佐国道原寺僧因毁谤僧纲而流放伊豆，天平宝字三年（759）五月又因"极口而骂宿德"被勒令还俗。758年孝谦天皇失势后，在"政事躁烦，不敢劳老"的不成理由的借口下，鉴真被淳仁天皇"宜停僧纲之任"，专事传授僧尼戒律，改由弟子法进接任僧纲。作为鉴真的继承人，法进还担任了戒坛院的戒和尚，继承唐禅院。土佐国僧人在此辱骂的"僧纲""宿德"应该就是鉴真及其弟子。可见鉴真师徒虽然得到掌权派的支持，但还是遭到日本佛教界保守势力的诽谤和排挤。思托作为鉴真的亲信弟子，自然无法坐视师门受到攻击，不但亲撰鉴真传记三卷，还请淡海三船撰写了《唐大和上东征传》，以回击旧教团的诽谤，三船的精彩文笔使其更符合日本人的阅读习惯，并出于一同理由，在《东征传》后，思托还附录了纪念鉴真东渡事迹的诗文。

因此，或许淡海三船、石上宅嗣、藤原刷雄等奈良一流文人是通过鉴真，抑或直接与思托保持着密切的往来，在写作哀悼鉴真的诗作后，将其交给了思托。而思托正是为了让这些诗作流传后世，才将其添至《东征传》卷末。并且，他还自咏一首五言诗《五言伤大和上传灯逝日本》附于《东征传》卷末：

> 上德乘杯渡，金人道已东。戒香余散馥，慧炬复流风。
> 月隐归灵鹫，珠逃入梵宫。神飞生死表，遗教法门中。[2]

---

[1] 真人元开著，汪向荣校注. 中外交通史籍丛刊·唐大和上东征传 [M]. 北京：中华书局，1979：第15页

[2] 真人元开著，汪向荣校注. 中外交通史籍丛刊·唐大和上东征传 [M]. 北京：中华书局，1979：第100页

该诗主旨在于颂扬鉴真传播佛法的功绩，全诗满溢哀伤之情。作为伴随鉴真赴日传法的最亲近弟子，对鉴真之死，思托承受着倍于常人的悲恸。鉴真来到日本，将汉明帝夜梦的金人带来东瀛，佛教的戒香在此缭绕，智慧火炬伴随着流风在日本列岛燃烧。又因为鉴真的到来，月亮、宝珠都有了灵性，它们的光辉映照着佛门圣地。鉴真所传的律宗已经超越了生命的界限，他建立的遗教成为法门正宗。应特别注意的是诗中的"金人"一词。"金人"有佛像或佛之意，《后汉书·西域传》中有"世传明帝梦见金人，长大，顶有光明，以问群臣"的记述，群臣中有人答道："西方有神，名曰佛，其形长丈六尺而黄金色。"① 其后，佛便被称为"金人"。据《东征传》所载，鉴真一行赴日之际，曾带来阿弥如来像一幅、千手像一尊、千手绣像一幅、救苦观世音像一幅，药师、弥陀、弥勒、弥勒菩萨瑞像各一尊。这便是"金人道已东"一句的由来。此外，诗中还散落着"慧炬""灵鹫""梵宫"等佛语，描述了鉴真所在的佛国，与同时代《怀风藻》中所载的大量宫廷应制诗完全不同，孕育了一种新鲜神秘的宗教氛围。可以说，思托为奈良朝末期的汉诗世界开辟了崭新的佛教诗领域。

（二）石上宅嗣的文学活动

据《东征传》记载，除与鉴真一同赴日的弟子思托、法进等唐人外，当时的奈良贵族中也不乏皈依鉴真门下者。鉴真生涯终焉之际，有署名"金紫光禄大夫中纳言行式部卿石上宅嗣"的悼亡诗《五言同伤大和上》一首，全文如下：

上德从迁化，余灯欲断风。招提禅草（歇），戒院觉花空。
生死悲含恨，真如欢岂穷。惟视常修者，无处不遗踪。②

据日本学者藏中进在《〈唐大和上东征传〉研究》（樱枫社，1976）一

---

① 范晔撰，许嘉璐主编. 二十四史全译（珍藏版）·后汉书 [M]. 上海：汉语大词典出版社，2004：第 1766 页
② 真人元开著，汪向荣校注. 中外交通史籍丛刊·唐大和上东征传 [M]. 北京：中华书局，1979：第 100 页

书中的考证，此诗作于鉴真灭度后的天平八年（736）五月至六月，而结合《续日本纪》所载的石上宅嗣官位晋升记录来看，此诗收入《东征传》的时间应是宝龟二年（771）十一月末至宝龟六年（775）之间。所以上注是"金紫光禄大夫中纳言行式部卿"的官衔。想必笃信佛法的宅嗣也皈依了来日传戒的鉴真。这首诗是歌颂鉴真生前功德，为其祈愿追福所作。诗中遍布佛教用语，令人费解。需特别注意的是"招提禅草（歇），戒院觉花空"一句中提到"招提"与"戒院"二词，可以由此推测其创作地点。

  首先考察"戒院"为何处。假定该诗作于鉴真灭度后不久，则在其亡故之地吟诗的可能性最大。关于鉴真的亡故地点，鉴真本人生前曾对思托言："我若终已愿坐死，汝可为我于戒坛院别立影堂，旧住房与僧住。"藏中进指出，此处的"戒坛院"指东大寺，"旧住房"指东大寺大和尚的住房，即唐禅院。① 换言之，藏中进认为鉴真可能是在东大寺亡故。《东大寺要录》记载："（东大寺）天平胜宝七年所创建也。龙兴寺和上居住此院。后移住招提寺矣。师资次第依古记，法进大僧都弟子十人……堂二宇南戒坛、北讲堂。本愿圣武皇帝之所建也。……天皇敬其德，安置东大寺唐禅院。因兹本朝立戒坛，始行受戒，而已。"② 仅在东大寺设立过传授戒律的戒坛。《东大寺续要录》中的《诸院篇·唐禅院》记载，天平胜宝六年五月一日，戒坛院建立。天平胜宝七年建立和尚修炼之道场，号唐禅院。鉴真抵日后，最初的居住地为东大寺的唐禅院，后移居唐招提寺，鉴真隐退后又将东大寺唐禅院传给了弟子法进。

  又据《东大寺要录》记载，天平胜宝七年（755），在东大寺大佛殿的西边，移圣武上皇受过戒的坛土，建立戒坛院，作为日本全国的中心戒坛。鉴真又在此院北边建造唐禅院，作为讲授戒律之所。后经鉴真的奏请，日本朝廷在东日本的下野（今栃木县）的药师寺和西日本的筑紫（在今九州福冈县）的观世音寺也相继建立了戒坛，它们与东大寺戒坛成为在日本朝廷统一控制下为出家僧尼受戒的"天下三戒坛"。根据日本江户时代凝然所著的《律宗纲要》卷下记述，新建的两所戒坛是按照"边国"的

---

  ① 蔵中進. 鑑真渡海前後——唐使人高鶴林「嗟而述懷」詩の周辺 [A]. 神戸外大論叢 [C]. 神戸：神戸外国語大学、1985：第1—16頁
  ② 筒井英俊校訂. 東大寺要録 [M]. 東京：国書刊行会出版、2003：諸院章第四·唐禅院

受戒仪式由五人（三师二证）受戒；东大寺戒坛按中国（此指中印度）方式由十人（三师七证）受戒。据日本慧坚《律苑僧宝传》卷十《鉴真传》记载，在唐招提寺也建有戒坛，孝谦天皇曾在此受菩萨戒，诏曰："出家者先入招提受戒学律，而后学自宗。"因此，不仅是东大寺，鉴真后来迁居的唐招提寺内亦设有戒坛。笔者认为这首诗的创作地点并非东大寺的戒坛院或唐禅院，而是鉴真迁居并埋骨的唐招提寺。唐招提寺是日本律宗的本山，鉴真本人曾在此修行戒律。

　　作为受戒和尚，鉴真在新建的唐招提寺不仅设了戒坛，还很可能设了戒院，因而宅嗣将唐招提寺称为"戒院"亦符合情理。关于"招提"的确切地点，根据字面意思，诗中的"招提"指唐招提寺。"招提"是梵文"Caturdesa"的音译，"catur"是"四"的意思，"desa"是"地方"的意思，合起来就是"四方"之义。757 年，圣武天皇将备前国垦田一百町赐给鉴真，以备东大寺唐禅院众僧的供养。鉴真在此修建了唐招提寺，招徕四方学习戒律者。自天平胜宝六年（754）二月四日鉴真一行踏上日本国土以来，他们受到日本道俗的盛大欢迎，被迎入奈良东大寺安置。但是，天平宝字三年（759）八月鉴真从奈良佛教界隐退，修行的道场是新建的唐招提寺，且直到灭度为止他都在此传授戒律。综上所述，石上宅嗣的这首悼亡诗应该是作于鉴真后来迁往并埋骨的居所——唐招提寺。

　　接下来，探讨石上宅嗣其人其事。现存有关宅嗣的资料较少，以《续日本纪》所载《芸亭居士传》《日本高僧传要文抄》所收《延历僧录·第五》以及《公卿辅任》为主。史料虽十分有限，但某种程度上也能据之对宅嗣的事迹略推一二。据《公卿辅任》天平神护二年（766）条所载，宅嗣生活于藤原京末期至奈良朝末期，是活跃于朝堂的左大臣从一位石上朝臣麻吕之孙、中纳言从三位乙麻吕之子。其父乙麻吕曾于天平末年任参议、中纳言等职，750 年任中纳言从三位时去世。[①] 宅嗣出生于神龟五年（728），薨于天应元年（781），享年五十三岁。《续日本纪》的天应元年（781）六月条所录《薨传》中曰："（石上宅嗣）性朗悟，有姿仪。爱尚经史，多所涉览。好属文，工草隶……自宝字后，宅嗣及淡海真人三船为文

---

① 国史大系卷九·公卿補任前編［M］. 東京：經濟雜誌社、1897：第 48 頁

人之首。所著诗赋数十首，世多传诵之。"① 由此可知，作为天平宝字至天应年间二十余年的"文人之首"，宅嗣的汉学才华与淡海三船齐名，可谓家喻户晓。据《续日本纪》所载，天平宝字七年（763），宅嗣于正月调任与其文人身份相符的文部大辅。② 而前年正月，淡海三船被任命为文部少辅，是宅嗣的下属。想必两位"文人之首"定是时常会面，切磋诗文与佛法。

关于宅嗣的诗文作品，正如《续日本纪》的《薨传》所言，"所著诗赋数十首，世多传诵之""每值风景山水，时把笔而提之"，可惜大多已经逸散，现存作品数量极少。仅《经国集》卷一中现存的《小山赋》一篇，以及卷十的《三月三于西大寺，侍宴应诏》诗一首留存于世。还有本章所讨论的《东征传》卷尾所收《伤大和上》诗一首。此外，《芸亭居士传》中还记载："（石上宅嗣）兼有三藏赞颂，附往大唐。各内道场大德飞锡等禅侣咸共叹：讶毗离耶有长者子，日本国亦有维摩诘飞锡。述念佛五更赞一卷附来使。饰词雅丽，人皆戴钦。再披再览，令人发心。近士名播西唐，光扬日本。"③ 可知宅嗣曾留下著作《三藏赞颂》。此书曾托付遣唐使带至唐土，连唐朝高僧大德也为之感慨，惊叹日本竟有堪比维摩诘和飞锡之人物。

《续日本纪》记载，由于文采卓越，天平宝字五年（761）十月宅嗣被任命为遣唐副使，但次年三月，"遣唐副使从五位上石上朝臣宅嗣罢，以左虎贲督从五位上藤原朝臣田麻吕为遣唐副使"④。又有《公卿补任》记载"八月，为遣唐副使，遂相代留"，可知宅嗣虽被任命为遣唐副使，但大约半年后便被罢免。宅嗣被日本朝廷罢免副使一职的原因，或许是他过于热衷佛法。《芸亭居士传》载，宅嗣被解除遣唐副使一职后，便移居芸亭闭关修禅。大概在获得赴唐机会之后，宅嗣渴望领悟佛法真谛，巡礼唐土圣地的念想汹涌澎湃，在出发前的日子里不问世事，在家一心修习佛法。然而，朝廷派遣宅嗣前往唐朝是作为副使，并非求法的学问僧。这种专修佛法的做法显然与副使的身份不符，所以才被罢免。

---

① 国史大系卷二・続日本紀［M］. 東京：経済雑誌社、1897：第663頁
② 国史大系卷二・続日本紀［M］. 東京：経済雑誌社、1897：第407頁
③ 石上宅嗣卿顕彰会編. 石上宅嗣卿［M］. 東京：石上宅嗣卿顕彰会、1930：第16頁
④ 国史大系卷二・続日本紀［M］. 東京：経済雑誌社、1897：第400頁

虽然宅嗣最终并未获得赴唐机会，但他与唐人的诗文与佛法交流却不少。他不仅能书写汉文，有创作汉诗的能力，还通晓唐语。对此，《续日本纪》中有如下描述：

> 飨唐使于朝堂，中纳言、从三位物部朝臣宅嗣宣敕曰："唐国天子及公卿、国内百姓，平安以不。又道路艰险，一二使人，或漂没海中，或被掠耽罗，朕问之凄怆于怀。又客等来朝道次，国宰祗供，如法以不。"唐使孙兴进等言："臣等来时，本国天子及公卿百姓，并是平好。又朝恩遐覃，行路无恙。路次国宰，祗供如法。"又敕曰："客等比在馆中，旅情愁欎。所以聊设宴飨，加授位阶，兼赐禄物。卿等宜知之。"①

据此可知，虽然宅嗣宣读的御诏是事先准备好的，但他并非仅仅宣读，同时也与唐使进行了交流。试想宅嗣此时应当是担任了翻译之类的角色。据笔者推测，他应该是用唐语宣读了日本天皇颁给唐使的御诏，听懂唐使的答语后翻译成日语禀告天皇，随后再将天皇的话翻译成唐语，传达给唐使。或许正是因此，宅嗣与鉴真及其弟子交流密切，不断向赴日唐人学习唐语并努力钻研，才能从事类似的翻译工作。并且，此时的宅嗣与唐使一行应有不少交流，甚至有诗文赠答唱和。根据《薨传》中"所著诗赋数十首，世多传诵之"的记录，或可推测其中有与唐使孙兴进的酬唱诗。

（三）唐使高鹤林的悼亡诗

据《续日本纪》所载，"安史之乱"后，唐使高鹤林于779年访日，在日本期间曾寻访鉴真大和尚，但鉴真十六年前已经灭度。闻此消息，高鹤林作《因使日本（顶）谒鉴真和上，和上既灭度，不觌尊颜，嗟而述怀》一诗，表达哀悼惋惜之情。

> 上方传佛教，名僧号鉴真。
> 怀藏通邻国，真如转付民。

---

① 国史大系卷二・続日本紀 [M]. 東京：経済雑誌社、1897：第625—626頁

> 早嫌居五浊,寂灭离嚣尘。
> 禅院从今古,青松绕塔新。
> 法留千载经,名记万年春。①

这首诗集中描述了鉴真和尚东渡日本传经的这一事实和主要功绩,还以托物寓意之笔歌颂了他的佛法修为与不朽精神。禅院随着人逝而从今变古,但鉴真和尚所传之法,犹如青松绕塔,万古长青,他的美名万年长春。"上方"即上邦、大国。"藏"(zàng)是佛教经典的总称。"真如"为佛教语,谓永恒存在的实体、实性,亦即宇宙万有的本体。佛教谓尘世中烦恼痛苦炽盛,充满五种浑浊不净,即动浊、见浊、烦恼浊、众生浊和命浊,合称"五浊"。这首诗高度评价了鉴真东渡日本、传授佛法的历史意义,赞颂了鉴真灭度的从容自若。由于高鹤林访日在《东征传》成书之后,且诗题与"伤大和上"诗群明显不同,应当是不同时期的吟咏。

首先,考察高鹤林创作这首诗的始末,可据《东征传》明确鉴真大和尚灭度前后的情景:

> 宝字七年癸卯春,弟子僧忍基梦见讲堂栋梁摧折,寤而惊惧,(知)大和上迁化之相也;仍率诸弟子模大和上之影。是岁五月六日,结跏趺座,面西化,春秋七十六。②

根据以上记述可知,鉴真圆寂前,弟子们曾临摹了"大和上之影"。据说这便是目前作为日本国宝被安置于唐招提寺御影堂的活脱干漆制鉴真大和尚等身坐像。这尊等身坐像自古以来就如同侍奉生前的鉴真大和尚本人一般,被佛教信徒早晚供奉。同时,《奈良六大寺大观》第十三卷《唐招提寺二》的《鉴真和上坐像》的解说中也有"该坐像不仅能从脱活干漆制造的工艺和风格可知为日本天平时代的作品,也可想象与坐像主人生前

---

① 真人元开著,汪向荣校注. 中外交通史籍丛刊·唐大和上东征传 [M]. 北京:中华书局,1979:第102页
② 真人元开著,汪向荣校注. 中外交通史籍丛刊·唐大和上东征传 [M]. 北京:中华书局,1979:第96页

风貌曾有亲交的作者的手笔，与此相关而被注意的是《东征传》的所载内容"①的描述。

然而，藏中进却提出了不同观点。因为"影"通"景"，用以表达月光或灯光下的阴影，及镜中或水中投映的影像等意，此外还可以表示画像之意。因此正如字面意义，"大和上之影"应该理解为纸本或绢本上绘的画像。②的确，以即将灭度的鉴真为模特，用复杂的脱活干漆工艺制作其坐像，时间上亦不容许。而将大和尚的生前样貌临摹为画像的可能性则更高。或许在鉴真灭度后的十余年，现今唐招提寺世代相传的鉴真大和尚像还尚未完工。而高鹤林当时目睹的极有可能是鉴真的画像。《和汉三才图会》卷七十三的"唐招提寺"条亦载："御影堂，唐思托建之"，可知思托还在唐招提寺内设立影堂安置鉴真画像，供人祭奠。

其次，思考高鹤林的诗究竟吟于何时、何地，试以"禅院从今古，青松绕塔新"一句为线索进行探讨。"禅院"应指东大寺的唐禅院，即鉴真之居所——奈良唐招提寺。据《东征传》所载，鉴真僧团刚到日本时，住所是东大寺戒坛院北被称为唐院、唐禅院的僧房，而鉴真隐退后的修戒道场却是唐招提寺。唐招提寺是鉴真圆寂之处，之后经历了十六年的漫长岁月，渐渐成为闲寂之地。句中的"青松"和"塔"象征鉴真之墓。佛教中的"塔"最初是供奉佛骨之处，之后才成了供奉佛像、收纳佛典和僧人遗体的地方。诗中的"塔"应为鉴真的埋骨之地。"塔"周围的"青松"象征着鉴真的高洁品行。这些松树应该是鉴真去世时所植。在墓地植松的风俗中国古已有之。杨宽先生在《中国古代陵寝制度史研究》（上海古籍出版社，1985）一书中引《含文嘉》说天子坟"树以松"，诸侯坟"树以柏"，又引《礼统》说"天子树松，诸侯树柏"。到了唐代，在墓地种植松柏已经没有等级限制。在唐代悼亡诗中，松柏所体现的大多是一种极度悲凉的气氛，唐代悼亡诗中出现松柏最多的是写给王公贵族的挽歌，目的在于营造一种庄严肃穆的气氛。翻检《全唐诗》，在数量众多的写给大臣和僧人的挽歌中，青松频频出现，或是用以衬托环境的阴寒，如上官仪《谢

---

① 奈良六大寺大観刊行会編. 奈良六大寺大観[M]. 東京：岩波書店、1972：第41頁
② 蔵中進. 鑑真渡海前後——唐使人高鶴林「嗟而述懐」詩の周辺[A]. 神戸外大論叢[C]. 神戸：神戸外国語大学、1985：第1—16頁

都督挽歌》:"漠漠佳城幽,苍苍松槚暮",崔融《韦长史挽词》:"日落桑榆下,寒生松柏中";或是用以衬托死者的风骨,如张说《崔尚书挽词》:"一朝宾客散,留剑在青松";或是用以衬托高僧大德品行之高洁,如郑巢《哭虚海上人》:"静户关松色,荒斋聚鸟群",王镕《哭赵州和尚二首》:"影敷丈室炉烟惨,风起禅堂松韵微";等等。青松在诗歌中的象征意义被多方面开掘,高鹤林此诗中的青松意象正与唐人悼亡诗之传统相符。

然而,与高鹤林此诗内容不相符的是现今的唐招提寺内并没有塔。考察唐招提寺的历史,可知唐招提寺金堂东侧镇守的西南方位曾矗立着五重塔,但1802年被雷击毁。关于它的建立,《日本纪略》中有"弘仁元年(810)夏四月甲申(十五日),遣散位从五位下江沼臣小并等造招提寺塔"[1]的记录。最初,寺塔是收纳寺院最重要的佛舍利之处,同时也是飞鸟时代佛教伽蓝中最重要的建筑物,是寺院的中心所在。但随着佛舍利信仰的逐渐淡化,信仰对象转为佛像,安置本尊佛的金堂便成了寺院的中心,塔也仅为伽蓝中的标志性建筑物了。在奈良时代,这一倾向日渐增强。奈良时代末期,由鉴真主持新建的唐招提寺内,塔在寺院的中心地位也被金堂取代。据建筑史专家的观点,位于现东北角的开山塔(鉴真之墓)的台石是凝灰岩所造,上面的宝箧印塔虽为镰仓时代的样式,但台石的凝灰岩应为天平时代之物,可见当初此处应有墓地。由此推测,此台石的凝灰岩或为唐使高鹤林当年所参之墓。

综上所述,高鹤林访日之际唐招提寺内并未建塔,也无鉴真的坐像,鉴真之墓位于寺院的东北角。墓的土坛上建有凝灰岩的台石,上面有小塔,以示此地为鉴真之墓,周围苍松相映。可以想象,其中必定藏有鉴真的遗物、经卷、佛像以及描绘鉴真大和尚容貌的画像。高鹤林目睹此情此景,追忆鉴真生平功绩,吟咏了此诗。

关于高鹤林其人其事,《续日本纪》中收录了他的在日活动,但其详细经历和传记尚不明确。此诗虽被收录于《东征传》中,关于作者却仅有"都虞候冠军大将军试太常卿上柱国"的简单记载附于诗题之下。高鹤林的官衔为"都虞候冠军大将军试太常卿上柱国","都虞候"是爵位,"冠军大将军"是唐代武散官,"太常卿"是九卿之一,为管理祭祀礼乐的官

---

[1] 国史大系卷五・日本纪略 [M]. 東京:経済雑誌社、1897:第407頁

员,"柱国"是武官官位的最上级。也就是说,高鹤林不仅是唐廷的高级武官,也是掌管祭祀礼乐的文官。

最后,分析诗题中的"因使日本(顶)谒鉴真和上,和上既灭度,不觐尊颜"一句,可知高鹤林到达日本后才听闻鉴真灭度的噩耗,但他在赴日之前便已久闻鉴真的大名。高鹤林极有可能对渡海前在江南地区积极从事佛教事业的鉴真仰慕已久,抑或曾作为居士皈依鉴真。试想当时的情况,奈良朝末期,思托、法进等与鉴真关系密切的僧俗唐人留居平城京。到达日本的唐使高鹤林在这些留居的唐人中最想见的便是久闻其名的鉴真了,然而却并未如愿。高鹤林熟知在唐时期的鉴真,看到刚由思托撰成的这部有关鉴真艰难渡海及在日传法活动的《东征传》时,感动不已。高鹤林停留平城京期间的某日,访问了唐招提寺,并吟诵此诗以寄托哀思。且据《续日本纪》记载,高鹤林于779年入平城京,从779年末停留至次年春天,在此期间或许他还曾与平城京的宅嗣、三船等奈良一流诗人有过诗文交往。

以上对《东征传》卷末所附悼亡诗的一部分进行了探讨,这些诗文都赞颂了佛门高僧鉴真的遗德,使用了大量佛教用语,蕴含许多佛教故事,形成了一个与前朝《怀风藻》不同的佛教性、观念性的诗的世界。若要谈论这些诗篇带给日本上代汉文学的意义,可以借用日本学者藏中进的论断:"在文学僧思托的领导下,被称为'文人之首'的三船以及宅嗣等奈良末期的日本文人共同创作了日本最初的佛教诗,开辟了日本佛教诗的领域。为平安初期御撰诗集《经国集》中梵门诗部的创立,以及和歌世界中释教歌的展开带来了莫大的影响。"①

三、淡海三船的东亚文学交流

(一)淡海三船的东亚文人形象

在考察以鉴真为中心的《东征传》末尾所附诗文的作者动向时,最引

---

① 藏中進. 思託——渡来僧の生涯と文学[A]. 日本文学[C]. 東京:日本文学協会,1974:第62—78頁

人注目的大概是《东征传》的执笔者、奈良"文人之首"淡海三船。《续日本纪》记载"自宝字后,宅嗣及淡海真人三船为文人之首",可知淡海三船是奈良时代末期被冠以"文人之首"的代表文人,《续日本纪》卷三十八收其《卒传》。思托所撰《延历僧录》卷五亦有《淡海居士传》一篇,《日本高僧要文抄》中抄录了《延历僧录》中的这一逸文:

> 淡海居士、淡海真人三船,之日元开。近江天皇之后,锡的天芝,流海源别,赐真人姓。童年厌俗,折尚玄明。于天平年,服膺唐道璿大德为息恶。探阅三藏,披检九经。真俗兼该,名言两泯。胜宝年,有敕令还俗,赐姓真人。赴唐学生,因疾制亭。虽初居家,不着三界。示有眷属,常修梵行,求会真际。故奉太微之圆觉,顺时俗,故奉法宾至。①

淡海三船出身皇族,被赐以"真人"之姓,幼时便皈依佛门,拜入唐僧道璿门下,好佛学、善学问,被选为遣唐使留学生后还俗。《续日本纪》天平胜宝三年(751)正月二十七日条中也记录了淡海三船还俗一事。不料,他却意外患病,入唐一事"因疾制亭"。但他依然寄心佛教,作为"奉法宾王"踏上了仕途。《续日本纪》中亦有不少有关淡海三船的记录,却过于偏重其仕途沉浮,几乎没有与政治无关的记事。他曾几次历经左迁,直到758年至764年间官位才逐年上升,在很长一段时间内他都担任大学头、文章博士之职,与其"文人之首"名号相符。

文学方面,三船主要活跃于汉文学领域,精通内外两典,尤其擅长汉诗。其现存汉诗有《唐征传》附录的诗序及诗两首、《经国集》所收录的诗五首以及《扈从圣德宫寺诗序》《大安寺碑文并序》等。对于淡海三船汉诗文的特点,藏中进评论道:"即便在《万叶集》的时代,(三船)作品也全都为汉诗、汉文。……其诗文虽有浓淡,但均以某种方式与佛教相关。"② 诚然,三船的人生经历与佛教颇有渊源,其汉诗文作品中随处可

---

① 黒板勝美. 国史大系新訂増補・日本高僧伝要文抄・元亨釈書 [M]. 東京:吉川弘文館、2007:巻三
② 蔵中進. 文人之首——淡海三船の生涯と文学 [A]. 日本文学 [C]. 東京:日本文学協会、1971:第42—58頁

见对佛教的偏好。

奈良时代以来，日本高僧和文人将自己的汉诗文作品送往中国成为一种风气。日本人期望自己的诗文得到唐代名士的评价与赞美。作为"文人之首"的三船，似乎也向唐土传送过自己的汉文作品。在此以《经国集》卷十所收三船的五言诗《赠南山智上人》为例进行简要分析。

独居穷巷侧，知己在幽山。得意前年桂，同香四海阑。
野人披薜衲，朝隐忘衣冠。副思何处所，远在白云端。①

此诗的创作年代虽然无法明确，但据小岛宪之推测，淡海三船曾将此诗托付给777年渡唐的永忠法师，托其供奉于天台山智者大师的灵前。②若此推论成立，此诗大概是作于777年遣唐使出发之前。此外，结合三船的生平经历，从首联的"独居穷巷侧"和颈联的"野人披薜衲""朝隐忘衣冠"等句可断定这首诗是他青年时代（751年以前）的作品。此时的三船虽被赐姓还俗，并被任命为入唐留学生，但"因疾制亭"，未能顺利渡唐。及至777年，他已任职文章博士。因此，他托付遣唐使成员中的某人将该诗供奉于南山智上人（智者大师）灵前的可能性还是比较大的。

此外，三船似乎也将《怀风藻》一书托付给遣唐使带往唐土。自江户时代的大儒林春斋将《怀风藻》的编者推定为淡海三船以来，众多学者纷纷提出与其一致观点的新证据。例如，柿村重松通过分析《怀风藻》的用语，推测其编者为淡海三船，证据在于《怀风藻》与淡海三船的作品中均使用了"淡海"二字，并且《怀风藻》序中的"腾茂实于前朝，飞英声于后代"一句与三船之诗"茂实流千载，英声畅九垠"相仿等；藏中进在精解《怀风藻》序文后也认为，《怀风藻》是淡海三船被选为"唐学生"后为将其带往唐朝，匆忙之中编纂而成，"收鲁壁之于余蠹，综秦灰之逸文"，以期待能流布唐土。③

---

① 与謝野寬、正宗敦夫注. 日本古典全集·懷風藻·凌雲集·文華秀麗集·経国集·本朝麗藻［M］. 東京：日本古典全集刊行会、1926：第137頁

② 小岛憲之. 国風黒暗時代の文学·上—序論としての上代文学—［M］. 東京：塙書房、1968：第496-497頁

③ 藏中進. 『唐大和上東征伝』の研究［M］. 東京：桜楓社、1976：第69頁

笔者大体赞同以上观点，并认为若要推测《怀风藻》的编纂动机，淡海三船的赴唐虽不幸以"因疾制亭"的结果而告终，但他仍然希望能将自己的汉文著作托付给遣唐使成员带往唐朝。遣唐使一行出发前，他将前朝诗人的作品以"略以时代相次，不以尊卑等级"的体裁加以整理，追加小传九篇，并附上标注了日期的序文。

（二）《龙论钞》的逸诗

虽然淡海三船从未到过海外，但他却常与东亚文人进行诗文交流。本节将对淡海三船与来日的鉴真僧团的交往进行考察。754年正月，鉴真等唐朝僧人一行抵达日本之际，自幼师从道璿研习佛法，若非因患病或能与鉴真一同归朝的淡海三船，定是以一种望眼欲穿的心情迎接了鉴真一行。《东征传》收录了淡海三船在初见鉴真时所作诗及诗序。

五言初谒大和上二首并序

闻夫佛法东流，摩腾入于伊洛；真教南被，僧会游于吴都。未丧斯文，必有命世；将弘兹道，实待名贤。我皇帝据此龙图，济苍生于八表，受彼佛记，导黔首于三乘，则有负鼎揶（钧），虽比肩于绛阙，而乘杯听铎，未连影于玄门。爰有鉴真和上，张戒纲而曾临，法进阇梨，照知炬而戾止。像化多士，于斯为盛；玄风不堕，实赖兹焉。弟子浪迹嚣尘，驰心真际，奉三归之有地，欣一觉之非遥。欲赞芳猷，聊奋弱管云尔。

摩腾游汉阙，僧会入吴宫。岂若真和上，含章渡海东。
禅林戒纲密，慧苑觉花丰。欲识玄津路，缁门得妙工。
我是无明客，长迷有漏津。今朝蒙善诱，怀抱绝埃尘。
道种将萌夏，空花更落春。自归三宝德，谁畏六魔瞋。①

上述两首三船的诗及诗序均引自《东征传》，而近年来被发现的古籍《龙论钞》（大阪府河内长野市金刚寺僧禅惠于1315年所书古文书）中也

---

① 真人元开著，汪向荣校注. 中外交通史籍丛刊·唐大和上东征传[M]. 北京：中华书局，1979：第98—100页

记载了这两首诗。同时，收于《日本高僧要文抄》中的《淡海居士传》也被《龙论钞》收录。但是，《日本高僧要文抄》的《淡海居士传》以"顺时俗，故奉法宾王"结尾，而《龙论钞》中的《淡海居士传》[①] 则有如下后续文字：

后真和上来，上诗云　五言

摩腾游汉国，僧会入吴宫。岂若真和上，含章渡海东。
禅林戒网密，慧苑觉花丰。欲识玄津路，缁门得妙工。

便伏膺为斋戒弟子，既蒙赐。或云，自庆诗一首　五言

我是无明客，长患有漏津。今朝蒙善诱，怀抱绝埃尘。
道种将萌夏，空花更落春。自归三宝德，谁畏六魔瞋。

于政事暇，礼佛读经。每于节会，花香奉佛。兼述真和上《东征传》一卷，俞扬威，用先后，又注《起信论》，口藻钩玄门。东大寺唐学僧圆觉，将《注论》至唐。唐灵越龙兴寺僧祐觉，见《论》手不释卷。因回使，有赞诗曰　五言

真人传起论，俗士著词林。片言复析玉，一句重千金。
翰墨舒霞卷，文花得意深。幸因星使便，聊申眷仰心。

居士又作《北山赋》，至长安。大理评事丘丹见赋，再三叹仰："曹子建之久事风云，失色不奇，日本亦有曹植耶。"自还使，便书兼诗曰　五言

[①] 《龙论钞》中引用的《淡海居士传》内题为"淡海居士传刑部卿"，最初部分几乎与《日本高僧要文抄》相同，但"忻尚玄明"为"忻尚玄门"，"赴唐学生"为"起唐学生"，"因疾制亭"为"因患制亭"等，多有文字上的细微差异。

儒林称祭酒，文籍号先生。不谓辽东士，还成俗下名。
十年当甘物，四海本同声。绝域不相识，因答达此情。

无量寿国者，风生珠，禁聪苦空，水激全流，波挨常示。居士摄心念诵，愿生安乐云云。（出《延历僧录》第五卷）①

如上所述，《龙论钞》不仅与《东征传》一样收录了三船的两首汉诗，还可见唐人的赠诗。《龙论钞》中引用的《淡海居士传》的新内容主要有他与鉴真的相关记事、与祐觉的相关记事、与丘丹的相关记事以及临终描写，共四部分。

《龙论钞》所引《淡海居士传》中三船的五言律诗与《东征传》卷末附录基本一致。以下参照《东征传》中记录的鉴真动向，考察《淡海居士传》中三船两首汉诗的创作背景。第一首是初谒鉴真时的祝贺诗。因鉴真进入平城京是在天平胜宝六年（754）二月四日，故《初谒大和上》应是这一时期的作品。藏中进还具体推论出《东征传》末尾附录的《初谒大和上》两首及序文是同年晚春初夏之作，这时的三船出任式部少丞，他随其师道璿或随上司式部卿藤原永手初谒鉴真。② 第二首是三船皈依鉴真，成为斋戒弟子时的自庆诗。天平胜宝六年（754）四月初，鉴真在东大寺设戒坛为以天皇为首的五百余人授戒，很有可能三船也是借此机会皈依鉴真门下，而"自庆诗"即是当年四月春夏交替时吟诵的作品。且据《龙论钞》所引《淡海居士传》可知两个新的史实。其一是淡海三船皈依鉴真成为斋戒弟子一事；其二是托遣唐使向越州祐觉赠《大乘起信论注》，向长安丘丹赠《北山赋》，并分别收到唐人赞诗一事。若论及三船之诗是何时送至唐朝，唐人的答诗又是何时传至日本的，如上述史料所载，《大乘起信论注》乃撰于《东征传》（779）之后，而从祐觉和丘丹将赠予作者的诗文托付给遣唐使这一点来看，这一系列事件应该发生在淡海三船生前（至785年）。王勇也将《大乘起信论注》和《北山赋》的送唐时间限定在了

---

① 王勇. 書物の中日交流史 [M]. 東京：国際文化工房、2005：第 111 頁
② 蔵中進. 文人之首——淡海三船の生涯と文学 [A]. 日本文学 [C]. 東京：日本文学協会、1971：第 42—58 頁

779 年至 785 年的六年间。① 这期间日本只派遣过一次遣唐使，即送唐客使布势清直，他于宝龟十年（779）五月二十七日出发，宝龟十二年（781）六月二十四日归国。② 779 年，淡海三船官任大学头兼文章博士，"文人之首"的名声大噪，还受邀执笔撰写了鉴真传记。而同年四月三十日，唐使孙兴进等人进入奈良，直至五月二十七日才归国。或许身处平城京且博学的淡海三船是接待唐使的重要人物之一，因此他应该很容易找到机会将诗文托付给唐使孙兴进或送使布势清直等人。

如上述《龙论钞》引文所载，僧人圆觉将淡海三船所托的《大乘起信论注》送至唐朝灵越（越州），龙兴寺的祐觉将赠给作者的赞诗托付给遣唐使。如此来看，圆觉极有可能是随布势清直入唐的日本学问僧。灵越（越州）位于今浙江绍兴，越州龙兴寺是鉴真之师道岸的居所，也是其示寂之地。据《东征传》记载，740 年，鉴真也曾应邀为此寺的僧人们讲经授戒。圆觉遵从三船的嘱咐，来到与鉴真有深厚渊源的越州，将《大乘起信论注》赠予龙兴寺的僧人祐觉。祐觉"见《论》手不释卷"，十分感激，并作诗相赠。答诗首句"真人传起论"自然是指《大乘起信论注》，而次句"俗世著词林"的"词林"或可认为是与淡海三船有关的某部诗文集。

此外，淡海三船还托人将《北山赋》带往唐朝赠予丘丹。《北山赋》虽已不存，但亦为三船所著。与三船同时代文人的汉赋中有《经国集》卷一的藤原宇合《枣赋》、石上宅嗣《小山赋》以及贺阳丰年与之唱和的《和石上卿小山赋》等。如将宅嗣的《小山赋》视为对自家宅院内所筑小山的描写，那么《北山赋》或许也是以三船身边的北山为题材所赋。这首赋被交给遣唐使带至长安。大理评事丘丹读后，托遣唐使将文书及赞诗带回日本转赠三船，并惊叹道："曹子建之久事风云，失色不奇。日本亦有曹植耶。"六朝至初唐的数百年间，曹植一直被视为诗界的至高存在。梁朝钟嵘在《诗品》中对其高度赞誉道："粲溢今古，卓尔不群。嗟乎！陈思之于文章也，譬人伦之有周、孔，鳞羽之有龙凤，音乐之有琴笙，女工之有黼黻。"③。然而，就连文采如此卓越的曹植，若见到三船《北山赋》

---

① 王勇. 書物の中日交流史 [M]. 東京：国際文化工房，2005：第 120—121 頁
② 国史大系卷二·続日本紀 [M]. 東京：経済雑誌社，1897：第 634—668 頁
③ 钟嵘著，周振甫译注.《诗品》译注 [M]. 南京：江苏教育出版社，2005：第 36 页

也会惊讶失色。丘丹的文书虽未能流传至今，但诗文却通过《淡海居士传》流传至今，且根据《淡海居士传》的记载，淡海三船的汉诗文也在布势清直入唐期间在唐土流传。

"大理评事丘丹"在新旧两《唐书》中并未留下任何传记，生卒年亦不详。但身为唐代著名诗人的丘丹，在《全唐诗》卷三〇七中有略传："丘丹，苏州嘉兴人，诸暨令，历尚书郎。隐临平山，与韦应物、鲍防、吕渭诸牧守往还。存诗十一首。"① 通读《全唐诗》中丘丹的诗作，不难发现他与韦应物、崔峒等人有交往，并与韦应物十分亲近。十一首诗中五首都是与韦应物的唱和，韦应物亦有五首与丘丹的唱和诗。崔峒与丘丹的唱和诗则为两首。现存丘丹所著《经湛长史草堂》的诗序末尾有"贞元六年，岁在庚午，检校尚书户部员外郎兼侍御史丘丹志"② 之文，记录了作诗时间及当时的官职。贞元六年即790年，此时三船已故。

综上所述，淡海三船的《大乘起信论注》和《北山赋》曾被遣唐使成员带往唐土，而唐人祐觉、丘丹回赠的"赞诗"经由遣唐使传至日本，实现了中日汉文学的双向互动。这种日本文人的汉文著作传到中国的例子，在诗歌由中国源源不断地大量传向日本的时代潮流中还是相当罕见的。正如日本研究者后藤昭雄的论断，祐觉和丘丹的"赞诗"不仅作为唐日交流史的新例受到关注，对中国文学的研究也大有益处。③

（三）《日本国真人赠新罗使薛判官》诗序考

翻阅《续日本纪》，不难发现奈良时代的日本与新罗往来频繁，在政治方面，两国却始终无法互相信任，时有摩擦发生，甚至还带有强烈敌对感。然而，通过两国人员的往来，新罗所藏的大量汉文书籍却流入日本，给奈良文化带去了极大的影响。同时，也有日本文人的汉文作品流入了新罗，形成日本与新罗汉文学的双向流动。著名的朝鲜史籍《三国史记》（韩国奎章阁图书，1145）卷四十六所收《薛聪传》中有记载："世传《日

---

① 彭定求等编，中华书局编辑部点校. 全唐诗（增订本）[M]. 北京：中华书局，1999：第3480页

② 彭定求等编，中华书局编辑部点校. 全唐诗（增订本）[M]. 北京：中华书局，1999：第3481-3482页

③ 後藤昭雄. 平安朝漢文文献の研究 [M]. 東京：吉川弘文館、1993：第35頁

本国真人赠新罗使薛判官》诗序云："尝览元晓居士所著《金刚三昧论》，深恨不见其人，闻新罗国使薛，即是居士抱孙。虽不见其祖，而喜遇其孙。乃作诗赠之。其诗至今存焉，但不知其子名字耳。'"根据这段记载可以明确有从日本传入新罗的《日本国真人赠新罗使薛判官》诗一首，但遗憾的是《三国史记》中却未能详述赠诗的诗文内容。还可知诗题的"薛判官"为名僧元晓之孙。元晓曾留学唐朝，返回新罗后被尊为华严宗开山鼻祖。据《三国史记》记载，元晓还俗后，迎娶新罗公主为妻，育有一子名为"薛聪"。此外，《续日本纪》宝龟十一年（780）正月初六壬申条有新罗使的记录："授新罗使萨湌金兰荪正五位上，副使级湌金严正五位下，大判官韩奈麻萨仲业、少判官奈麻金贞乐、大通事韩奈麻苏忠三人各从五品下。"其中有遣日使节、新罗大判官"萨仲业"之名。由于"萨"字为"薛"的误写，则可推定"薛仲业"与"萨仲业"为同一人，即元晓之孙。

又，1914 年韩国出土的高仙寺誓幢和上塔碑（残碑）上有书"大历之春，大师之孙翰林字仲业，□使沧溟，□□日本，彼国上宰因□语"①。若碑文中"大师"为元晓，而"仲业"为元晓之孙"薛判官"，则可知薛聪之子名为"薛仲业"。且《佛教大事典》中的"元晓"一项有"俗姓薛氏，俗名誓幢……以后，破戒娶妻，得一子薛聪，着俗服自称小姓居士等在俗者状"②的记载。由此推断，《续日本纪》与《三国史记》中《薛聪传》的记录完全相符。且，碑文的"大历"为唐代宗年号，即 766 年至 779 年。进而可通过"大历之春"将遣使时间进一步限定在大历某年的正月至三月之间。上述史实与前文所列的《续日本纪》宝龟十一年（780）正月条文相符。因此，该年正月访日的"薛仲业"为《三国史记》中的"薛判官"，同时与《高仙寺誓幢和上塔碑铭》中的"仲业"为同一人。综合考虑以上史料可得出结论：新罗名僧元晓之孙名为薛仲业，官至翰林，作为大判官赴日时，遇见了对其祖父元晓所著《金刚三昧论》有所感悟的"日本国真人"，并受赠诗文。

赠诗的时间则可从薛仲业的赴日时期开始考察。据《续日本纪》所

---

① 此塔碑于誓幢和上元晓卒后，为颂其业绩而建。碑文收录于赵明基编纂的《元晓大师全集》（宝莲阁，1981）。
② 古田紹欽等監修．仏教大事典［M］．東京：小学館、1988：第 157 頁

载,他们一行于宝龟十年(779)七月十日抵达大宰府①,因而出发时间应在此之前。《高仙寺誓幢和上塔碑铭》中书有"大历之春"(766—779),由此可推使者的任命或出发是在宝龟十年(779)三月之前。通过新罗使薛仲业一行人宝龟十一年(780)二月十五日的归国记录②来看,他们是于779年末由日本沿海的边境赶赴日本都城奈良,参加宝龟十一年(780)正月初三的朝拜。即,薛仲业与"日本国真人"的会面时间应在宝龟十一年(780)正月初三至二月十五日之间。

"日本国真人"究竟为何人呢?"真人"是天武天皇时期指定的八色姓中配给第一等身份尊贵的日本人的姓氏。纵观上代,虽然这是皇室贵族的姓氏,但也同时作为个人名字而使用。结合《续日本纪》中薛仲业的访日时间,从778年至780年的真人姓氏中可以找出大量人名。如,多治比真人(长野、人足、古奈祢、滨成、年持、乙安、岁主、继兄)、文室真人(八岛、真老、高岛、水通、忍坂麻吕、与伎)、息长真人(长人)、三岛真人(大汤坐、安昙)、路真人(石成、玉守)、淡海真人(三船)、海上真人(三狩)、国见真人(川曲)、丰国真人(船城)等。但是,大多数"真人"都只是见于授位或任官记录中的一般行政官员,并未在汉文学方面有所建树。只有淡海真人(三船)作为大学头、文章博士与文事有关,并作为中央官员会出席接待使节等外交场合。因而,780年新罗使访日之际,能有接触外国使节的机会且精通佛教、博览群书、对诗文有充分自信与实力,被世人称作"真人"的人物,除了淡海三船,别无他人。而且,淡海三船还曾将《东征传》的著者署名为"真人元开"。后藤昭雄的论述中所引用的《延历僧录》所收《淡海居士传》逸文中的祐觉诗也有"真人传起论、俗士著词林"之语,他也以此判断第一句中的"真人"即指三船。总而言之,780年前后的淡海三船,常被以"真人"之姓相称。藏中进从诗序整体的构文法考察,同样将"真人"视为淡海三船。③ 他注意到与淡海三船《送戒明和尚状》(779年撰)结构类似的对句有"……闻名

---

① 《续日本纪》宝龟十年(779)七月十日条记载:"大宰府言。遣新罗使下道朝臣长人等,率遣唐判官海上真人三狩等来归。"
② 《续日本纪》宝龟十一年(780)二月十五日条记载:"新罗使还藩,赐玺书曰云云。"
③ 藏中進. 日本国真人贈薛判官詩序 [A]. 東洋研究 [C]. 東京: 大東文化大学東洋研究所、2008:1—18頁

之初，喜见龙树之妙释。……开卷之后，恨秽马鸣之真宗"等。类似这样的对句结构正是淡海三船的手笔，而在《大安寺碑文》和《从驾圣德太子寺》诗序中也有类似结构的诗文，如"尝……祖父元晓……不见……恨闻……抱孙仲业……遇……喜"，通过对比来叙述情感。因而该诗序具有淡海三船特有的文体特征。从这一点来看，也可断定"真人"为淡海三船。

综合以上分析，于奈良时代末期779年访日、780年归国的新罗使大判官薛仲业，乃七世纪新罗名僧元晓之孙，名儒薛聪之子。归国之际，他从日本国"真人"处获赠诗一首，经推定此"真人"为淡海三船。归国后，薛仲业带回的"日本国真人"所赠诗及序被新罗文人所传诵。这首诗及序不仅经由史官口头传承，还以文献的形式被保存下来。三百多年后的1145年，在《三国史记》编撰之际，"日本国真人"赠诗的事实被记入《薛聪传》。遗憾的是只记载了诗序，而未收录诗文。日本汉诗传至朝鲜或中国的情况虽然并不多见，但"日本国真人"诗序及逸诗传至新罗，对罗日汉文学交流起到了积极的作用。淡海三船与东亚使节开展文学交流并将汉文作品送往海外，如此主动的文学行动为即将到来的平安时代初期"汉风讴歌时代"奏响了前奏。延历四年（785）七月十七日，淡海三船去世，终年六十四岁，《续日本纪》通过多达三百字的《卒传》回顾性地总结了他的汉文学功绩。794年，奈良时代结束，而奈良"文人之首"淡海三船的离世正象征着奈良时代汉文学的终结。

第七章

日僧空海的入唐诗文之旅

一、空海的生平与汉文学修养

　　弘法大师空海是日本耳熟能详的名僧，在宗教、艺术、文学等方面为中日文化交流做出了重要贡献。空海在唐留学虽不到两年，却因杰出的汉文学才能和个人魅力，吸引了唐朝文人名僧的关注，还曾被唐朝皇帝赐予"五笔和尚"的美称。空海乳名佐伯真鱼，774 年生于赞岐国屏风风浦（多度郡弘田乡），父亲佐伯直真氏（田公），母亲阿刀氏，其家族为当地的名门。空海出生之时正值日本积极吸收唐文化，全国都埋首于国家新文化建设的时期。空海生性聪颖，被誉为神童，十二岁便遁入佛门。十五岁时，因受东宫学士、外戚阿刀宿弥大足的荐举，桓武天皇延历七年（788）前往长冈京，跟随阿刀宿弥大足修学汉籍，由此走上了学问之路。空海接受阿刀宿弥大足的启蒙，学习过《论语》《史记》《左传》等多部汉文典籍。791 年，空海十八岁时，为步入仕途通过了大学明经科的入学考试。在大学期间，受到博士冈田牛养、味酒净成的教诲，研习了《毛诗》《尚书》等典籍，甚至还修习了书法。他曾在《三教指归》的自序中描述自己刻苦求学的经历："余年志学，就外氏阿二千石文学舅，伏膺锵仰。二九游槐市，拉雪萤于犹怠，怒绳锥之不勤。"①

　　然而，空海并未就此满足，他将学习与研究的目光转向了佛教经典。二十岁时，他放下学业，离开长冈京，外出游历。后来，得到三论宗的硕学、大安寺勤操僧都的知遇，在和泉的槙尾山寺出家。关于空海半途出家的动机，有一个传说。据说某日，空海向一名僧人请教《虚空藏求闻持法》②，大为感动，从此下定决心专注于佛法修行。797 年，空海二十四岁时以寓意小故事的形式说明自己皈依佛教的动机，写成《三教指归》一

---

　　① 渡辺昭宏、宮坂宥勝. 日本古典文学大系・三教指帰・性霊集［M］. 東京：岩波書店、1979：第 85 頁

　　② 《虚空藏求闻持法》是由最早在中国宣传密教的善无畏（637—735）译为中文的。恰好此时在唐留学的道慈的归国时间（718）正是善无畏在长安翻译《虚空藏求闻持法》的第二年，因而道慈将此新译的《虚空藏求闻持法》带回日本的可能性极大，而空海二十多岁时在日本接触到的密教系的经典应该就是这个短版的求闻持法。

书，阐述儒、道、佛三教之归趣。这本用汉文写成的《三教指归》被认为是空海最初的汉文作品。空海在该书中熟练运用复杂的四六骈散文，以文学的方式论述了儒、佛、道三教中佛教的优越性，他在汉学及佛教方面的高深造诣也由此得到公认。

804年，空海被选为日本遣唐使团中学问僧的一员，启程赴唐，时年三十一岁。在唐留学期间（804—806），空海的学习内容可谓种类繁多。他不仅修习梵文，凝练诗才，在书法方面的造诣也令人惊叹。归国前，他又收集整理了经、律、论、疏等大量汉文典籍带回日本。受过唐风文化熏陶的空海一回国就充分展示了其在唐刻苦学习的成果，使平安朝前期的佛教界面目一新。他在语言学、建筑、灌溉、绘画、雕刻、书法、中医药等领域也发挥了杰出的才能，得到日本朝廷的信任。同时，空海的汉文学才华也远远超越同时代的日本文人，是当之无愧的文学领军人物。特别是在810年左右，空海结合日本汉诗发展的需求，总结作诗规范，编撰了《文镜秘府论》六卷，这部书是日本宫廷文人创作汉诗文的基本参考和启蒙读物。然而，《文镜秘府论》的内容并非空海原创，而是总结了中国六朝至唐代的文学修辞论著，全面反映出空海留学唐朝期间收集汉文学书籍的成果。全书引用的中国文学典籍主要有《四声韵音》一卷（梁·沈约）、《四声指归》一卷（唐·陆善经）、《诗格》一卷（唐·王昌龄）、《诗式》五卷（唐·僧皎然）、《唐朝新定诗体》（唐·崔融）、《诗髓脑》一卷（唐·元兢）、《古今诗人秀句》（唐·元兢）、《河岳英灵集》一卷（唐·殷璠）等。①

通过汉文学，空海和平安宫廷也有了密切联系。他以华丽的汉诗和精美的书法获得了嵯峨天皇的赏识。受嵯峨天皇御命编撰的"敕撰三集"中就记载了天皇送给空海的诗。

    与海公饮茶送归山
  道俗相分经数年，今秋晤语亦良缘。
  香茶酌罢日云暮，稽首伤离望云烟。

---

① 空海. 文鏡秘府論［A］. 弘法大師全集·第5卷［M］. 東京：筑摩書房、1984：目次

> 赠绵寄空法师
> 问僧久住云中岭,遥想深山春尚寒。
> 松柏斜知甚静默,烟霞不解几年飡。
> 禅关近日消息断,京邑如今花柳宽。
> 菩萨莫嫌此轻赠,为救施者世间难。①

这两首诗描述了与空海分别之后,嵯峨天皇思念空海的心情,从"稽首伤离望云烟""遥想深山春尚寒""禅关近日消息断"等诗句中可见二人情谊之深。空海也曾多次赋诗回赠嵯峨天皇。并且,为了迎合嵯峨天皇的情趣与喜好,为其介绍唐朝最新文化与文学信息,空海还向天皇进献了不少汉文典籍。从空海的《性灵集》目录可知他向嵯峨天皇上呈了《敕赐屏风书了即献表并诗》《敕赐世说屏风书了献表》《刘希夷集书上表》《进诸书迹表》《奉谢赐绵兼史诗々并表》《进真行草等笔表》《进杂文表》《刘庭芝集书上表》《进春宫笔启》《进柑子表并诗》等启文、汉诗集及书法作品。

空海的汉诗文则主要见于其弟子真济编纂的《遍照发挥性灵集》(简称《性灵集》)十卷。入唐前的《三教指归》虽可见其卓越文采,但仅收录了为数不多的、与《性灵集》相比稍显逊色的诗歌二十五首。关于《性灵集》的编纂缘由,卷首有如下说明:

> 夫其诗赋哀赞之作,碑诵表书之制。所遇而作,不假草案。才了不竞把,无由再看之。弟子忱金玉糅溪石,叹兰桂厌秋艾,侍坐而集记。略得五百以来纸,兼摭唐人赠答,稍举警策,杂此帙中,编成十卷,名曰《遍照发挥性灵集》。②

如上文所述,真济伴于空海近侧,为使恩师的作品流传于世,他收集整理空海完成的诗作,编纂成十卷《性灵集》。关于《性灵集》的成书时

---

① 与謝野寛、正宗敦夫注. 日本古典全集・懐風藻・凌雲集・文華秀麗集・経国集・本朝麗藻 [M]. 東京:日本古典全集刊行会、1926;第 129 、56 頁
② 渡辺昭宏、宮坂宥勝. 日本古典文学大系・三教指帰・性霊集 [M]. 東京:岩波書店、1979;第 155 頁

期有两种说法，一说为空海晚年时期，一说为空海圆寂的 835 年。其中卷八、卷九、卷十已遗失。1075 年，济暹收集残存诗文编纂成《续性灵集补阙抄》三卷。《性灵集》现存本收录了空海 804 年至 834 年间的作品，囊括了诗赋、上表、书信、碑铭、表启、祷告文等各类汉文体裁，多达 113 篇。内容涉及平安时代初期的政治、经济、社会、文化、宗教等多个领域，同时涵盖了空海在唐时期的八篇汉文作品。其中，《大唐青龙寺故三朝国师碑》《为大使与福州观察使书》《请福州观察使入京启》等汉文作品是研究中日文化交流史的重要史料。

二、空海初入唐——从福州至长安

在强烈的求法心的驱动下，空海向日本朝廷提出了入唐留学的申请并获得批准。延历二十三年（804），他跟随第十七批遣唐使赴唐。当时航海技术落后，渡海异常艰险，因海难丧命的情况时有发生。空海于七月六日出发，乘坐的是大使藤原葛野麻吕的第一艘遣唐使船。第二日，遭遇暴风雨，空海搭的这艘船在海上漂泊了三十四天，最终于八月十日漂到了福州长溪县的赤岸镇。唐政府规定日本遣唐使船的接待地点是大运河南岸的扬州，而空海所乘之船却漂到了遥远的福建省。扬州多有使节船只停靠，当地官员对日本使节的接待事宜较为熟悉，但福州官员对日本遣唐使却是一无所知。空海等人被扣押于船上，连行李物品都受到严格核查。

就在日本遣唐使团与唐政府官员遭遇沟通困难时，汉文才华出众的空海挺身而出，代替遣唐大使起草了陈情文《为大使与福州观察使书》。《性灵集》收录了该文：

高山澹然，禽兽不告劳而投归。深水不言，鱼龙不惮倦而逐赴。故能西羌梯险，贡垂衣君，南裔航深，献刑厝帝。诚是明知艰难之亡身，然犹忘命德化之远及者也。伏惟大唐圣朝，霜露攸均，皇王宜宅，明王继武，圣帝重兴，掩顿九野，牢笼八纮。是以我日本国，常见风雨和顺，定知中国有圣。刳巨楠于苍岭，摘皇花于丹墀。执蓬莱琛，献崐岳玉。起昔迄今，相续不绝。故今我国主顾先祖之贻谋，慕今帝之德化。谨差太政官右大辨正三品兼行越前国大守藤原朝臣贺能等，充使奉献国信别贡等物。贺能等忘身衔命，冒死入海。既辞本涯，比及中途，暴风穿帆，戕风折柁，高波泼汉，短舟裔裔，凯风朝扇，摧眉惊汰，占宅鲸腹，随浪升沉，任风南北。但见天水之碧色，岂视山谷之白雾。掣掣波上二月有余，水尽人疲。①

上述文书是用汉文的四六骈体文写成的书信，阐明了空海一行人的日方身份，极力说明了日本遣唐使团成员仰慕唐文化，不顾性命安危冒死入唐，不幸途中遭遇种种艰险的情况。在中国文学史上，四六骈体文大概始于三国时期的曹子建，是兴盛于六朝并流传至初唐的一种文体。由于非常注重四声和平仄，这种文体即使是中国文人也很难驾驭。而外邦之人空海却精通当时汉语的音韵，能熟练运用这种骈四俪六的文体，可见其汉文学修养与当时的中国文人相比也有过之而无不及。日本汉学家冈田正之评论："（空海）极尽雕琢之能事，难免患四六文之弊病，但其胜在气势宏大。及至尺牍，寥寥数笔就有古文意趣跃然纸上，可谓摆脱了四六文的弊病。总而言之，大师的文辞中有一种难以企及的气魄光芒，这与时代的风气不无相关，可谓不负其伟大僧人的文名。"② 此评价虽然有些过誉，但作为日本人，空海能写出如此流畅的四六骈体文实属不易。中国自古以来都是重视文章的国家，在唐代亦是如此，诗文占有极其重要的地位。空海的这封书信被呈给了当时的福州观察使阎济美。阎济美阅览后，被典雅华丽的文藻所感动，他对遣唐使船的疑虑也因这封书信而消释，唐朝当地政府官员确认了日本遣唐使的身份，给予了极为隆重的礼遇。有关此事，《御遗告》中有云："爰吾作书样，替于大使，呈彼州长。披览含笑，开船加问，即奏长安，三十九个日。给于州府力使四人，且给资粮。州长好问作，借屋十三间令住。经五十八个日，给存问敕使等，彼义冈极。览之，主客各各流泪。"③ 由于空海的书简，遣唐使一行在福州所受待遇得到巨

---

① 渡辺昭宏、宮坂宥勝. 日本古典文学大系・三教指帰・性霊集 [M]．東京：岩波書店、1979：第267页
② 岡田正之. 日本漢文学史 [M]．東京：共立社書店、1929：第208页
③ 王益鸣. 隣を好する義を顧みる——空海の『大使の為に、福州の観察使に与ふる書』を論ずる [A]．アジア遊学 [M]．東京：勉誠出版、1999：第135-146页

大改变。"披览含笑"一词直接恰当地表现了阎济美披览书简时的心情。阎济美不仅写奏文向朝廷报告此事，还给予遣唐使物质上的优待。

关于阎济美其人，《新唐书》和《旧唐书》中也有他的传记，两书所录传记类似之处颇多。历来史家认为《旧唐书》的记载较为可靠，因此，此处采用《旧唐书》卷一八五下《良吏下》的记载，兹录如下：

> 阎济美，登进士第。累历台省，有长者之誉。自婺州刺史为福州观察使，復为润州刺史、浙西观察使。所至以简澹为理，两地之人，常赋之外，不知其他。入拜右散骑常侍。华州刺史、潼关防御、镇国军使，入为秘书监。以年及悬车，上表乞骸骨，以工部尚书致仕。后以恩例，累有进改。及殁于家，年九十余。①

据上述史料，福州刺史因病辞官，阎济美从婺州刺史转任福州观察使。阎济美不仅是有名望的达官显贵，还学富五车，有"有长者之誉"，亦有"入为秘书监"的经历。他长于文笔，有很好的文学鉴赏能力，惊叹于日本使节的文采，改善了遣唐使的待遇。然而遗憾的是，阎济美并不清楚这封书简出自空海之手，拒绝了空海随同大使藤原葛野麻吕前往长安的要求。空海只能又给阎济美呈了一封《请福州观察使入京启》，表达自己前往长安学习佛法的渴望。启文全文如下：

> 日本国留学沙门空海启：空海，才能不闻，言行无取。但知雪中枕肱，雪峰吃菜。逢时乏人，簉留学末。限以廿年，寻以一乘。任重人弱，夙夜惜阴。今承不许，随使入京，理须左右，更无所求。虽然，居诸不驻，岁不我与。何得厚荷国家之凭，空掷如矢之序。是故叹斯留滞，贪早达京。伏惟中丞阁下，德简天心，仁普近远，老弱联袂，颂德溢路，男女携手，咏功盈耳，外示俗风，内淳真道。伏愿顾彼弘道，令得入京。然则早寻名德，速遂所志。今不任陋愿之至，敢

---

① 刘昫等撰. 旧唐书［M］. 北京：中华书局，1975：第4832页

尘视听伏深战越。谨奉启以闻。谨启。①

空海向观察使阎济美表达自己"顾彼弘道""早寻名德"的迫切心情，恳请阎济美允许他也前往长安。阎济美阅罢方知空海文采，特别批准了他的长安之行。空海赴唐前已熟练掌握了汉文文章，这给他自己以及遣唐使团队带来了莫大的帮助，而福州观察使阎济美可以说是空海入唐后的第一位文学知己。

延历二十三年（804）十一月三日，空海随遣唐大使藤原葛野麻吕一行，从福州出发，经过数月的旅途，于同年十二月二十三日抵达长安。《经国集》卷十记载了空海在赶赴长安途中吟咏的一首汉诗。

> 过金心（一作山）寺
> 古貌满堂尘暗色，新华落地鸟繁声。
> 经行观礼自心感，一两僧人不审名。②

诗题的"金心寺"，据说是日本孝德天皇时期释定慧创办的真言宗寺院，位于今兵库县三田市，其建立比空海所处时代平安初期要晚很多，故其亦非指日本的寺庙。又，清人徐松所撰《唐两京城坊考》中并无"金心寺"，故其亦并非唐代长安的寺院。但是，《经国集》的底本右傍校异中注有"山"字。如此推断，此寺庙或可称之为"金山寺"。考察从福州前往长安的地理路线，应该由苏州逆流而上扬州，其间经过的润州（江苏省）倒是确有一座"金山寺"。也许空海是从福州出发，途经扬州，拜访了那里的"金山寺"，写了这首诗。

---

① 渡辺昭宏、宮坂宥勝. 日本古典文学大系・三教指帰・性靈集 [M]. 東京：岩波書店，1979；第271頁

② 与謝野寛、正宗敦夫注. 日本古典全集・懷風藻・凌雲集・文華秀麗集・経国集・本朝麗藻 [M]. 東京：日本古典全集刊行会、1926；第134頁

三、旅居长安的空海

（一）空海与长安僧俗诗人的邂逅

延历二十三年（804）十二月至大同元年（806）春，空海留居长安。当时的长安是大唐文化的腹地，是汇聚一流文人墨客的国际大都市。于空海而言，身处长安自然意味着能获得与大唐文人切磋诗文的机会。学者卢盛江的《空海入唐与〈文镜秘府论〉的编撰》（《江西师范大学学报（哲学社会科学版）》，2004年第3期）一文考察与空海同时代的唐代文人动态，发现空海留居长安期间，皇甫湜在803年至805年的连续三年间都未能通过进士科考，当时应该也在长安；还有柳宗元和刘禹锡虽受"王叔文事件"连坐，但可推测805年左迁之前，他们应是在长安任职；此外，805年沈传师、李宗闵、牛僧孺、杨嗣复、陈鸿、杜元颖、萧籍等二十九人进士登科，806年皇甫湜、陆畅、李绅、李顾言、李虞仲等二十三人也进士及第，可知这些参加进士考试的文人们当时也在长安。综上所述，804年底至806年间，留居长安的唐文人众多，但现存史料中尚未发现空海与这些在京文人交往的确切证据，甚为遗憾。在长安文人中，和空海最有缘分的当数白居易和元稹二人。太田次男在《白乐天和空海》一书中提出了白居易和空海在长安相遇的假说。803年春，元、白二人被同时委任为秘书省校书郎之职。806年，二人又因"才识兼茂，明于体用"被同时启用，元稹受封左拾遗，白居易官拜"周至尉"（白居易有诗《京兆府新栽莲（时为周至尉趋府作）》）。即803年至806年之间，此二人和空海同在长安。当时，白居易暂居永崇里的华阳观。而空海入京后，先居于西明寺，随后迁至青龙寺。西明寺在街西的延康坊，青龙寺则在街东的新昌坊，两寺都邻近华阳观。西明寺以牡丹出名，805年春，白居易前往西明寺赏花，曾吟咏一首《西明寺牡丹花时忆元九》。可以确定的是当时空海也恰好居住在西明寺。不仅如此，白居易的诗作中还有一首《青龙寺早夏》，说明白居易还去过空海迁居的青龙寺。太田次男认为这首诗也是空海在青龙寺所作。① 在这不算宽敞的寺院某处，二人相遇的可能性极大。元稹也有《西明寺牡丹》和《寻西明寺僧不在》两首诗作，可以想象他也曾到访西明寺，且这两首诗均是元和元年（806）之前的作品，恰与空海留居西明寺的时期一致。空海入唐时，中唐时代的大诗人元稹、白居易二人三十岁左右，与空海年龄相仿。如若三人相识，必然会相互唱和、切磋诗文。然而，目前为止却并未发现能证实此事的相关史料，均为推测而已。

　　空海在长安的主要任务还是求法。他抓紧有限的留学时间，寻访名僧大德，遍历大唐名刹。先是住在长安的名刹西明寺修习佛法。寺内藏有大量碑文、壁画和佛经，是学佛的理想之地。延历二十四年（805）五月上旬，空海移居青龙寺，拜于惠果门下。惠果是中国真言宗正统第七祖。他欣喜于空海的才华，言："吾待汝久，来何迟矣。生期向阕，精勤早受"②，将其毕生所学授予了这位远道而来的外籍僧侣。六月上旬，空海从惠果处受胎藏法灌顶；七月上旬，受金刚灌顶；八月十日，受传法阿阇梨灌顶，得"遍照金刚"密号，成为密教的正统继承者。惠果与空海相识半年后，于延历二十四年（805）十二月十五日圆寂，次年正月葬于孟村龙泉大师塔旁，出席惠果葬礼的僧俗达千人之多。当时长安城内谙于文笔的唐人僧侣众多，而惠果碑文的撰写事宜却托付给了外籍僧侣空海。空海以《大唐神都青龙寺故三朝国师灌顶阿阇梨惠果和尚之碑》为题撰写了碑文，追念恩师。全文近两千字，中国国内早已散逸，但却被《性灵集》收录。以下摘录部分内容：

　　　　弟子空海，顾桑梓则东海之东，想行李则难中之难。波涛万万，云山几千也。来非我力，归非我志。招我以钩，引我以索。泛舶之朝，数示异相。归帆之夕，缕说宿缘。和尚掩色之夜，于境界之中，告弟子曰："汝未知吾与汝宿契之深乎。多生之中，相共誓愿，弘演迷藏。彼此代为师资，非只一两度也。是故劝汝远涉，授我深法。受

---

① 太田次郎. 中唐文人考——韩愈、柳宗元、白居易 [M]. 東京：研文出版社、1993：第396—425頁
② 渡辺昭宏、宮坂有勝. 日本古典文学大系·三教指帰·性霊集 [M]. 東京：岩波書店、1979：第151頁

法云毕，吾愿足矣。"①

在以上碑文中，空海叙述了自己远渡重洋赴唐寻求佛法的艰险历程，追忆与惠果初识的情景，表达对恩师的感激之情。而唐人将一流名僧惠果大师的碑文交由仅与他有半年师徒关系的日僧空海来写，正反映出空海的人格、书法及文学才能在当时受到了唐人的高度认可。

惠果死后，空海遵恩师遗命，回日本弘扬密教。他决定放弃原定的二十年留学时间，提前回国。在离开青龙寺之际，他吟咏了一首七言诗，赠给义操阿阇梨，表达惜别之情。此诗见于《经国集》卷十，兹录如下：

留别青龙寺义操阿阇梨
同法同门喜遇深，游空白雾忽归岑。
一生一别难再见，非梦思中数数寻。②

诗题的"义操"是住在青龙寺东塔院的僧人，年龄不详。空海诗云"同法同门"，可知义操也曾向惠果学习佛法。因为空海师从惠果是805年，他与"义操阿阇梨"相识恐怕也是在此前后。王维的《夏日过青龙寺谒操禅师》中的"操禅师"也是指"义操阿阇梨"。王维谒见义操的这首诗若是他被安禄山军队逮捕时的756年（至德元年）所作，那么空海与义操惜别便是五十多年后，可以推测空海应是向已近迟暮的义操辞别。关于义操的经历，《大日本佛教全书》中有详细记录：

青龙寺义操阿阇梨　唐顺宗、宪宗、穆宗代之人。日本当桓武、平城、嵯峨御宇。

三国高僧碑云，大唐青龙寺东塔院法讳义操和尚者，同寺三朝惠果阿阇梨付法之上足也。和尚性禀冲和，志深弘阐，学究三密，知达

---

① 渡辺昭宏、宫坂宥勝. 日本古典文学大系·三教指帰·性靈集［M］. 東京：岩波書店、1979：第205頁

② 与謝野寬、正宗敦夫注. 日本古典全集·懷風藻·凌雲集·文華秀麗集·経国集·本朝麗藻［M］. 東京：日本古典全集刊行会、1926：第135頁

五明。可谓佛家之栋梁，法海之舟楫者也。是故一人尊之以为国师。①

如上所述，义操经历了顺宗、宪宗、穆宗三朝，布施教化，是被当时的人们尊为国师的高僧。留居青龙寺期间，热心求法的空海必定与同门高僧义操关系密切，时常讨论佛法、切磋诗艺。空海还留存一首在唐所吟诗歌《在唐观昶法和尚小山》，亦被《经国集》卷十收录："看竹看花本国春，人声鸟弄汉家新。见君庭际小山色，还识君情不染尘。"② 这首七言诗是空海在唐留学期间目睹唐朝僧人昶法和尚的假山而作。庭园主人昶法和尚应是长安某寺的僧人，生平不详。据推测，此诗是空海入唐的次年（806）春天所作。诗人赞美了庭园主人的风雅情趣，吟诵唐土风物美好的同时也触发了对故国春天的怀念。身为异邦人的空海旅居唐土，观赏异国春景却产生了浓浓乡愁，但却不感到悲伤，当人声、鸟鸣入耳时，他感慨原来此处是异邦啊！

（二）空海与马摠的离合诗唱和

据张步云先生的《唐代中日往来诗辑注》统计，虽然唐代的中日往来诗多达一百二十余首，但两国诗人真正唱和的诗作只有空海和马摠的离合诗。《性灵集》的序文中这样写道："和尚昔在唐日，作离合诗赠土僧惟上。前御史大夫泉州别驾马摠，一时大才也。览则擎怪，因送诗云。"空海和马摠的离合诗可谓中日诗歌交流史上现存最早的唱和诗，同时也是中国文人对日本文人汉诗文水平深感钦佩的典型一例。离合诗的本质是一种文字游戏。吟咏方式是取前句首字的偏旁作后句的首字，组合余下的部分构成新字，新组成的汉字通常作为诗的主题。《拾遗杂集》中有空海的《在唐日赠剑南僧惟上离合诗》："磴危人难行，石岩兽无登。烛暗迷前后，蜀人不得登。"③ 这首离合诗不只是文字游戏，还另有深意。空海表达了

---

① 南条文雄等编. 大日本仏教全書［M］. 東京：日本仏書刊行会，1912－1922：第四十一卷・阿娑縛抄・卷一九四・明匠等略伝

② 与謝野寬、正宗敦夫注. 日本古典全集・懷風藻・凌雲集・文華秀麗集・経国集・本朝麗藻［M］. 東京：日本古典全集刊行会，1926：第135頁

③ 空海. 拾遺雜集［A］. 弘法大師全集・第7卷［M］. 東京：筑摩書房，1984：第129頁

自己跋山涉水来到唐朝学习佛法的决心，同时讽刺了出身蜀地的惟上和尚的胸无大志。空海给惟上的这首赠诗，在真济的《性灵集》序文中有"和尚昔在唐日"一句，但未明确记载创作时期。根据王勇教授的考证，若这首赠诗是惠果在世时所作，则应是在延历二十四年（805）六月三十日空海进入青龙寺灌顶坛之后，同年十二月十五日惠果圆寂之前。① 根据智灯所撰《大师游方记》，惟上和尚曾对留学长安的空海道，"既有如此才能，何必远游中国"，空海便用此诗作答。无法解读此诗的惟上和尚，请教精于诗文的马摠，马摠惊叹道："此乃起誓传承佛法之离合诗。"拆分第一句的首字"磴"，以其偏旁"石"作为次句的首字。创作这样的诗需要相当强的修辞能力和极高的诗文修养。马摠回应了空海的离合诗，答诗被带给留居长安的空海。诗曰："何乃万里来，可非炫其才。增学助玄机，土人如子稀。"② 马摠的答诗从"何"取"可"，从"增"取"土"，组合剩下的"亻"和"曾"暗示"僧"，从而构成完美的离合诗体裁。马摠的这首诗揶揄远道而来彰显诗才的空海，也表明诗文修养对佛法修行有所助益，高度评价了空海的旷世奇才。《性灵集》的序文在马摠的答诗后附有"其后，籍甚满邦，缁素仰止。诗赋往来，动剩箧笥。遂使绝域写忧，殊方通心，词翰俱美，诚兴东方君子之风"③ 之句。由此可见，因为与唐人的离合诗唱酬，空海声名大噪，与唐文人墨客的诗赋往来也由此增多。

诗中的和尚惟上因为是空海的同门，算是前辈，二人自然有交往。空海为恩师所撰文章中可见"河陵辨弘，经五天而接足。新罗惠日，涉三韩而顶戴。剑南惟上，河北义圆，钦风振锡，渴法负笈"④，亦暗示了空海与惟上私交甚深。两首离合诗中的另一人物马摠，《旧唐书》卷一百五十七《马摠传》中有相关记载：

马摠字会元，扶风人。少孤贫，好学，性刚直，不妄交游。贞元

---

① 王勇. 書物の中日交流史 [M]. 東京：国際文化工房、2005；第 177 頁
② 渡辺昭宏、宮坂宥勝. 日本古典文学大系・三教指帰・性霊集 [M]. 東京：岩波書店、1979；第 153 頁
③ 渡辺昭宏、宮坂宥勝. 日本古典文学大系・三教指帰・性霊集 [M]. 東京：岩波書店、1979；第 153 頁
④ 渡辺昭宏、宮坂宥勝. 日本古典文学大系・三教指帰・性霊集 [M]. 東京：岩波書店、1979；第 196 頁

中，姚南仲镇滑台，辟为从事。南仲与监军使不叶，监军诬奏南仲不法。及罢免，摠坐贬泉州别驾，监军入掌枢密。福建观察使柳冕希旨欲杀摠，从事穆赞鞫摠，赞称无罪，摠方免死。后量移恩王傅。元和初，迁虔州刺史。……

……十四年……入为户部尚书。长庆三年卒，赠右仆射。

摠理道素优，军政多暇，公务之余，手不释卷。所著奏议集、年历、通历、子钞等书百余卷，行于世。①

马摠，字会元，扶风人氏，唐德宗贞元年间（785—805）曾追随滑州姚南仲，任从事一职。800 年，左迁泉州别驾，其后任虔州刺史。810 年，官至户部尚书。823 年卒。马摠著有《唐年小录》等书，为官的同时亦修习诗文之道。由《性灵集》序文可知，马摠的官职为"前御史大夫泉州别驾"，800 年以后至 810 年，曾与空海有诗文唱和。可以试着推想，805 年间的马摠辞去"泉州别驾"赴任"虔州刺史"之前，曾在长安短暂停留，通过惟上与空海有诗文往来。并且，《性灵集》的"前御史大夫"这一记载恐怕有误。根据《旧唐书·宪宗纪》及李宗闵的《马公家庙碑》，马摠最初被任命为御史大夫是在 813 年，在被任命为泉州别驾之前并无任职御史大夫的经历。安史之乱后，"御史大夫"虽为有名无实的官职，但若非节度使以上的高官，也很难被授予此殊荣。813 年，马摠任职"御史大夫"之前，空海早已回国。因而，《性灵集》所言马摠在担任"泉州别驾"之前任职"御史大夫"的记载，应为真济的笔误。

蔡毅的《日本汉诗论稿》（中华书局，2007）一书中收录了《空海在唐作诗考》一文。该文认为空海来长安的前一年即 803 年秋，以权德舆为中心的新台阁诗人热衷于离合诗及其他游戏诗体，兴起了离合诗唱和的潮流。此离合诗团体的成员主要有权德舆、张荐、崔邠、杨於陵、许孟容、冯伉、潘孟阳、武少仪八人。他们离合的文字主要有"思张公""私权阁""效三作""五非恶""词章美""才思博"等。这些离合诗被收录在《权载之文集》卷八及《全唐诗》各诗人名下。蔡毅认为，在进入长安的空海身上也能找到与权德舆等人的离合诗唱和集团的接点。收录于《性灵集》卷

---

① 刘昫等撰. 旧唐书 [M]. 北京：中华书局，1975：第 4151–4152 页

五的空海启书《与越州节度使求内外经书启》是写给当时的浙东观察使杨於陵的。启书送达时，空海已离开长安于归国途中。启书中称赞杨於陵其人"且儒且吏，综道综释"，那么他在长安时与离合诗唱和集团的成员之一杨於陵相识的可能性极大。此外，离合诗唱和集团的中心人物权德舆作为礼部侍郎是主管贡举的名人，可谓当时文坛的盟主。空海在长安期间曾遍访名德，也许他也曾因仰慕权德舆之名，拜访过他。况且，803 年，权德舆到访青龙寺，作诗《早夏青龙寺致斋凭眺感物因书十四韵》（《全唐诗》卷三二五），可见青龙寺是他常来之处。如此看来，他也有可能在寺中某处与空海偶遇。

空海归国后，将这股离合诗风带入平安诗坛。现知最早的日本离合诗除空海与马摠的离合诗唱和外，就是收于《文华秀丽集》的小野岑守的五言律诗《在边赠友》，题下自注"离合"。各句首字"班""夕""衿""衣""弦""弓""绵""帛"，可离合为"琴弦"二字。小野之作题为"在边赠友"，当作于他 810 年以后任地方官时期，这时空海早已回国，并与嵯峨天皇形成了亦师亦友的良好关系，应该说小野此作很有可能是受到空海的影响。之后，平安中期的《本朝文粹》中出现了橘在列的离合诗，以及字训诗、回文诗等游戏之作，也应该是受到空海的影响。

四、空海的江南之旅

（一）越州搜书对平安汉诗坛的影响

806 年春，空海离开长安踏上归国旅途。除了佛教，他还长期关注唐土文学的新动向，在回国之前收集了大量文学资料。《与越州节度使求内外经书启》中也写道："忽迫归期……伏愿，顾彼遗命，愍此远涉。三教之中，经律论疏传纪。乃至诗赋碑铭，卜医五明。所摄之教，可以发蒙济物者，多少流传远方。"① 可见，空海归国之际，前往越州求书，对包括

---

① 渡辺昭宏、宮坂宥勝. 日本古典文学大系·三教指帰·性霊集 [M]. 東京：岩波書店，1979：第 277 頁

"诗赋碑铭"在内的汉文学书籍都有所关注。并且，由《性灵集》可知，空海向日本天皇进献的唐物中，有大量的文学著作和诗集。根据《书刘希夷集献纳表》《奉献杂书迹状》《敕赐屏风书了即献表》《献杂文表》等遗文，可知空海向嵯峨天皇献上了《刘希夷集》四卷的副本、王昌龄的《诗格》一卷、《贞元英杰》六言诗三卷、《徐侍郎宝林寺诗》一卷、《王昌龄集》一卷、《杂诗集》一卷、《朱昼诗》一卷、《朱千乘诗》一卷、《王智章诗》一卷、《古今诗人秀句》二卷。① 崔融的《唐朝新定诗格》、元兢的《诗髓脑》、皎然的《诗议》等也由空海传到了日本。这些诗集的大部分应该是空海在越州所得。例如，朱千乘曾在越州与空海相见，那卷《朱千乘诗》也应是空海停留越州时朱千乘所赠。此外，据《唐才子传》卷五记载，朱昼是广陵人氏，《朱昼诗》应在广陵吴越一带广为流传。而皎然则主要居于湖州周边，那么其《诗议》在邻近的越州也应有所流传。

又，据《高野大师御广传》和《弘法大师行化记》记载，806年初，空海离开长安赶赴遣唐使船的出发地——明州，于当年八月回国。可以推测，到回国为止的近半年时间内，他一直停留在越州。空海原本打算在长安居住二十年，但因忙于求法，且日本方面也催促他早日回国，和唐人往来诗文的机会并不多，也无暇收集文学资料。留学唐土机会难得，空海强烈希望能尽量多收集一些汉文书籍。因此回国途中，他赶赴江南地区的文学腹地越州，在等待回国的遣唐使船期间驻留当地，一边收集书籍，一边与当地的僧俗文人切磋诗文。安史之乱后，唐朝文人聚集江南地区。唐大历年间（766—779），江南地区出现了浙东诗人群和浙西诗人群的分化。他们的诗作在当地广为流传，使得江南地区成为文学活动的中心。空海在江南地区收集文学书籍，也可能与这一文学动向有关。

除主动收集外，空海所得书籍的另一部分是越州刺史所赐。据《旧唐书》的《顺宗本纪》《宪宗本纪》记述，永贞元年（805）十月，华州刺史杨於陵被任命为越州刺史兼浙东观察使。空海所呈《与越州节度使求内外经书启》的对象正是这位杨於陵。《全唐文》卷五二三及《文苑英华》卷五九八中均能见到杨於陵的《谢恩宣慰并赐手诏表》。表文中言及接待日

---

① 渡辺昭宏、宫坂宥勝. 日本古典文学大系·三教指帰·性霊集[M]. 東京：岩波書店、1979：第211—237頁

本国使一事。杨於陵作为政绩卓著的地方官员，诗文之名虽不算高，但《全唐诗》卷三三〇却收录了他的三首诗。在无数优秀的唐朝诗人中，杨於陵虽不算一流文人，但作为文官，他却有着尊重文人僧侣的意识，这或许是他对空海求书的请求给予回应的原因。

　　由空海携归的这些唐人新作迅速被平安诗人接受、消化并体现在平安朝的"敕撰三集"中。如藤原卫的《奉和春日作》："时云时来秋复春，一荣一醉偏惑人。容颜忽逐年序变，花鸟恒将岁月新"的后两句就化用了刘希夷的《代悲白头翁》："年年岁岁花相似，岁岁年年人不同"。藤原冬嗣的《河阳花》："河阳风土饶春色，一县千家无不花。吹入江中如濯锦，乱飞机上夺文沙"脱胎于刘禹锡的《浪淘沙》："濯锦江边两岸花，春风吹浪正淘沙。女郎剪下鸳鸯锦，将向中流匹晚霞"。嵯峨天皇的《塞下曲》："百战功多苦边尘，沙上万里不见春。汉家天子恩难报，未尽匈奴岂顾身"化合了陈陶的《陇西行》和王昌龄的《从军行》。还有平安时代大江维时著的《千载佳句》中收录了朱千乘的联句"锦缆扁舟花岸静，玉壶春酒管弦清"。虽只是短短一联，但考虑到《千载佳句》从平安时代起成为文人贵族吟诗的最佳范本，就不可小看此联。

　　更值得注意的是，中唐才开始兴起的词作也传入了平安宫廷。考虑到嵯峨天皇与空海交情甚深，极有可能是由空海介绍和推荐的。词起源于隋朝，逮至中唐，张志和、韦应物、戴叔伦、王建、刘禹锡、白居易等先后继起，倚声填词遂成风气，但此时词的创作仍然处于摸索阶段。而《经国集》却收录了嵯峨天皇的《渔父词》二首，滋野贞主等三人和之，得《奉和渔歌》三首，这是日本填词的滥觞。《渔父词》其一曰："渔夫本自爱春湾，鬓发皎然骨性闲。水泽畔，芦叶间，拿音远去入江还。"其二曰："微茫一点钓翁舟，不倦游鱼自晓流。涛是马，湍如牛，芳菲霁后入花洲。"显然，这两首词是模仿中唐词人张志和的《渔歌子》五首。从《经国集》的成书时间推断，《渔歌子》当在张志和死后不久便传入日本。

　　可以说，空海入唐后敏锐地捕捉到最时髦的文学气息，携归大量最新唐人诗作，回国后依靠出色的赋诗才华，得两帝恩宠，与诸多宫廷文人交厚，为平安宫廷诗坛传递了最新的唐代文学情况。一般而言，日本汉文学滞后中国本土两百年以上，但平安初期则是日本汉文学与我国文学最接近的时期之一。平安诗人对唐代诗坛亦步亦趋，热衷于用韵严格的律诗和玩弄文字声韵的离合诗、探韵诗、勒韵诗,并勇于尝试中唐初兴之词作。这意味着平安诗坛风气较之前代已经有所进步与发展,而这种变化又与空海入唐密切相关。空海在唐期间有意识地附庸中唐诗坛新风气,不仅与僧俗文人多有诗赋往来,还收集了大量最新诗学著作。回国后,他将这些最新的唐朝文学情况传递给平安宫廷,引领了平安朝诗坛新风的形成。

(二) 越州送别诗中的空海

中国历代文人墨客都有在饯别宴席上吟诵诗歌的习俗。这种习俗在唐朝尤为盛行,无论是与友人相会或分别,赠诗都是一种潮流和礼节。以《全唐诗》所收作品为例,赠答的名诗何其之多!远道而来又热衷汉文学的日本僧人自然成为唐人与之切磋诗艺、彰显诗才的绝佳对象。

空海回国时(806),也从唐僧俗文人那里获赠了送别诗,分别是朱千乘、朱少端、昙靖、鸿渐、郑壬的赠诗五首。这五首诗在《高野大师御广传》中被注释为出自《杂英集》,但因《杂英集》这一书名未见于他处,故真相如何便不得而知了。即便如此,空海获赠这组送别诗也并非偶然,这组送别诗应是在某个送别宴会上的即席吟作。以下引用这组诗,并围绕朱千乘的诗文及序文略加考证。

前侍卫侍丞朱千乘　送日本国三藏空海上人朝宗我唐兼贡方物而归海东诗
　　古貌宛休公,谈真说苦空。应传六祖后,远化岛夷中。
　　去岁朝秦阙,今春赴海东。威仪易旧体,文字冠儒宗。
　　留学幽微旨,云关护法崇。凌波无际碍,振锡路何穷。
　　水宿鸣金磬,云行侍玉童。承恩见明主,偏沐僧家风。

　　越州乡贡进士朱少端　送空海上人朝谒后归日本国
　　禅客祖州来,中华谒帝回。腾空犹振锡,过海来浮杯。
　　佛法逢人授,天书到国开。归程数万里,后会信悠哉!

　　释昙靖　奉送日本国使空海上人橘秀才朝献后却还
　　异国桑门客,乘杯望斗星。来朝汉天子,归译竺乾经。
　　万里洪涛白,三春孤岛青。到宫方奏对,图像列王庭。

释鸿渐　奉送日本国使空海上人橘秀才朝献后却还
禅居一海间，乡路祖州东。到国宣周礼，朝天得僧风。
山冥鱼梵远，日正蜃楼空。人至非徐福，何由寄信通！

郑壬　奉送日本国使空海上人橘秀才朝献后却还
承化来中国，朝天是外臣。异才谁作侣，孤屿自为邻。
雁塔归殊域，鲸波涉巨津。他年续僧史，更载一贤人。①

　　首先，对诗题进行考释。最澄著有《台州相送诗九首并序》一卷，在吴颛的总序后收录了九位唐人的送别诗。②而送给空海的五首送别诗，题目也大致相同。从诗题来看，这些诗在同一地点创作的可能性极大。而且，朱千乘的诗里附有阐述此事始末的序文，这也暗示了这些诗的创作是在同一地点完成的。③从诗序来看，上述五首送别诗具备一致性，可大致推测是空海回国前夕，由长安赶赴明州之际，从朱千乘等浙江一带的唐人那里获赠。

　　其次，送别诗序的作者朱千乘应该是组织这次送别诗创作的团队的核心人物。根据王勇《唐人赠空海送别诗》（《文献》，2009年第4期）一文的考证，朱千乘官拜"前试卫御侍丞"。"卫御侍丞"是唐代官名，《新唐书》卷七五下《宰相世系·表五·下》的《乌氏》条有"卫御侍丞"这一官名。《旧五代史》卷四二的长兴二年（931）条目中也记载了"刑部员外郎裴选责授卫御侍丞"。"试"是唐宋时期的官制。在唐代官制中，在未正式任命的情况下，担任某官职的官员在其官职前加"试"字。而宋制中，比实际官位低两级的任职者称作"试"。该诗中，因在官职前加了"前"字，故在作诗的元和元年（806）三月之前，朱千乘曾有"卫御侍丞"的任职经历。王勇教授的《唐人赠空海送别诗》一文对送别诗作者之一的昙靖亦有考证。他认为与之相关的史料——《弘法大师年谱》的空白处有"清"字，诗题中却作"靖"。昙靖见《宋高僧传》，元和年间人。《宋高僧

---

① 王元明、增田朋洲. 中日友好千家诗 [M]. 上海：学林出版社，1993：第24—26页
② 《显戒论缘起》卷上所载台州相送诗九首中包含了《最澄上人还日本国》。
③ 王勇. 書物の中日交流史 [M]. 東京：国際文化工房、2005：第182頁

传》卷十五载有唐迪岳寺昙靖的传记。以"未详何许人也"开始,陆续记述了其相关事迹。由传记可知,他最初师从吴地的道恒,与省躬交情甚好,之后留在迪岳培养弟子。因他有在吴地一带生活的经历,故判断他是送别诗作者中的一员。至于其余三位作者——越州乡贡进士朱少端、大唐沙门鸿渐、郑壬申甫,尚未发现其相关文献。综合王勇教授的研究,可推测这一组送别诗大致作于元和元年(806)三月末。原因在于朱千乘诗中有"去岁朝秦阙,今春赴海东",序文中有"去秋而来,今春而往"。"今春"指元和元年(806)的一月至三月。此外,序文末尾明确记录了执笔时间,即"元和元年(806)春沽洗之月"。"沽洗"是乐律八音的一种,也对应时间。《艺文类聚》中将"沽洗"用作三月的别称。若细究序文的"勾践相遇,对江问程"一句,"勾践"是春秋时代越王勾践,此处指勾践的故乡,即于越州相遇之意。如此看来,赠诗的地点应为越州,空海应是在三月入越州。且《与越州节度使求内外经书启》末尾附载的成书时间为元和元年四月,说明至少此时空海已在越州。

最后,考察全诗的内容。在赠予空海的五首送别诗中,唐朝文人们以"归程数万里,后会信悠哉"表达了离愁别绪,而"他年续僧史,更载一贤人""佛法逢人授,天书到国开"等诗句则足见唐朝文人们对空海学问的赞赏。比如,朱诗的首句"古貌宛休公"形象地刻画了空海的容貌。休公是六朝时期的人物,俗姓汤,字茂远,法号惠休。南朝宋元嘉二十四年(447),以"善属文,辞采绮艳"出名,受世祖御命还俗,改名汤僧济,任扬州从事史。空海是僧人又擅长诗文,确有"休公"的遗风。下一句"去岁朝秦阙,今春赴海东",描写了空海往来于唐土与东瀛之间的情景。接着,在期待他"应传六祖后"的同时,又感叹他"文字冠儒宗""威仪易旧体",空海经历了在唐刻苦求学后,风度与学识都大为改观。换言之,留学两年期间空海深受唐风熏陶。

此外,从"文字冠儒宗"一句来看,还有必要对空海的书法成就进行讨论。空海在书法上与嵯峨天皇、橘逸势合称三笔,有"书圣"之名,所创之日本书道"大师流"传承至今。空海自幼学习书法,在唐时入名师韩方明门下,曾向众多书法名家学习,并逐一修习当时流行的篆、隶、楷、行、草书及飞白、梵字等字体,磨练书法技艺。此外,他还研究笔和墨的做法,归国后用所学知识让工匠制作笔墨,大大促进了日本笔墨制造工艺的进步。空海在行、草书中热衷于研究古隶书和王羲之的书法，其笔法中也可见王羲之的影响。《性灵集》的序文也记载了胡伯崇的"说四句，演毘尼，凡夫听者尽归依。天假吾师多伎术，就中草圣最狂逸。不可得，难再见"。民间流传的有关空海书技的逸事则更为奇妙有趣。话说空海在唐土时，长安宫廷的墙壁上有王羲之的书法真迹，但因文字脱落而残缺不全。受唐皇之命，空海承接其修缮工作。他口中衔笔，两手握笔，两脚也夹着笔。就这样口手脚同时写字，眨眼工夫便完成了修补工作。唐皇看毕空海的书法后，称其与王羲之的字无异，遂赐予"五笔和尚"之名。

朱诗的最后一部分是"留学幽微旨，云关护法崇。凌波无际碍，振锡路何穷。水宿鸣金磬，云行侍玉童。承恩见明主，偏沐僧家风"。"幽微旨"指玄奥艰深的佛理。"护法崇"是指为了维护神圣的佛法踏上通往佛门之路。空海来唐求法的目的在于探究"微旨"，守护"法崇"。接下来的四句"凌波无际碍，振锡路何穷。水宿鸣金磬，云行侍玉童"是描绘归途中的空海，赞扬了他横渡大海的勇气。诗中的海面平静无碍，遥遥可见通往东瀛的道路。而后，召集僧侣的金磬鸣响，空海携着玉童，一边走在云和海的世界，一边摇着锡杖。

（三）空海的《文镜秘府论》与平安汉诗声律规范化

关于汉诗的声律，《南史》记载，经诗人沈约、周颙等人的努力，以四声八病为主的诗歌声律学得以建立。到了唐代，以诗赋取士，讲声律，规定用齐梁体作诗，也就是要使用沈、周制定的声律。由此，唐代诗坛研习声律成风。元稹的《叙诗寄乐天书》（《全唐文》卷六百五十三）云："九岁学赋诗，长者往往惊其可教。年十五六，粗识声病。"杜甫学习声律也下过很深功夫，白居易说杜诗："觑缕格律，尽工尽善。"（《全唐文》卷六百七十五）元稹也在《唐故工部员外郎杜君墓系铭并序》中写道："铺陈终始，排比声韵，大或千言，次犹数百，词气豪迈，而风调情深，属对律切，而脱弃凡近。"（《元氏长庆集》卷五十六）在唐代诗歌重视声律的背景下，空海在唐朝收集了大量有关声律问题的诗学著作。810年左右，又在整理这些书籍的基础上写成了《文镜秘府论》。

在《文镜秘府论》里，空海汇集各家之言，结合自己的文论主张，对汉诗创作的声律、文体、文意等问题进行了深入的探讨。使人读其书，知其时，如铸鼎象物，物无遁形，对作文之要旨、声病之弊害、制韵之要诀等有一个全面深刻的了解。空海在天卷序里谈到"庶缁素好事之人，山野文会之士，不寻千里，蛇珠自得，不烦旁搜，雕龙可期待"①，点明编撰此书的目的是为日本僧俗学子正确掌握诗歌声律提供方便。空海用大量篇幅谈声病，声病涉及诗的声律。《论病》一篇说："颛顼以降，竞融以往，声谱之论郁起，病犯之名争兴。"②空海还认为四声病犯之说过于繁杂，使"贫而乐道者，望绝访写；童而好学者，取决无由"③。因此，他总结了四声、八种韵、十七势、十四例、六义、十体、八阶、三十种病等，并将其简化，编成《文笔眼心抄》献给天皇。

这种重视声律的理论还贯彻到他本人的作品里。空海归国后修改了青年时代的作品《聋瞽指归》（后更名《三教指归》）卷末的《十韵诗》："居诸破冥夜，三教搴疑心。性欲多有种，医王异药针。纲常因孔述，受习入槐林。变转聘公授，依传道观临。金仙一乘法，义益最幽深。自他兼利济，谁忘兽与禽。春花枝下落，秋露叶前沈。逝水不能住，回风几吐音。六尘能溺海，四德所归浔。已知三界缚，何不去缨簪。"④押韵方法是下平声二十一侵韵一韵到底，字声平仄为"平平平平仄，仄仄平平平。仄仄平平仄，平平仄仄平。平仄平仄仄，仄仄平平平。仄仄平平仄，平平仄仄平。平平平平仄，仄仄平平平。平平仄仄仄，仄仄仄仄平。平平仄仄仄，仄仄平平平。仄仄平平仄，平平仄仄平。平平仄仄仄，仄仄平平平。平平仄仄仄，仄仄平平平"。全诗上尾、鹤膝均无，各句谨守"二四不同"的定式，只是第一、九句见二平声，但这两句的第三、四字的"平仄"互换为"仄平"后亦符合"二四不同"的声律规则。犯病的只有十二句中两个仄声相叠。又，上下各联的粘法基本都有比较严格细密的考虑。显然，空海是按照唐诗的标准声律规则写作此诗的。

---

① 空海. 文鏡秘府論 [A]. 弘法大師全集·第 5 卷 [M]. 東京：筑摩書房、1984：第 14 頁

② 空海. 文鏡秘府論 [A]. 弘法大師全集·第 5 卷 [M]. 東京：筑摩書房、1984：第 573 頁

③ 空海. 文鏡秘府論 [A]. 弘法大師全集·第 5 卷 [M]. 東京：筑摩書房、1984：第 6 頁

④ 渡辺昭宏、宮坂宥勝. 日本古典文学大系·三教指帰·性霊集 [M]. 東京：岩波書店、1979：第 147 頁

纵观空海归国后的日本汉诗坛，较之奈良时代的《怀风藻》，集平安诗坛之大成的"敕撰三集"（814年的《凌云集》、818年的《文华秀丽集》、827年的《经国集》）在声律方面也有显著进步。在《怀风藻》的诗人里面，即使是在唐生活十六年的留学僧道慈，也难以完全遵守声律规则。他的五言十六句《初春在竹溪寺于长王宅宴追致辞》云："素缁杳然别，金漆谅难同。衲衣蔽寒体，缀钵足饥咙。结萝为垂幕，枕石卧严中。抽身离俗累，涤心守真空。策杖登峻岭，披襟禀和风。桃花雪冷冷，竹溪山冲冲。惊春柳虽变，余寒在单躬。僧既方外士。何烦入宴宫。"其诗字声平仄为"仄仄平平仄，仄仄平平平。平平平平仄，仄仄平平平。平平平平仄，仄仄平平平。平平仄仄仄，平平平平平。平平仄仄仄，平平平平平。平平平平仄，平平平平平。仄仄仄仄仄，平平仄仄平"。尽管道慈有意识地避开上尾、鹤膝，但也在第二字与第四字的平仄对应方面表现得比较模糊。而唐代诗人即使创作古体诗也对"二四不同"的规则十分敏感，道慈在这一方面表现出与唐人的巨大悬殊。

而且，《怀风藻》的汉诗，即使是律诗，完全合乎今体诗律的亦不过少数。如宋部连大隅的《侍宴》："圣袊爱韶景，山水玩芳春。椒花带风散，柏叶含月新。冬花消雪巅，寒镜泮冰津。幸陪滥吹席，还笑击壤民。"其字声平仄为"仄平仄仄仄，平仄平平平。平平仄平仄，仄仄平仄平。平平平仄仄，平仄仄平平。仄平仄平平，平仄平仄平"。与五言律诗既定的平仄格式相距甚远。又如黄文连备的《春日侍宴》："玉殿风光暮，金墀春色深。雕云遏歌响，流水散鸣琴。烛花粉壁外，星灿翠烟心。欣逢则圣日，束带仰韶音。"其字声平仄为"仄仄平平仄，平平平仄平。平平仄平仄，平仄仄平平。仄平仄仄仄，平仄平平平。平平仄仄仄，仄仄仄仄平"。同样不谐声律。《怀风藻》其他诗作与此相似，大多都有至少一处或几处不合声律。江村北海的《日本诗史》也认为《怀风藻》所收五言四韵"世以为律诗，非也。其诗对偶虽备，声律未谐，是古诗渐变为律体"①。冈田正之也持同一看法："《怀风藻》中偶有全篇或四句合乎平仄律者，犹如古乐府的《子夜歌》酷肖五绝声调。北齐萧子悫的《上之回》、庾信的

---

① 江村北海. 日本詩史 [M]. 江戸：平安書肆、1771：第10—11頁

《舟中得月》诸作酷肖五律声调一样,乃不期然而然也。"①

到了"敕撰三集"编撰前后,对声律的考虑明显细致起来。而这种考虑直接反映在诗体的变化上。根据冈田正之《日本汉文学史》一书中的统计,将《怀风藻》与"敕撰三集"的诗形比较如下(见表7-1):

表7-1 《怀风藻》与"敕撰三集"诗形比较

作品名	五言诗	七言诗	杂言诗	合计
《怀风藻》	109首	7首	无	116首
敕撰三集	183首	200首	61首	444首

如表7-1所示,与以五言古体诗为主的《怀风藻》相比,"敕撰三集"中七言诗急剧增加。不仅有一般的律诗、绝句,"敕撰三集"中还出现了朝野鹿取的《奉和春闺怨》、滋野贞主的《和澄上人题长宫寺二月十五日寂灭会》、小野岑守的《归休独卧寄高雄寺空海上人》、空海的《入山兴》等杂言体、乐府体长诗,诗句常达到三四十句。一般而言,文字愈多愈难驾驭,初学诗者往往先攻五言,待能自由驱遣韵律,再转攻七言等复杂诗体。"敕撰三集"中诗体的变化规律正说明平安诗人已经基本掌握汉诗的平仄规则,并依此创作唐代流行的各类诗体。

不仅如此,平安诗人还开始创作玩弄声韵的游戏诗作。综观"敕撰三集",探韵诗(指作诗时分取韵字)、勒韵诗(分韵作诗时,于一韵之中取数字,定其次第顺序,置于韵位,勒成一篇)风靡一时。日本的探韵诗起源于奈良时代的长屋王宴新罗客时的探韵作诗,《怀风藻》曰:"染翰操纸,即事形言,飞西伤之华篇,继北梁之芳韵。人操一字。"到了"敕撰三集"的时代,探韵作诗之风可谓盛行一时,嵯峨天皇的《饯右亲卫少将军朝嘉通奉使慰抚关东探得成》《春日嵯峨山院探得迟字》《秋日皇太弟池亭赋天字》、淳和天皇的《春日嵯峨山院探得回字应制》《夏日左大将军藤原朝臣闲院纳凉探得闲字应制》《饯美州橡藤吉野得花字》、桑原公宫的《春日过丈人山庄探得飞字》、巨势识人的《嵯峨院纳凉探得归字应制》、朝野鹿取的《秋山作,探得泉字应制》等均属此类。勒韵赋诗则比探韵更复杂。菅野真道、贺阳丰年有同题诗《晚夏神泉苑钓台,同勒深临阴心应

---

① 冈田正之. 日本汉文学史[M]. 东京:共立社书店、1929:第152—158页

制》,虽然一为五律,一为七律,却都依"深""临""阴""心"四字顺序来押韵。还有嵯峨天皇的《重阳节神泉苑赐宴群臣勒空通风同》、滋野贞主的《文友见过赋莺勒情晴字》、仲雄王的《谒海上人》(题下自注:韵勒遇树佳澍句孺务雾芋聚赋趣)等。尤其是仲雄王的《谒海上人》所勒达十二韵,很不容易驾驭。探韵与勒韵诗的流行有力地证明平安诗人不仅重视诗歌的声律,而且对声律的掌握也已经非常娴熟了。

从《怀风藻》诞生(751)到"敕撰三集"的出现,中间仅仅相距五六十年。平安诗人却在如此短的时间内走完由古体诗到近体诗、由五言四句为主到七言八句为主的艰难过渡,并大量创作讲究声律的游戏诗作,其功劳不仅归于空海携归的最新的诗学著作,更有总结声律要点的《文镜秘府论》,使得声律规则得以正确传入。正如市河宽斋的《半江暇笔》所述:"唐人诗论,久无专书,其数见于载籍,亦仅如晨星。独我大同中,释空海游学于唐,获崔融《新唐诗格》、王昌龄《诗格》、元兢《髓脑》、皎然《诗议》等书而归,后著作《文镜秘府论》六卷,唐人厄言,尽在其中。"①

综上所述,如江村北海的《日本诗史》所言,日本汉诗的流行诗风往往比中国本土滞后两百年左右。空海入唐前的奈良及平安时代初期诗坛流行的还是六朝诗风,但空海凭借敏感的文学触觉,为平安宫廷诗人传递了许多最新的唐朝文学情况,使平安诗坛迅速表现出与中唐诗风同步的倾向。并且,纵观空海的在唐诗文作品,可知其文学学术修养已达到当时日本专修汉文学的儒生文士所远不能及之境界。并且,追踪在唐期间空海的文学交往关系,发现他不仅在文学领域以日本文化人的身份做出了卓越示范,在唐日外交方面亦游刃有余。

---

① 高文汉、李秀英. 论日僧空海对中日文化交流的贡献[J]. 文史哲,1992年第2期

第八章

"敕撰三集"中的渤海使

一、平安时代初期的渤日诗歌交流概况

七至九世纪末，是以唐王朝为中心的整个东亚区域以汉诗文作为共同的政治工具最发挥效用的时代。唐朝的属国渤海国（698—926）位于今天中国的东北地区，是包括从黑龙江省到吉林省一带的繁荣的地方政权。身处东亚汉文化圈的渤海国继承了已被全面唐化的高句丽的遗风。《旧唐书》卷一九九下记载渤海国："风俗与高丽及契丹同，颇有文字及书记。"[①] 渤海国模仿唐朝使用汉字，并向唐朝派遣留学生，大量引进汉籍经典，大力发展本国文化。唐朝是诗的国度，由于渤海人与唐人交往密切，诗文酬酢往来在渤海上层社会乃至士人间也蔚然成风。据《旧唐书》《新唐书》《唐会要》等典籍记载，渤海人在唐朝学成归国时，总是携大量唐朝诗文集回国研读。刘禹锡的《酬杨司业巨源见寄》就描绘了如此情景："辟雍流水近灵台，中有诗篇绝世才。渤海归人将集去，梨园弟子请词来。"渤海国士大夫还将唐朝诗人徐寅的诗赋"皆以金书列为屏障"，唐诗在渤海广为传布的盛况由此可见一斑。中唐以后，渤海人的文学修养更是得到了唐人的赞誉。温庭筠在《送渤海王子归本国》诗中盛赞："疆理虽重海，车书本一家。盛勋归旧国，佳句在中华。"这里的"车书本一家"指车同轨、书同文，表示渤海与唐朝文物制度的统一。可见，与唐朝交好的渤海国深受唐文化熏染，对唐代诗文的热爱与推崇成为渤海国在东亚地区开展诗赋外交的重要前提。

渤海国作为与日本隔海相望的邻国，比起唐都长安，距离更近，与日本的往来甚为频繁。894年，在菅原道真的建议下，遣唐使派遣被废止，与渤海国之间的交流成为日本和唐朝之间的桥梁，唐文化通过渤海使节向日本传播。甚至可以认为奈良、平安时代的日本外交交涉，一方面是派遣规模庞大的遣唐使，另一方面则是与渤海国互派使节，以双面外交的形式持续性摄取唐文化。据金毓黻的《渤海国志长编》（《社会科学战线》杂志社，1982）卷二《总略下》统计，从728年渤海武王派遣高仁等人聘于日

---

① 刘昫等撰. 旧唐书 [M]. 北京：中华书局，1975：第5360页

本开始，直至 919 年裴璆使日为止的近两百年时间里，渤海使者曾三十四次出访日本，日本也向渤海国派出使节十三次。而遣唐使大约平均每二十年派遣一次，共计只派遣了十六次，远不及渤海使派遣之频繁。据《续日本纪》记载，神龟四年（727）十二月二十日，八名渤海使者入日本京城奈良，是渤海遣使赴日的首次记录。日本学者上田雄在『渤海国——東アジア古代王国の使者たち』（講談社，2010）一书中认为奈良初期渤海使赴日是出于对抗唐与新罗的政治因素，目的是与日本缔结军事同盟以攻击新罗；八世纪中叶以后，渤海与唐和解，赴日目的转向商业活动，而日本则主要面向确保入唐交通这一点上，特别是奈良时代后期以后，渤海主要出于文化交流和贸易往来的目的，与日本保持密切交往。

当时日本与渤海的通用文字都是汉字，从正史到士人著述，乃至场屋中答卷都用汉字书写。在这种共同的文化背景下，赴日的渤海使者与日本文人的诗歌往来酬答甚多。再者，尽管只是唐王朝的属国，渤海也有发扬国威的雄图。在第六次大使王新福访日（762）后，大都派遣有文官职位、文采卓越者担任使节。日本也因第六次之后的渤海大使都是精通文墨的文官，而指定当时擅长汉文的一流官员担任存问领客使，以应对汉文素养深厚的渤海使。在渤日文化交流史上，渤海与日本的诗赋往来是上至国君、下至文士都参与其中的盛事，重视程度之高、涉及范围之广是任何时期都无法比拟的。两国诗赋外交的第一次高潮恰好与渤海使赴日的高峰期重叠，出现在平安初期的嵯峨天皇统治时期。嵯峨天皇在位期间（810—822）接待渤海使达四次之多[①]。同时，嵯峨天皇在位的弘仁时期（810—824），日本宫廷尤为崇尚唐文化，嵯峨天皇大规模推行的唐化政策亦是空前绝后，天皇还下命编撰了汉诗集《凌云集》（814）、《文华秀丽集》（818）、《经国集》（827），合称"敕撰三集"，两国使节的诗文唱酬大多被选入其中。被其收录的渤海使相关诗歌数量统计如表 8-1 所示。

---

① 嵯峨天皇当政期间共有五次渤海使来日。除 811 年的林东人被原地放还，余下的四次均受到优待，分别是 817 年的慕感德、814 年的王孝廉、819 年的李承英和 821 年的王文矩。

表 8-1　"敕撰三集"收录渤海使相关诗歌统计

国家	《经国集》	《文华秀丽集》	《凌云集》
渤海	2首	6首	无
日本	5首	7首	1首

如表 8-1 所示，"敕撰三集"中的渤日应酬诗共二十一首。在最早完成的《凌云集》中，日方应酬诗仅一首，这大概是由于《凌云集》完成于文官渤海使频繁赴日之前。但是，正如波户冈旭所言，这部平安初期的第一部汉诗集被访日的渤海使节所阅读时，必然会激起他们鉴赏诗作的热情，进而产生与日本文人切磋诗文的欲望。① 其后的《文华秀丽集》和《经国集》则收录了不少渤海使的诗作。值得一提的是，正如《文华秀丽集》序文所言的"君唱臣和"，在该部诗集的一百四十三首诗中，唱和诗竟有八十一首（占 57％），且在所有部类（卷中尤其多）中均可得见。其中，与渤海使的唱和诗有十三首，相当于全集的一成，占据"宴集""赠答"两类的大半，《文华秀丽集》的"公宴诗"（宴集类）收录的四首诗中竟有三首出自渤海使。② 要言之，从"敕撰三集"收录大量渤海使诗文来看，渤海使对嵯峨朝"唐风讴歌"之贡献不容忽视。

二、渤海副使杨泰师的在日诗

追溯渤海使与日本文人诗文唱酬之始，应该是 758 年第四批渤海使杨承庆访日之际。此次渤海使的访日缘由是吊唁刚逝世的圣武天皇。杨承庆一行赴日时，正是拥立淳仁天皇的藤原仲麻吕（惠美押胜）掌权的全盛时期。右大臣藤原仲麻吕企图征讨新罗，渤日两国此时有着共同的政治利益。仲麻吕与淳仁天皇为拉拢渤海国并出于彰显国威的目的，隆重接待了第四批渤海使。杨承庆被天皇授予正三位、杨泰师被授予从三位的官位。接待活动不只限于宫中，藤原仲麻吕与太宰帅藤原真盾还在各自的私邸设

---

① 波戸岡旭. 宮廷詩人菅原道真－『菅家文草』『菅家後集』の世界－[M]. 東京：笠間書院、2005：第 432 頁
② 波戸岡旭. 上代漢詩文と中国文学 [M]. 東京：笠間書院、1989：第 282 頁

宴款待了渤海使者。《续日本纪》二十一卷的天平宝字二年（758）九月十八日条记载了渤海使来朝的情况："小野朝臣守等至自渤海。渤海大使、辅国大将军兼将军行木、底州刺史兼兵署少正开国公杨承庆已下廿三人，随田守来朝。便于越前国安置。"《续日本纪》的天平宝字三年（759）正月及二月条中，有渤海使在日期间日方举办各种公私宴会、赏赐物品、热情款待的记录：

○ 正月庚午，帝临轩。高丽（渤海）使杨承庆等贡方物，奏曰："高丽国王大钦茂言，承闻在于日本照临八方圣明皇帝，登遐天宫，攀号感慕，不能默止。是以，差辅国将军杨承庆，归德将军杨泰师等，令赍表文并常贡物入朝。"

○ 乙酉，帝临轩。授高丽大使扬（杨）承庆正三位，副使杨泰师从三位。（中略）飨五位已上及蕃客，并主典已上于朝堂。作女乐于舞台，奏内教坊踏歌于庭。主典以上次之。事卒赐绵各有差。

○ 丙戌，内射唤客，亦令同射。

○ 甲午，大保藤原惠美朝臣押胜宴蕃客于田村第，敕赐内里女乐并绵一万屯。当代文士赋诗送别，副使杨泰师作诗和之。

○ 二月戊戌朔，赐高丽王书曰："敬问高丽国王，使扬（杨）承庆等远涉沧海，来吊国忧。诚表殷勤，深增酷痛。但随时变礼，圣哲通规。从吉履新，更无余事。兼复所贻信物，依数领之。即因还使，相酬土毛绢卅匹、美浓絁卅匹、系二百绚、绵三百屯。殊嘉尔忠，更可优赐绵四匹、两面二匹、缬罗四匹、白罗十匹、彩帛卅匹、白绵一百帖。物虽轻鲜，寄思良深，至宜并纳。国使附来，无船驾去。仍差单使送还本蕃，便从彼乡达于大唐，欲迎前年入唐大使朝臣河清，宜知相资。余寒未退，想王如常。遗书指不多及。"

○ 癸丑，杨承庆等归蕃，高元度等亦相随而去。①

---

① 国史大系卷二·続日本紀［M］. 東京：経済雑誌社、1897：第 363—365 頁

如上所述,渤海使杨承庆一行于天平宝字二年(758)九月抵达越前国,年末入平安京,参加了次年元旦的朝贺仪式,二月十六日启程离京,在京城期间出席了众多的仪式和宴会。日本天皇宴请藩客于朝堂,命女乐舞于舞台,令内教坊演踏歌于庭院。奈良、平安时代的日本宫廷贵族过着整日沉迷宴饮的奢靡生活,酒席间的助兴节目主要是奏乐、踏歌和女乐。奏乐可视为今天的雅乐演奏,类似管弦乐演奏,常被用于官方仪式后的宴会。踏歌是伴有音乐的舞蹈,在当时十分流行,尤其是宫廷宴会上必有踏歌。据史书记载,渤海使来朝之际,几乎每次都有大型的舞蹈踏歌会。并且,奏乐踏歌时还有美女助兴,共同起舞,这便是女乐。除出席朝廷举办的正式宴会,《续日本纪》卷二十七的《藤原真楯卒传》记载:"于时,渤海使扬(杨)承庆朝礼云卒,欲归本藩。真楯设宴饯焉,承庆甚称欢之。"① 可见杨承庆一行还曾列席高官举办的私宴。其中尤为值得注意的是,天平宝字三年(759)正月二十七日,藤原仲麻吕在渤海使回国前夕,召集文士在自己的私宅田村第,举办了豪华宴会,并有女乐助兴,送行渤海使。由上述引文可知,当时的仲麻吕从自己拥立的淳仁天皇处,为杨承庆一行求得宫廷女乐及绵一万屯的赏赐。绵"一万屯",与规定信物数量的"三百屯"相比,竟是其三十多倍,仅从这点来看亦可知藤原仲麻吕对渤海使节的热情。

上述引文条目中还记载了副使杨泰师与日本文人的诗歌唱酬。田村第的宴席上,渤日文士聚集一堂,各自赋诗。副使杨泰师作为渤海使文人代表,吟咏答诗一首,这也是渤日诗歌交流史上第一首渤日唱酬诗,而他的两首渤日唱酬诗被收录在大约七十年后的《经国集》中。这两首诗分别是被《经国集》卷十三《杂咏·三》所收的《奉和纪朝臣公咏雪诗》一首,以及被《经国集》卷十三和《日本诗纪》收录的《夜听捣衣》诗一首。事实上,杨泰师赴日正值奈良朝中期,当时的日本贵族知识分子人数极其有限。日本最初的汉诗集《怀风藻》是由淡海三船和石上宅嗣等人编纂于751年,而杨泰师访日则是在《怀风藻》成书后不久,极有可能是日本人曾向杨泰师炫耀过《怀风藻》的诗文。杨泰师阅览后,吟咏了上述两首诗歌,与日本文人交流诗文。而成书于平安初期的《经国集》,或许正是基

---

① 国史大系卷二·続日本紀 [M]. 東京:経済雑誌社、1897:第457頁

于"文章经国"这一文学观念收录了渤海使杨泰师的诗作。

（一）《奉和纪朝臣咏雪诗》

首先讨论杨泰师唱和纪朝臣公的《奉和纪朝臣咏雪诗》，这首诗是他目睹日本的落雪而吟诵，全诗如下：

昨夜龙云上，今朝鹤雪新。怪看花发树，不听鸟惊春。
回影疑神女，高歌似郢人。幽兰难可继，更欲效而嚬。[①]

此诗乃五言律诗，整体结构上具备了唐人律诗的风格，还运用了初唐骆宾王《咏雪》诗的结构和修辞。此诗引用了与雪相关的典故，比如《文选》所收谢惠连的《雪赋》等。诗歌的修辞则仿效六朝、初唐之风，并无新意。通过杨泰师此诗，日本文人及时了解了唐代宫廷流行的诗风。前四句描绘的是雪夜后的景色。白雪宛如鹤羽轻覆枝头的情景，就像万千梨花同时绽放；后四句是在赞美纪朝臣公，不仅将其诗才比作擅歌的郢人和香气幽远的兰花，更是借"东施效颦"的典故自谦文才在其之下。从内容上看，此诗前四句咏雪，后四句赞歌舞，当是新雪之后在歌舞宴席上的奉和之作。

日本官僚同好之间的诗歌唱和以"奉和"为题的在此之前仅有《怀风藻》中葛井广成唱和藤原不比等的《奉和藤太政佳野之作》一例。平安初期的"敕撰三集"中，除《经国集》所收杨泰师此诗的诗题外，只有唱和天皇御作的诗才会被冠以"奉和"。此处渤海副使以"奉和"为题，大概是因诗题的"纪朝臣"是官位居于杨泰师之上的日本高官，杨泰师被日皇授予"从三位"的官阶，很明显他是以渤海"下臣"的身份奉和日本"上臣"。渤海副使在这种场合下的"奉和"诵诗无疑是隐晦地表明渤海屈从于日本的政治态度。通过这一诗题可发现，诗歌参与政治活动可以树立含蓄外交的风范。当政治色彩浓厚的外交活动披上诗的外衣后，原本难以启齿的政治意图得以委婉而高雅地表达。

---

① 与謝野寛、正宗敦夫注. 日本古典全集·懷風藻·凌雲集·文華秀麗集·経国集·本朝麗藻［M］. 東京：日本古典全集刊行会、1926：第164頁

然而，诗题中的"纪朝臣"究竟所指何人尚不明确。有观点认为此诗是在唱和纪朝臣古麻吕的《望雪》，但笔者推测此处的"纪朝臣"是指纪古麻吕的长子饭麻吕（？—672）。据《续日本纪》记载，759 年杨泰师来日时，饭麻吕在藤原仲麻吕政权下，受封正四位下官阶任左大弁。在 742 年期间，饭麻吕曾于太宰府招待新罗使金钦英一行。753 年，曾担任太宰大弐。参考其外事工作的经历，也许饭麻吕也列席了招待杨泰师一行渤海使节的宴会。然而，饭麻吕并无诗作留存于世，因而此观点也仅限于假说。

（二）《夜听捣衣》

霜天月照夜河明，客子思归别有情。厌坐长宵愁欲死，忽闻邻女捣衣声。

声来断续因风至，夜久星低无暂止。自从别国不相闻，今在他乡听相似。

不知彩杵重将轻，不悉青砧平不平。遥怜体弱多香汗，预识更深劳玉腕。

为当欲救客衣单，为复先愁闺阁寒。难忘容仪难可闻，不知遥意怨无端。

寄异土兮无新识，想同心兮长叹息。此时独自闺中闻，此夜谁知明眸缩。

忆忆兮心已悬，重闭兮不可穿。即将因梦寻声去，只为愁多不得眠。[①]

该诗是 758 年晚秋，杨泰师停留越前敦贺鸿胪馆（越前国）时所作。作者客居日本北陆地区的越前，偶闻秋夜捣衣声，思念远在故乡的妻子，寄情于物，营造出乡愁满溢的诗境。皎皎秋月、烈烈寒风、断断续续的捣衣声、女子的柔美身姿、为远行的丈夫而担忧的妻子、思念妻子的异国的丈夫、因乡愁和思妻无法入眠的丈夫等，各种意象串联在一起，构成了这

---

① 与謝野寛、正宗敦夫注. 日本古典全集·懷風藻·凌雲集·文華秀麗集·経国集·本朝麗藻［M］. 東京：日本古典全集刊行会、1926：第 158 頁

首乡愁难散的诗歌。

《夜听捣衣》的平仄大体准确。若据诗题，此诗是七言二十句的歌行体形式，应属长篇的乐府体。但此诗和《经国集》卷十四之间有错简。据小岛宪之的研究，"卷十四的滋野贞主诗的末尾接在了卷十三的扬（杨）泰师诗的末尾，卷十三的扬（杨）泰师诗'千寻海水尺地停'之后部分却接在了卷十四的滋野贞主诗'万里江山，寸寸发发'的末尾，此处有明显的相互交错"①。这一问题在《日本诗纪》中也有记载："本书'忆忆'以下二十六首，连滋野贞主清凉殿画壁山水歌（卷十四）'寸寸发'下为一首。友尧（《日本书纪》增订者若林友尧）熟读《经国集》，多年始知其错简。终考定以归正。其他如良峰安世、滋野贞主、惟良春道、滋野善永等《青山歌》，及小野篁《秋云篇》亦有错简。今悉改订。读者勿讶其与本书大异。"② 要言之，两者均认为卷十三和卷十四之间有错简。若将杨泰师的《夜听捣衣》复原，则如上所示，有两句六言诗句在其中。由此可知，上诗并非"七言"，而应为"杂言"。

再考察诗歌内容，据小岛宪之的研究，上诗是以刘希夷的《捣衣篇》及乔知之的《秋闺》为蓝本，故而不能算作杨泰师的原创。该诗为浅显易懂的对句结构，具有现场感，流露了远行异国者的寂寥。虽非原创，亦可窥见杨泰师深厚的诗歌修养。"捣衣"这一题材，在六朝和唐代多被咏诵，大多仿效李白《子夜吴歌》中的"长安一片月，万户捣衣声"以及杜甫的《捣衣》等，描述妻子担忧远在边塞或远征途中的丈夫。像杨泰师这样远行的丈夫吟咏对故国妻子的思恋之作还较为罕见。据说在此之前日本尚无以"捣衣""砧打"为题材的诗作。这里所谓的"砧"，是用槌捶打布，使之变得柔软而生光泽，是中日朝三国最普通不过的女性日常工作。在生活文化方面与中国内地有许多相似之处的渤海国，人们对捣衣声也是习以为常的。作者在日本的旅舍也听到这种声音，便想起了远方的故乡，想起了远在故乡的妻子，于是有感而发，吟咏出心底的乡愁和对爱人的思念。

要言之，这首杂言歌行长诗格调柔婉、感情细腻、通俗易懂，既具写

---

① 小島憲之. 国風暗黒時代の文学・下・Ⅱ－弘仁・天長期の文学を中心として－[M]. 東京：塙書房、1996；第3483頁
② 日本詩紀[M]. 鶚軒文庫本、1788；第3324頁

实之风又富浪漫色彩。以诗为外交语言可以体现整个国家的文化修养，含蓄地展示国家的实力。凭借此诗，杨泰师在与日方的周旋酬酢中显示了自己的学养与文采，彰显了渤海国的文化水平。

三、王孝廉和嵯峨朝文人的诗文唱酬

九世纪初期的嵯峨天皇弘仁年间，正值中唐时代，初唐、盛唐时期的诗书已经大量传到日本。遣唐使也已经派遣数次，日本正处于从吸收唐文化转向慢慢消化、使之逐渐本土化的过渡期。在王朝汉诗兴隆成熟的平安初期，诗歌造诣深厚的嵯峨天皇尤其喜爱"君臣唱和"的诗宴，他曾数次赐宴入京的渤海使。其中，815年赐宴款待第十七批渤海使王孝廉一行，王孝廉和嵯峨朝文人的诗文唱酬可谓达到了渤日诗歌交流史上的高峰。王孝廉生年不详，于渤海僖王大言义时任太守，814年出使日本。滋野贞主、坂上今继等嵯峨朝一流文人款待了他，并与他进行了诗文交流。尽管日本文人与王孝廉的诗文交往在很大程度上是出于其一厢情愿的"上国观"，但渤日文人之间的"赋诗相赠"却是建立在相通的汉文化基础之上的一种思想交流、情感沟通和文化融合。

具体而言，渤海大使王孝廉、副使高景秀、判官王昇基、录事释仁贞等使者访日期间的作品收录于《文华秀丽集》卷上的"宴集部"（三首）和"赠答部"（八首）。从诗歌体裁来看，有七绝诗七首、五律诗二首、五绝诗和七律诗各一首，当时盛行的唐代七言绝句诗最多。其中，王孝廉诗五首（七绝诗四首、五律诗一首），释仁贞诗一首（七绝诗）。日本接待官员的作品中，《文华秀丽集》收录了坂上今继赠予王孝廉的答诗一首（七律诗）、滋野贞主给王孝廉的赠诗一首（七绝诗）、桑原腹赤唱和渤海副使高景秀的诗一首（五律诗）、仲雄王呈予王孝廉（或王昇基）的诗一首（七绝诗）。十一首诗中半数以上为渤海使所作。

为讨论渤日汉诗唱酬鼎盛时期的基本情况，试以正史《日本后纪》和《类聚国史》的记载为依据，回顾渤海使王孝廉一行的在日行迹，将其抵日后至归国前的活动归纳为表8-2。

表 8-2　渤海史王孝廉一行在日行迹

公元纪年	年号纪年	农历日期	内容	史书
814	弘仁五年	九月三十日	"癸卯，渤海国遣使献方物"，着岸出云国。	
		十一月九日	"辛巳，免出云国田租，缘有贼乱，及供蕃客也"，为渤海国使一行免出云国田租。	
815	弘仁六年	正月初一	"癸酉朔，皇帝御大极殿受朝，蕃客陪位，宴侍臣于前殿，赐御被"，参列朝贺仪式。	《日本后纪》（卷二十四）
		正月初七	"授渤海国大使王孝廉从三位，副使高景秀正四位下，判官高善英、王升基并正五位下，赐禄有差"。	
		正月十六日	"御丰乐院，宴五位以上及蕃客奏踏歌，赐禄有差"。	
		正月二十日	"于朝集堂，飨王孝廉等，赐乐及禄"。	
		正月二十二日	"甲午，渤海国使王孝廉等归蕃，赐书"，赐渤海使国书，使归国。	
		五月十八日	渤海国使一行遭遇逆风，航行不能，返回日本。	
		五月二十三日	命越前国（今福井县敦贺市东北）择大船，令使节一行归国。滞留中，王孝廉罹患疱疮，客死。	
		六月十四日	"癸丑，渤海大使从三位王孝廉薨"，日本朝廷悼其死，追赠其正三位。"实虽有命在天，薤露难驻，而恨衔使命，不得更归。朕恸于怀，加赠荣爵。死而有灵，应照泉扃，宜可正三位。"	
816	弘仁七年	五月二日	渤海副使高景秀以下一行回国之际，赐副使高景秀以下夏衣，赐国书。	《类聚国史》（卷一九四）

如表 8-2 所示，王孝廉于弘仁五年（814）九月率领使节团抵达出云，弘仁六年（815）正月初七受封"从三位"。同月二十二日，受嵯峨天皇之托，携带日本给渤海国王的国书离京。五月从出云启程，遇险返航漂至越前，六月在日本边地因病去世。其后，被追赠"正三位"。参考上述王孝廉在日行迹，笔者将《文华秀丽集》中王孝廉的在日所作诗歌按时间排序，并根据诗题和内容判断其创作时间和地点。

（一）王孝廉与平安京文人的诗文往来

王孝廉和嵯峨朝文人的诗文交往始于滋野贞主。814年末，王孝廉一行从出云国进入平安京时，滋野贞主负责迎接。滋野贞主所吟七言《春日奉使入渤海客馆》[①]一诗，诗题中的"渤海客馆"指平安京附近接待渤海使的机构"鸿胪馆"。王孝廉一行入京后即住在此地。作为负责接待的官员，滋野贞主应常出入于该客馆。在此之前，滋野贞主曾作为敕使，为慰问渤海使奔赴出云国的敦贺。出发之际，巨势识人为其饯行赠诗《春日饯野柱史奉使存问渤海客》[②]，诗题中的"柱史"同唐官职名"柱下史"，为日本官职"内记"的唐名。据《日本后纪》记载，滋野贞主于弘仁六年（815）正月被授"大内记"，负责接待渤海使，这首诗应该就是当时所赠。由于此诗是赠予作为使节即将出发的贞主，可知他曾被任命为"存问使"。

"存问使"主要负责外国使节进入国境的审查工作，并不负责外国使节归国时候的接待工作。从《延喜式》的"太政官"条目可知，存问使、通事各任命一人，外国使臣入京时，存问使兼任领客使。而滋野贞主的情况符合存问使兼领客使的规定。且根据巨势识人的另一首诗作——《文华秀丽集》所收第一百四十一首《和滋内史奉使远行观野烧之作》，贞主于"腊月"（出自"行踏云山腊月寺"这一句），即十二月"奉使远行"。或许贞主此时正是以存问使的身份，前去对王孝廉一行进行入国审查。贞主作为存问使迎接了王孝廉一行，与渤海使团结下友情。为了方便渤海使归国，春季还曾入住渤海客馆，送他们离京，与之惜别。

滋野贞主的《春夜宿鸿胪简渤海入朝王大使》是他在815年春暂居鸿胪馆时赠予渤海国"王大使"即王孝廉的作品：

枕上宫钟传晓漏，云间宾雁送春声。
辞家里许不胜感，况复他乡客子情。[③]

[①] 载于《经国集》卷十一。诗曰："苍茫渤海几千里，五两舟中送一年。鲲鲵难辛孤帆度，鲸涛杀怕远情传。春鸿爱暖南江水，旅客看云北海天。晓籁莫惊单宿梦，他觉乡后不胜怜。"

[②] 815年春作，诗歌内容："使乎远欲事皇皇，芳情睽离但有觞。迟日未消边路雪，暖烟遍着主人杨。天涯马踏浮云影，山里猿啼朗月光。策骑翩翩何处至，春风千里海西乡。"

[③] 与謝野寬、正宗敦夫注. 日本古典全集・懷風藻・凌雲集・文華秀麗集・経国集・本朝麗藻［M］. 東京：日本古典全集刊行会、1926：第82頁

如诗题所示，用信简寄诗是因为此诗是赠给即将启程归国的渤海使，希望以诗留念。"鸿胪馆"是接待外国使节的机构，虽然在京都、大宰府、难波、敦贺均有设立，但此诗中有"宫钟""里许"等用法，结合王孝廉一行的行踪来看，此处为京都的鸿胪馆。

王孝廉滞留平安京期间还收到一首赠诗，即仲雄王的《书怀呈王中书》。

　　　　边旅十年老时明，海行千里入帝京。
　　　　君门九重未通籍，闲卧窗树晚莺声。①

诗题的"中书"是司宫廷文书诏敕之职的职务，虽然渤海使节中有王昇基这一人物，但"王中书"也可能是指大使王孝廉。此诗应该是仔细揣摩由渤海国来朝日本的王孝廉的心情后创作的。从诗尾的"晚莺声"来看，应作于815年春天。仲雄王不曾被任命为渤海领客使，故推断此诗是赠予驻留平安京期间的渤海使团成员。

虽然王孝廉在京期间从日本官员处获赠了两首诗，他本人所作的在京诗仅一首，即弘仁六年（815）正月，渤海大使王孝廉、副使高景秀、录事仁贞奉嵯峨天皇之命入宫陪宴时所作奉和诗《奉敕陪内宴》：

　　　　海国来朝自远方，百年一醉谒天裳。
　　　　日宫座外何攸见，五色云飞万岁光。②

"内宴"是天皇在内廷举办的宴会，属于嵯峨天皇的私人宴会，以唐乐和文人赋诗为主题，设于正月二十日之后。发展到仁明末期，"内宴"作为节会被固定下来，宇多朝之后才正式作为公宴确定下来。因此，此诗中的"内宴"应是临时举办的宴会。纵览渤海使在日廷的活动记录，正月初七，王孝廉等渤海使团成员受叙位、赐禄；正月二十日，王孝廉一行被

---

① 与謝野寛、正宗敦夫注. 日本古典全集・懷風藻・凌雲集・文華秀麗集・経国集・本朝麗藻［M］. 東京：日本古典全集刊行会、1926；第81-82頁
② 与謝野寛、正宗敦夫注. 日本古典全集・懷風藻・凌雲集・文華秀麗集・経国集・本朝麗藻［M］. 東京：日本古典全集刊行会、1926；第79頁

赐飨宴于朝集堂。那么，内宴究竟是哪一日举行的呢？从后代的固定日期来看，应为后者。然而，并无史料明确记载天皇曾出席弘仁六年（815）正月初七和二十日的宴会，而将这两日看作宴会的举行日是否妥当，也是一个问题。并且，虽能确认天皇出席的是正月十六日的踏歌会，但因没有此日举行内宴的确凿证据，所以仍然无法判定内宴举行的具体日期。

（二）王孝廉的边地诗

王孝廉一行于弘仁六年（815）正月二十二日离开平安京，踏上归国的旅途。不少嵯峨宫廷文人吟诗相送，王孝廉也吟诗作答。王孝廉在归途中有《在边亭赋得山花，戏寄两个领客使并滋三》：

> 芳树春色色甚明，初开似笑听无声。
> 主人每日专攀尽，残片何时赠客情。①

根据赠诗的"芳树春色"可以判断创作时期大致是815年春，以山中盛开的花为题，应为旅途中所咏。考察诗题不难得知，与京都的公宴诗不同，此诗较少引用典故，是用浅显的诗句表达喜爱"山花"的日常心情。应是王孝廉在出云国或是赶赴出云国的途中，于某处边亭停留时所作。诗题称呼"两个领客使"，由此可知有两位领客使。"三"是一族中的兄弟或堂兄弟年龄长幼的顺序，是表示排行的数字，故滋野家族的第三子滋野贞主为"滋三"，以示和领客使二人的区别。从此诗以浅显的诗句歌咏日常及"滋三"这一称呼可见渤海诗人王孝廉深受中唐诗坛的影响。然而，从巨势识人的《春日饯野柱史奉使存问渤海客》一诗可知，滋野贞主的官职为存问使。加藤顺一的论文《文士和外交》（《政治与宗教的古代史》，庆应义塾大学出版会，2004）中则将"滋三"视为滋野贞主之弟贞雄，贞主为领客使之一。其依据是《三代实录》的贞观元年（859）十二月二十二日的《贞雄卒传》中的"是加译（贞主、贞雄之父）第三子也"的记述。虽无明确记录显示贞雄被任命为王孝廉一行的接待使，但从王孝廉的诗句

---

① 与謝野寛、正宗敦夫注. 日本古典全集・懐風藻・凌雲集・文華秀麗集・経国集・本朝麗藻［M］. 東京：日本古典全集刊行会、1926：第83頁

"赖有锵锵双凤伴"一句却可明确两领客使是指一对兄弟。

笔者翻阅史料认为"两个领客使"是指坂上今雄、坂上今继兄弟。坂上今继生卒年不详，只有《日本后纪》826年条中的"从五位下勋七等行大外记兼纪传博士"，及《外记补任》中的824年至827年中的"大外记从五位下"的记录。除此诗和其出处之一的《日本诗纪》的注释外，并无其他任何相关记录。关于坂上今雄其人，松浦友久在《〈文华秀丽集〉考》（《汉文学研究》，早稻田大学汉文学研究会出版，1962）一文中提出疑问，《文华秀丽集》序文中的作者二十六人与实际作者的二十八人并不一致。坂上今雄或许能视为坂上今继的误写。的确，松浦的说法应值得注意。上田雄则在《渤海使的研究》第五章的注二十三中推论："《文华秀丽集》是在三年后的818年编撰的，是其在世时的作品。若在别处有所收录也罢，若所列诗歌为同一作者，也无理由特意用不同的名字表记。"① 因此，坂上今雄官职较低，作为和坂上今继同时代的诗人确实存在，并和坂上今继一同作为领客使接待了渤海使王孝廉。诚然，《文华秀丽集》相应部分的表记是否保持了编撰时的原样仍有疑问，但正如"坂上今雄"之名在现存史书中已不可见一样，各类史书和记录中也无法找到能替代他的相当于领客使的人物，因而结合诗文内容将坂上今雄视为另一位领客使也未尝不可。无论如何，至少可以明确这首诗是赠予坂上今继等两位领客使及滋三的作品。

据说坂上今继也是有诗才的人物，学识渊博，是《日本后纪》的撰者之一。据《姓名录》的"右今诸蕃"条记载："坂上大宿祢，后汉灵帝男延王之后也"，从其为坂上大宿祢的同族这一点来看，可知他是归化人。又，《外记补任》824年条载"纪传博士大外记从五位下勋七等坂上忌寸今继，九月三日兼任止纪传博士"，可知坂上今继是日本当时的一流学者。如此文采卓越的坂上今继当然也赠诗给王孝廉，即《和渤海大使见寄之作》：

宾亭寂莫对青溪，处处登临旅念凄。

---

① 上田雄. 渤海使の研究：日本海を渡った使節たちの軌跡［M］. 東京：明石書店、2002：第627頁

> 万里云边辞国远，三春烟里望乡迷。
> 长天去雁催归思，幽谷来莺助客啼。
> 一面相逢如旧识，交情自与古人齐。①

此诗流露出对身处异乡客馆、沉浸于乡愁之中的大使王孝廉的同情，末尾的"一面相逢如旧识，交情自与古人齐"，作为渤海唱酬诗中的名句被后世铭记。诗中的"宾亭"大概是指位于日本边地的鸿胪馆。"见寄"中的"见"为"阅读"之意，"和……见寄（之作）""酬……见寄（之作）""答……见寄（之作）"等是赠答诗题的常用套句。从"见寄"一词可知坂上今继写于晚春的这首赠诗，是王孝廉收到坂上今继的诗后回赠了一首答诗，而坂上今继又再次唱和王孝廉的诗作。诗中的"三春"是现行历法的夏初时节，可见此诗应为王孝廉刚抵达起航地出云国时所作。可想而知，815年晚春至夏初期间，渤日文人们曾于日本海的边地进行诗文酬唱。

据远藤光正的《渤海国使王孝廉与〈文华秀丽集〉》（《东洋研究》，大东文化大学东洋研究所，1995）一文考证，从坂上今继诗中的"三春烟里望乡迷"一句和王孝廉《和坂领客对月思乡见赠之作》开头的"寂寂朱明夜"一句可知，首先是王孝廉赠给"坂领客"这首诗，而后"坂领客"作了上诗回赠。王孝廉的赠诗如下所示：

> 寂寂朱明夜，团团白月轮。
> 几山明影彻，万象水天新。
> 弃妾看生怅，羁情对动神。
> 谁言千里隔，能照两乡人。②

王孝廉于弘仁六年（815）正月离京，由存问使滋野贞主、领客使坂上今继等护送至出云国，同年初夏踏上归途。"朱明"指代夏天，《尔雅》

---

① 与謝野寬、正宗敦夫注. 日本古典全集·懷風藻·凌雲集·文華秀麗集·経国集·本朝麗藻 [M]. 東京：日本古典全集刊行会，1926：第82頁
② 与謝野寬、正宗敦夫注. 日本古典全集·懷風藻·凌雲集·文華秀麗集·経国集·本朝麗藻 [M]. 東京：日本古典全集刊行会，1926：第83頁

中亦可见"夏为朱明",故此诗应为临行前的作品。王孝廉诗题中的"坂领客"具体指代的是坂上今继或坂上今雄中的哪一位尚不清楚,但从坂上今继的《和渤海大使见寄之作》考虑,王孝廉的这首诗是与坂上今继切磋而作。关于此诗的唱酬关系,笔者虽基本赞同上述远藤光正的观点,但小岛宪之对王孝廉的赠诗却提出了另一种看法,他认为"因为领客使坂上今继赠予了对月思乡之诗,所以王孝廉才以此诗唱和今继"①。笔者认为,虽然这首"对月思乡"的赠诗并未留存下来,但想必是想象王孝廉在出云国滞留数月的羁旅之情,坂上今继为了安慰渤海客人,作诗相赠。

(三) 出帆前的离别诗

王孝廉在日本海边曾创作了一首《春日对雨》:

主人开宴在边厅,客醉如泥等上京。
疑是雨师知圣意,甘滋芳润漉羁情。②

首先,关于此诗的创作时间,从诗题的"春日"和诗文"主人开宴在边厅"来看,这首诗应是王孝廉踏上归途后,于日本海沿岸的边厅做出港准备期间,在日本国司及在厅官员或领客使举办的欢送宴会上所作。远藤光正断定该诗为王孝廉 815 年春归国时的作品。远藤认为:"《日本后纪》卷二十四的弘仁六年正月二十二日(公历的 815 年 3 月 10 日)条目中记有'渤海国使王孝廉等归蕃',而据《日渤国交渡海史年表》,从王孝廉一行于弘仁六年五月(公历 815 年 6 月)由越前国出发可知此诗应为二月或三月时的作品。"③ 上田雄则认为,王孝廉等出京是在弘仁六年(815)正月二十二日(3 月 10 日),此首吟咏春雨的诗应是二月中(3 月 19 日—4

---

① 小島憲之. 日本古典文学大系 69・懐風藻・文華秀麗集・本朝文粋 [M]. 東京:岩波書店、1964;第 228 頁
② 与謝野寛、正宗敦夫注. 日本古典全集・懐風藻・凌雲集・文華秀麗集・経国集・本朝麗藻 [M]. 東京:日本古典全集刊行会、1926;第 79 頁
③ 遠藤光正. 渤海国使王孝廉と『文華秀麗集』[A]. 東洋研究 [C]. 東京:大東文化大学東洋研究所、1995;第 1—31 頁

月 16 日），即王孝廉抵达日本海沿岸之后不久的作品。① 总之，他认为此诗的创作时间只能是 815 年春离京之后。此外，据加畠吉春的考证，《延喜式》中记有"出云国，行程上十五日，下八日（这是租税的搬运天数）"，渤海使一行即使在途中等船也应在二月上旬已到达出云，也即阳历三月下旬左右。② 由此可推测，此诗应为弘仁六年（815）三月的作品。综合各位日本学者的研究成果，笔者认为该诗的创作时间可大致判断为 815 年春天二月至三月间。

其次，对诗中的"主人"即举办诗宴之人的身份问题进行讨论。有关"主人"的身份，小岛宪之在『日本古典文学大系 69·懷風藻·文華秀麗集·本朝文粋』（岩波书店，1964）一书中判断"主人"是指渤海领客使坂上今雄、坂上今继、滋野贞主三人。若将"边厅"视作国府的话，则也有可能指代国司。但若为国司，主人"在边厅"的说法又显得对主人失礼了。但是，如果宴会的主人是从京都派来的领客使，那么慰劳因送行外国使节而远赴边地的领客使则符合逻辑。因此，笔者认同小岛宪之的观点，"主人"取领客使之意。至于"边厅"，根据《汉语大词典》，"边厅"与"边地"同义，取"边地"之意。小岛宪之的研究也取"边地役所"之意，并推测"边厅"是位于敦贺的接待渤海客的地方——松原馆。然而，上田雄却对小岛的说法进行了批判。他认为渤海使一行在前往出云的途中，并没有经由敦贺的痕迹，此说法缺乏依据，推测"边厅"指代出云国府的可能性较高。③ 此外，加畠吉春又提出王孝廉一行有可能是从岛根郡出发一说。④ 的确，翻阅有关在日本海边登陆的渤海使相关记载，《三代实录》卷五的贞观三年（861）正月廿日条中记载："出云国上言，渤海国使李居正等一百五人，自隐岐国来着岛根郡。"同年正月廿一日条中也有"下知出云国司云，渤海客从依例供给。但旧用稻，今度特以壳春充"的记录。

---

① 上田雄. 渤海使の研究：日本海を渡った使節たちの軌跡［M］. 東京：明石書店、2002；第 634 頁

② 加畠吉春. 王孝廉「春日対雨探得情字一首」［A］. アジア遊学［C］. 東京：勉誠出版、2005；第 162-169 頁

③ 上田雄. 渤海使の研究：日本海を渡った使節たちの軌跡［M］. 東京：明石書店、2002；第 902 頁

④ 加畠吉春. 王孝廉「春日対雨探得情字一首」［A］. アジア遊学［C］. 東京：勉誠出版、2005；第 162-169 頁

另,《三代实录》卷三十的元庆元年(877)正月十六日条记载:"是日,出云国言,渤海国大使政堂省孔目官杨中远等一百五人,去年十二月廿六日着岸。中远申云,为谢恩请使,差遣中远等,兼献方物。于岛根郡安置供给。"可知使节被安排驻留在出云国的岛根郡。因此,似乎也可以认为王孝廉一行于此处出入港。

再次,"上京"一词中的"京",通常是指国都及天子之都,虽然也可解释为日本的平安京,但身为访日大使的王孝廉以"客醉如死"的模样去日本平安京朝贡未免稍显唐突,故理解为渤海国的首都——龙泉府或许更为恰当。《春日对雨》诗的内容含有对宴会主人的答谢之意。虽然举办宴会的场所仍不确定,但不难看出这首诗是王孝廉滞留日本边地时,受到同好诗歌的领客使的热情款待,由衷表达感谢的作品。

不幸的是,弘仁六年(815)五月,归途中的王孝廉在海上遭遇暴风遇险,不得不返回日本,六月王孝廉病重,客死他乡。因为在日期间长期受到日本朝廷上下的热情款待,他在出发前还吟诵了一首《从出云州书情寄两个敕使》,赠给两位领客使:

> 南风海路速归思,北雁长天引旅情。
> 赖有锵锵双凤伴,莫愁多日住边亭。[①]

据小岛宪之的研究,此诗是815年夏王孝廉从出云国的敦贺踏上归国旅途时所作。但是,上田雄、孙荣建两位学者却同时推测王孝廉"弘仁五年抵达出云",此诗应是刚到出云时所作。[②] 虽然两种说法都列举了史册的相关记载作为证据,但从"南风海路速归思"一句来看,笔者断定此诗乃为归途中所作。

最后,就该诗的创作地点略加考证。笔者参考佐伯有义校订的《日本后纪》的标注,发现附注说明王孝廉薨,《文华秀丽集》载王孝廉诗五首,其中有《从出云州书情寄两个敕使》诗一首。结合前年十一月辛巳条可知

[①] 与謝野寛、正宗敦夫注. 日本古典全集·懐風藻·凌雲集·文華秀麗集·経国集·本朝麗藻[M]. 東京:日本古典全集刊行会、1926;第83頁
[②] 上田雄、孫栄健. 日本渤海交渉史[M]. 東京:六興出版社、1990;第162頁

其往返均选择了出云路。换言之，佐伯有义认为王孝廉一行往返均从出云国进出。归国之际，渤海使一行再次返回出云国，先滞留国府附近，后前往出港地岛根郡的千酌。由此推测，国府和千酌等海港应有驻留设施，用以招待外国人。据诗文之意，边地的客馆应为安置渤海使的临时设施，具有紧急应对来航船只的临时性质。王孝廉诗中有"莫愁多日住边亭""宾亭寂寞对青溪"等句，想必"边亭"并非豪华舒适的居所。

纵览"敕撰三集"所收诗歌，身为外国人的渤海大使王孝廉竟有五首收入天皇下令编撰的《文华秀丽集》中，实属特例。其中原因大概是王孝廉的诗通俗易懂、淡雅天成，符合嵯峨天皇及日本贵族的审美倾向，同时也有对他不幸客死东瀛的哀悼。

四、渤日唱酬诗中的政治文化关系

（一）日本一厢情愿的"上国"观

正如上文所言，渤海与日本的诗文交流还能体现双方的政治地位。随着八世纪三十年代日本律令体制的确立，在区别君臣上下、中华夷狄的"华夷思想"影响下，日本统治者需要进一步提升国家权威，提高天皇的尊严。这种"上国"的优越感和发扬国威、提高尊严的政治要求使日本朝廷将渤海使访日视为藩国朝贡，认为自己居于君主和上国的地位，而渤海应该执臣礼，居于从属和下国的地位。纵观日本与渤海国交往史，双方建交伊始日本就摆出了"上国"的架势，要求渤海区别上下主从。日皇给渤海王的国书中一律自称"朕"，日廷赠给渤海君臣的礼物则统称为"赐物"，对来访的渤海使臣的接待也记载为"赐宴""授位，赐禄各有差"。圣武天皇接见首次来访的渤海使高齐德时"授正六位上，赐当色服……赐禄有差"。渤海使回国之际，在"赐其王"的"玺书"中还以"上国"君王的口气对渤海的遣使修好，表示"朕以嘉之"，并且用"上谕"的语式命令渤海王"宜佩义怀仁，监抚有境"[1]。平安朝以后，日廷仍然将渤海

---

① 国史大系卷二·続日本紀［M］. 東京：経済雑誌社、1897：第165頁

视为忠实藩属,《凌云集》所收大伴氏的《渤海入朝》诗曰,"自从明皇御宝历,悠悠渤海再三朝。乃知玄德已深远,归化纯情是最昭。片席聊悬南北吹,一船长冷去来潮。占星水上非无感,就日遥思眷我尧"①,流露出日廷君臣的政治优越感与倨傲态度。820年,嵯峨天皇在复宣王书中曰:"王信义成性,礼仪立身,嗣守藩绪,践修旧好"②,摆出一副"上国"之姿。总之,从各方面的文献记载看来,日本显然以上国自居。

然而,渤海国并没有将日本视为朝贡国的意识,而是以兄弟国的对等外交意识进行访问。宋人洪皓所撰的《松漠纪闻》(辽沈书社,1984)中收录了《渤海贺正表》一文。其中,渤海王上唐天子的表文明确署着"臣某"的名分,而给日本朝廷的表文却用的是"武艺启""钦茂启"等,以示与日方的平等身份。尽管如此,赴日的渤海使臣为了顺利完成出访任务,往往采取灵活变通的手段,乃至当面承认日方的"上国"虚名。如771年,日本以渤海国书"违例无礼",竟返却拒收。渤海使壹万福甚至擅自修改国书并"代王谢罪"③,迎合日本"上国"的虚荣,以期能顺利进入日京,完成政治任务。

唐代东亚地区的国际政治背景决定了作为"下客"的渤海使臣在与"上国"日本周旋之时,要格外注意言行的谦恭和外交辞令的委婉含蓄,以满足日方的虚荣心。赋诗无疑是一种极适合的交往方式,上文所述《文华秀丽集》收录的渤海大使王孝廉与嵯峨朝文人的唱酬诗就是在这种情况下产生的。王孝廉访日(814)的前三年发生了日本聘渤海使林东人由渤海返归,以渤海王书"不据常例"竟"去而不取"的事件,以致王孝廉访日时嵯峨天皇仍以林东人拒不取书之事相责,并教训王孝廉"书疏往来,皆有故实。专辄违乖,斯则长傲,夫克己复礼,圣人明训,失之者亡,典籍垂规。苟礼义之或亏,何须贵于来往!"④ 意思非常明确,渤海若是再不注意文辞礼仪,日本就要与之断绝往来。王孝廉则显示了渤海在外交方

---

① 与謝野寛、正宗敦夫注. 日本古典全集・懐風藻・凌雲集・文華秀麗集・経国集・本朝麗藻 [M]. 東京: 日本古典全集刊行会、1926;第69頁
② 国史大系卷六・日本逸史・扶桑略記 [M]. 東京: 経済雑誌社、1897;第291頁
③ 国史大系卷二・続日本紀 [M]. 東京: 経済雑誌社、1897;第554頁
④ 国史大系卷三・日本後紀・続日本後紀・日本文徳天皇実録 [M]. 経済雑誌社、1897;第131頁

面的灵活务实,他首先以"世移主易,不知前事"来推脱,然后又以"今之上启,不敢违常。然不遵旧例,愆在本国。不谢之罪,惟命是听"等谦卑的文辞,再次"代王谢罪",来迎合日方"上国"的虚荣。①

然而,出于礼节的需要同时也为了表示对来使羁旅之情的抚慰,嵯峨天皇仍然三次盛宴王孝廉一行。如表8-2所示,一次是正月己卯日(初七),"授渤海国大使王孝廉从三位,副使高景秀正四位下,判官高善英、王升基并正五位下,赐禄有差";一次是正月壬辰日(二十),"于朝集堂,飨王孝廉等,赐乐及禄";最后一次则是正月戊子日(十六),"御丰乐院,宴五位以上及蕃客奏踏歌,赐禄有差"。② 王孝廉并非渤海国君却受到日本天皇的盛情邀请,深感荣光并借机献诗,极力迎合天皇以"上国"君主自居的虚荣心。比如,王孝廉受邀入日宫参加内宴时,挥毫作《奉敕陪内宴诗》。诗题的"奉敕"显然是奉日皇之敕,诗的内容则充满了对日皇的恭维尊崇之情。他把拜谒天皇看作一大幸事,歌颂天皇如五色彩云与天地同辉。诚然,王孝廉对待日皇的恩宠与抚慰的方式显得格外聪明,他根本不用天皇明示"卿等宜知之",而是直接用美妙的诗句表达对天皇的感激与内心的愉悦。这种"奉敕"之作反映出王孝廉对日皇的恭维与尊崇,他作诗的目的是满足日方让渤海使臣拿出以下事上、以小事大的姿态的要求。

正月初七,王孝廉一行还应邀赴丰乐院参加由天皇主持的日本传统盛会白马会。与王孝廉同行的录事释仁贞也写了《七日禁中陪宴诗》恭维日皇,诗曰:"入朝贵国惭下客,七日承恩作上宾。更见风声无妓态,风流变动一园春。"③ 此诗表达了渤海使的谦卑和对日皇的感激。仁贞本是渤海国皇族大氏成员,在日期间却一直身为"下客",弘仁五年(814)九月到达日本后受尽刁难,滞留在边地出云国达三个月之久,十二月才获准入日京参加次年正月举行的朝拜。仁贞在正月初七的白马盛会上首次得到天皇赐

---

① 国史大系卷三·日本後紀·續日本後紀·日本文德天皇實録 [M]. 経済雑誌社、1897: 第131頁
② 国史大系卷三·日本後紀·續日本後紀·日本文德天皇實録 [M]. 経済雑誌社、1897: 第131頁
③ 与謝野寛、正宗敦夫注. 日本古典全集·懷風藻·凌雲集·文華秀麗集·経国集·本朝麗藻 [M]. 東京:日本古典全集刊行会、1926: 第79頁

宴的恩宠，身份大变，由"下客"变为"上宾"。这种受宠若惊的姿态跃然纸上，而这也都说明渤海使在日期间十分注重礼仪，讲究"上下"之别。

（二）渤日唱酬诗中的文化享受：打球与礼佛

嵯峨朝时期还接待了渤海大使王文矩，这是第二十次出使日本的渤海使团。王文矩一行于821年入京，次年正月参列日本朝廷的仪式和宴会。与王孝廉不同的是，这次的渤海使者不仅在正月十六日礼乐殿举行的宴会上吟咏了汉诗，还难得一见展示了其体育技能。《经国集》卷十一中收录了嵯峨天皇的观看此次渤海使打球的诗作。全诗如下：

> 早春观打球　使渤海客奏此乐
> 芳春烟景早朝晴，使客乘时出前庭。
> 回杖飞空疑初月，奔球转地似流星。
> 左拟右承当门竞，分行群踏虬雷声。
> 大呼伐鼓催筹急，观者犹嫌都易成。①

该诗描述的"奏乐打球"之事发生在嵯峨天皇作为太上天皇执政的弘仁十三年（822）正月十六日。《类聚国史》卷百九十四的《殊俗部·渤海下》中记载："御礼乐殿，宴五位已上及蕃客，奏踏歌。渤海国使王文矩等打球，赐绵二百屯为赌。所司奏乐，蕃客率舞，赐禄有差。"② 正月十六日是公历的2月14日，虽是年初，却已经是早春暖日。举行打球比赛时，日皇还命渤海使一行演奏渤海国的打球乐。打球乐是马术和马艺表演时伴奏的舞乐曲名，是一边以杖击球一边舞蹈的舞乐。在春意盎然的时节，以绵二百屯为赌注，又有渤海客人上演的打球绝技，兴致勃勃观看比赛的日本太上天皇、天皇、贵族官员们，还有忙于斟酒换盏的女乐，好一幅春风骀荡的平安王朝画卷！这大概也是渤日两国外交史上最为精彩写实的画面了。

---

① 与謝野寛、正宗敦夫注. 日本古典全集·懷風藻·凌雲集·文華秀麗集·経国集·本朝麗藻 [M]. 東京：日本古典全集刊行会、1926；第146頁
② 菅原道真. 類聚国史 [M]. 東京：経済雑誌社、1916；第1279-1280頁

首联两句叙述早春正月的上午，打球比赛在宫中庭院开局。颔联二句描写打球场景，将飞球比作月亮和星星。这与盛唐蔡孚的《打球篇》中的"奔星乱下花场里，初月飞来画杖头"[1]是颇为类似的表现手法。中唐女道士鱼玄机的《打球作》中的"坚圆净滑一星流，月杖争敲未拟休"[2]同样是取自坚硬滚圆而滑溜的球滑过空中宛若流星之意。接下来颈联二句，是将打球人的动作和踏歌的姿态进行对比。"当门"是球门，决胜之门，因为球进此门即为获胜，故应是以此门竞争输赢。根据《金史·礼志》记载，方法是"已而击球，各乘所常习马，持鞠杖。杖长数尺，其端如偃月。分其众为两队，共争击一球。先于球场南立双桓，置板，下开一小孔为门，而加网为囊，能夺鞠击入网囊者为胜。或曰，两端对立二门，互相排击，各以出门为胜"[3]。由于蹴鞠是由中国传到日本的，平安时代的打球也可以此为参考。最后两句则以观赏者的感想结句。

宫廷文人滋野贞主奉命唱和嵯峨天皇的《观打球》，吟咏了同题《奉和观打球》诗一首。此诗也为弘仁十三年（822）正月十六日所作，以渤海使一行的朝廷拜谒和打球为内容：

> 蕃臣入觐逢初暖，初暖芳时戏打球。
> 绣户争开鸤鹊馆，纱窗不闭凤皇楼。
> 如钩月度蓂阶侧，似点星晴彩骑头。
> 武事从斯弱见输，输家妒死数千筹。[4]

实际上，"打球"这一古老的骑马竞技是发源于遥远西域的游牧民族，其后被传至四方的体育运动。方法是分为两组的人员骑马击球，为使球进入对方的球门而互相竞争。它是近似于现代马球的竞技。该运动在游牧民

---

[1] 彭定求等编，中华书局编辑部点校. 全唐诗（增订本）[M]. 北京：中华书局，1999：第817页

[2] 彭定求等编，中华书局编辑部点校. 全唐诗（增订本）[M]. 北京：中华书局，1999：第9147页

[3] 脱脱等著，许嘉璐主编. 二十四史全译（珍藏版）·金史 [M]. 上海：汉语大词典出版社，2004：第609页

[4] 与謝野寛、正宗敦夫注. 日本古典全集·懐風藻·凌雲集·文華秀麗集·経国集·本朝麗藻 [M]. 東京：日本古典全集刊行会、1926：第146頁

族、骑马民族之间广为流传，后传至高句丽。而这项竞技在唐朝也为王公贵族所钟爱，甚为流行。唐章怀太子李贤墓中就绘有打球图，可见其流行程度。在东亚地区，按惯例比赛结束后会演奏"打球乐"。飞鸟时代打球传入日本，"打球乐"也作为"唐乐"被传入，并作为雅乐的演奏曲目被传承下来。关于日本人打球的最早记录，可见《万叶集》卷六中和歌的描述。神龟四年（727）正月，日本宫廷贵族们兴致勃勃地在春日野打球时，忽遇落雷降雨，因当时宫中无一侍从和侍卫值守，天皇将侍从、侍卫监禁于授刀寮以示惩戒，颇为滑稽。由该记录可知，打球在日本也是一项相当流行的运动。

然而，日本并非"马背上的民族"，日本流行的"打球"并非一种单纯的骑马运动，也并非通过骑术来决定胜负，"打球"似乎未能在庶民社会流传开来，只是作为形式上的宫廷活动被保留下来。比如，正仓院御物"花卉人物长方毡二床"的绒毯上所配的人物图案，就是拿着杖和球打球的人。平安朝又有一例，《西宫记》卷六中有"正立球门……打球者四十人……雅乐举幡，奏乐"[①]的记载，可见奈良、平安时代也有不需要骑马的打球运动。当然，也有从骑马发展而来的打球。例如，《续日本后纪》仁明天皇承和元年（834）五月条中可见"亦御同殿，令四卫府聘尽种种马艺及打球之态"[②]。随着时间的推移，马上打球与步行打球逐渐开始有舞乐伴奏。然而，对于拥有骑马民族、狩猎民族血统的渤海人来说，骑马打球是相当擅长的运动，故王文矩等乘宴会之兴，展示了本国的球技。但此时毕竟是宴会，并非真正的竞技。如前所述，竞技结束后，渤海使者展示舞乐"打球乐"助兴。观赏了王文矩的绝技后，大为感叹的嵯峨太上天皇和滋野贞主不禁吟诗作赋，赞其技艺。

除了打球这一运动外，渤日双方还进行了佛教文化的交流。公元九世纪初，在东亚汉文化圈内，佛教成为各个国家的国教，东亚各民族的上层文人官僚，几无一人不懂佛法。713 年，渤海建国不久，国王大祚荣便遣使朝贡大唐，请求礼拜佛寺，并带回大量唐廷赏赐的佛经经卷和佛像。其

---

① 源高明撰．西宫記 [A]．史籍集覽・編外・一 [C]．東京：近藤出版部、1926；第 143 頁

② 国史大系卷三・日本後紀・続日本後紀・日本文德天皇実録 [M]．東京：経済雑誌社、1897；第 193 頁

后的渤海国王大钦茂还被尊为"大兴宝历孝感金轮圣法大王"。同时，日本平安时代也恰逢佛教成为国家宗教之际，在日本政府的赞助下，大批日本僧人随遣唐使船及唐商船入唐求法，最澄、空海、常晓、圆行等"入唐八大家"从唐朝携回大量经卷、佛像、佛具。平安时代初期，新的佛教宗派真言、天台二宗也相继成立，全国沉浸在佛教崇拜的狂热之中。在这种共同的宗教文化背景下，渤日两国佛教界的交往也十分密切，这种交往也反映在渤日文人使节的诗文之中。《经国集》中就有日本文人与渤海客使的礼佛之作。

一 忽闻渤海客礼佛感而赋之 安吉人
　　闻君今日化城游，真趣寥寥禅迹幽。
　　方丈竹庭维摩室，圆明松益宝积球。
　　玄门非无又非有，顶礼消罪更消忧。
　　六念鸟鸣萧然处，三归人思几淹留。

二 同安领客感客等礼佛之作 岛渚田
　　禅堂寂寂架海滨，远客时来访道心。
　　合掌焚香忘有漏，回心颂偈觉迷津。
　　法风冷冷疑迎晓，天萼辉辉似入春。
　　随喜君之微妙意，犹是同见崛山人。①

关于上述两首诗，津田左右吉在《渤海史考》中断定，713年渤海使向唐廷提出与唐"互市"及"请礼佛寺"的要求，《经国集》所载的安吉人和岛渚田的诗即与此相关。孙玉良在《渤海史料全编》中指出了其论证的错误。虽然渤海和日本的佛教界互相影响的事例屡见于史料，但是，直到728年渤海国派遣高仁义，渤海与日本的外交关系才正式开始。713年渤海和日本尚未互通交往，很难想象远离唐土的平安朝诗人会知道渤海使在唐礼佛之事。且从安吉人诗的首句"闻君今日"可推测，并非二人因听

---

① 与謝野寛、正宗敦夫注. 日本古典全集・懐風藻・凌雲集・文華秀麗集・経国集・本朝麗藻[M]. 東京：日本古典全集刊行会、1926：第138頁

闻渤海人入唐礼佛而吟诗，而是感怀在日本见到渤海客礼佛的样子才创作了此诗。甚至面对渤海客的礼佛，两首诗的诗人还曾以主人身份接待过他们。岛渚田诗的首句"远客时来"，可为依据。且岛渚田称安吉人为"安领客"，可知安吉人为接待渤海使的日方领客使。从岛渚田诗中的"禅堂寂寂架海滨"和安吉人诗中的"方丈竹庭维摩室，圆明松益宝积球"可知礼佛地点应在日本海边的一座小寺院。

根据学者刘国宾《日本〈经国集〉感渤海客礼佛诗二首考释》（《中国典籍与文化》，2001年第1期）一文的考证，岛（岛田）氏为日本平安时代名门出身，但岛渚田其人，在所有文献资料中均不见其名。安（安倍）氏是日本古代陆奥的豪族，奈良、平安时代的不少文人官员都出身于这个家族。《续日本后纪》仁明天皇承和五年（838）六月条记载"治部卿正四位下安倍朝臣吉人卒，年五十八"。再者，《日本后纪》仁明天皇天长五年（828）条目中为从四位下，仁明天皇天长十年（833）条目中为式部大辅，《文德天皇实录》卷五"和气真臣"条目中为"弱冠，以治部卿安倍朝臣吉人受老庄，吉人奇之"。① 从以上记录推算，安吉人生于781年，其官阶为正四位下的治部卿。虽然史书中并无他被任命为接待渤海使节的领客使的相关记录，但其生活的时代与《经国集》的成书时间基本一致，故其诗作被收录于《经国集》的可能性较高。从安吉人的生活年代着手做进一步推论。若安吉人是在二十岁时入仕，那么他进入官场应在800年前后。《经国集》成书于828年，从800年至828年间，正史中记载的渤海使访日有八次。据《类聚国史》卷一九四记载，817年、819年、823年渤海使赴日之际，日方不曾任命领客使。817年的渤海使慕感德因遗失国书，未进入平安京就被遣返回国，故无领客使的任命。同书同卷记有"慕感德等去还之日无赐敕书。今检所上之启云：'伏奉书问，言非其实，理宜返却'"②。819年渤海使李承英同样被遣返回国。另外，823年冬，渤海使高贞泰登陆日本后遇大雪，平安京的领客使无法动身，因此接待任务被交予当地方官员。再者，接待825年的渤海使高承祖一行的领客使是布琉

---

① 国史大系卷三・日本後紀・続日本後紀・日本文德天皇実録［M］．東京：経済雑誌社、1897：第500頁

② 菅原道真．類聚国史［M］．東京：経済雑誌社、1916：第1279-1280頁

高庭定，而非安倍吉人。因此，以上四次渤海使都可排除。余下的四次是809年和810年的高南容，814年的王孝廉和821年的王文矩。故日本海边礼佛的渤海使节应是三人中的其中一人。

刘国宾的《日本〈经国集〉感渤海客礼佛诗二首考释》(《中国典籍与文化》，2001年第1期)一文认为，安吉人诗中最引人注目的大概要数"闻君今日化城游"和"顶礼消罪更消忧"两句。据《法华经》记载，"化城"是佛语中七喻的一种。它还蕴含了一个有趣的佛理故事。通往修行的极果——"宝所"的道路遥远艰险，众人恐惧，试图折返。当时，释迦的父亲大通智胜化作一座城，为精疲力竭的众人提供了一处休憩场所。众人在这座城充分休息后再次出发，那座城亦消失不见。安吉人诗以"化城游"比喻渤海使在海边的礼佛之行，将此不惜性命横渡日本海，前来日本朝贡的渤海使之行等同于佛教界的朝圣。"顶礼"句还将渤海客比作"消罪更消忧"的朝圣者。看到明星悟道后，释迦佛惊言"奇哉！一切众生皆具如来智慧德相，只因妄想执着，不能证得"。由此可知，众生平等的智性思想为佛学的核心。佛教修行的目的并非安吉人诗中的"消罪更消忧"，而是在于从妄想执念中解脱，以获如来的智慧德相。礼佛是模仿佛陀坚定自身的信念和诚心，膜拜佛陀和自己的本心。而"消罪"和"消忧"这一说法，却是安吉人从更加"上位"的政治立场表现自己对渤海客的不满。727年，渤海国初次派遣使节赴日之际，国书上云"复高丽之旧居，有扶余之遗俗"[①]，可见渤海和高丽一样被视为日本的属国。因此，渤海是以朝贡国的身份被接待的。然而，渤海并不愿承认自己朝贡国的地位，对此日本朝廷官员对渤海使表示了不满。从"消罪更消忧"一句便可知日方的态度。

下面将对岛渚田诗作简要分析。较之安吉人，岛渚田显然更加精通佛法，对于佛理的理解也更为深刻。岛渚田诗中"合掌焚香忘有漏，回心颂偈觉迷津"的"忘有漏"是佛家术语，意为忘却自我的"有漏之身"。"回心"指回心转意弃邪向正。"迷津"是"迷之境界"之意，指代佛教的"三界""六道"。"回心颂偈觉迷津"一句，让人想起《成唯实论》卷十的经文"决定回心求无上觉"。岛渚田较之安吉人佛学修养更为深厚，他大

---

① 国史大系二・続日本紀 [M]. 東京：経済雑誌社、1897：第163頁

概是以修行者的身份参加了渤海客的礼佛活动。岛渚田诗"法风冷冷疑迎晓,天萼辉辉似入春"二句中,"法风"和"天萼"在佛教经典中未曾得见,二者在唐和五代以前的汉文典籍中也未曾被使用。不过,佛教术语中有"法云""法雨""法萼"等词,故"法风"应是模仿这些词而杜撰的。而想必"天萼",大概也是由佛家术语"天华"演变而来。据《大度智论》卷九及《维摩诘所说经》卷中所载,法会时为供养佛陀,撒在佛像前的诸天妙华被称为"天华"。结尾二句"随喜君之微妙意,犹是同见崛山人"中的"随喜"指游谒寺院。"崛山"则被用作《大唐西域记》卷九中的佛教圣山——耆阇崛山的略称。因释迦御世五十年间居于此山,讲解妙法,故"崛山人"也指佛祖及徒众。这一句含有海边禅堂礼佛之后,前往日本的首都——"崛山",即觐见日本君主就是前往崛山朝圣之意。以上反复引用佛教经典,甚至造出深奥的佛家"术语"的原因在于当时正值大唐鼎盛时期,对同属东亚文化圈的日本和渤海来说,开展外交活动时,展示本国的汉学水平是极为重要的事情。以汉文书写的外交公文全部交由本国的一流文人起草,文中频繁使用汉籍典故,甚至还以罕见的上古别字和自造字作为装点。两国间的诗文应酬成为扬国威的手段。

再者,从诗文内容上分析,此二诗应该是王孝廉使团刚刚抵达日本出云国之时所作,二位日本诗人都是以主人的身份看待渤海客礼佛,而礼佛地点在出云国海滨的小寺院。就礼佛与赋诗而言,王孝廉确实占了天时、地利、人和。首先,王孝廉等人登陆的出云国位于现在的日本岛根县岛根半岛。日本平安时代的出云国不仅是日本经济文化发达地区,还是祭神礼佛之重地,建有著名神社和寺院。今仍存天台宗古寺鳄渊寺、枕木山华严寺等。设想王孝廉等既在此登岸,日方乘佛教大盛之时以地利之优势,安排渤海客人参观海滨之寺院,无疑是彰显国威的好机会。而且,此次的渤海使团中配置的僧人仁贞是深谙佛理、热心佛事之士。王孝廉也应该是精通佛学与汉学的饱学之士。据记载,王孝廉在日期间曾给日本名僧空海写信并派人送往高野山。① 可惜信使迟到,空海无法上京与王孝廉相会,故托人送去回信。空海的回信被《高野山杂笔集》卷下收录,谈及与王孝廉

---

① 《弘法大师年谱》卷六弘仁六年正月十九日条载:"正月十九日,渤海使王孝廉赠封书及诗,代参谒,乃复启。"

切磋诗文之事:"辱枉一封书状及一章新诗,玩之诵之,手口不倦。面即胡越,心也倾盖,一喜一惧不知为喻矣。"① 由此可知,王孝廉与日僧有诗文往来,诗名远扬日本。

当时的渤海国确实常常送青少年到唐朝留学并参加朝廷举办的"宾贡试",而王孝廉极有可能少时被送往唐朝留学。《全唐诗》载有李白的《送王孝廉觐省》诗可以为证。李白生于701年,卒于762年;王孝廉生年不详,卒于815年。假设王孝廉去世的时候六十五岁以上,二人则有邂逅的可能。李白此诗写于唐肃宗上元元年(760),即李白去世前两年,恰与王孝廉年少时间吻合。而空海也曾于公元804年至806年间随第十二次遣唐使入唐留学,王孝廉亦有可能曾在唐朝与空海相会。《性灵集》卷五录有空海代替遣唐大使藤原葛野麻吕所作的《为藤大使与渤海王子书》。此书是藤原大使滞留长安期间,拜会渤海王子后,命空海代作之书。由此推测,藤原大使拜谒渤海王子时空海可能相随前往。如果王孝廉此时也恰好跟随渤海王子出访唐朝,二人在此种情况下就极有可能邂逅。王孝廉来日后,给远在高野山的空海写信,很明显是重温相识的旧情。王孝廉患病去世后,空海还赋诗"一面新交不忍听,况乎乡国故园情"(『高野山雜筆集』、『弘法大師全集·第7卷』,筑摩書房,1984),以寄托哀思,表达悼念之情。综上所述,王孝廉除圆满地完成政治使命外,还以汉诗作为礼节性的外交用语与日本佛教界多有交往。诗文酬答中渤日佛教界的交往加强了两国的文化亲近感,增进了两国人民的友谊。

---

① 空海. 高野山雜筆集[A]. 弘法大師全集·第7卷[M]. 東京:筑摩書房、1984:第91頁

第九章

菅家与平安中后期渤海使的诗文唱酬

宋元学案

一、"文章世家"——菅家

接待渤海使裴颋的日本平安时代一流文人菅原道真（845—903）出身书香名门——菅原家族。菅家是平安时代的"文章世家"，作为儒官受历代天皇重用，代代皆有擅长汉诗文的国之栋梁。这一家族不仅在促进日本汉文学的兴盛上发挥了重要的作用，也深度参与了与唐、渤海等东亚国家的文学交流，为日本融入东亚汉文学圈做出了很大的贡献。

（一）菅原清公的在唐诗

菅家的家系出自野见宿祢，为土师氏一支，因住在菅原邑（大和国添下郡），又称菅原氏。其先祖菅原古人是桓武天皇的侍读，曾出任大学头、文章博士。菅原古人之子、菅原道真之曾祖父菅原清公乃是秀才，自年少便熟读儒教经典和汉文史籍，曾于桓武朝的804年作为遣唐使判官入唐，谒见唐天子。在唐期间，菅原清公吟咏汉诗二首，被收录于《凌云集》。

  一 冬日汴州上漂驿逢雪
  云霞未辞旧，梅柳忽逢春。
  不分琼瑶屑，来沾旅客巾。

  二 越州别敕使王国父还京
  我是东番客，怀恩入盛唐。
  欲归情未尽，别泪湿衣裳。①

上述五言诗主要模仿中唐的流行诗风。第一首《冬日汴州上漂驿逢雪》是清公入唐后，在前往长安的路途中见汴州河上飘雪之景，顿生乡

---

① 与谢野宽、正宗敦夫注. 日本古典全集·怀风藻·凌云集·文华秀丽集·经国集·本朝丽藻 [M]. 东京：日本古典全集刊行会、1926；第 67 页

愁，作此咏雪之作。《日本后纪》卷十二、卷十三中记录了菅原清公入唐的相关史实。

- 804 年三月庚辰，遣唐使拜朝。
- 804 年三月癸卯，授大使葛野麻吕节刀。
- 804 年六月乙巳，遣唐使第一船到泊对马岛下县郡。
- 804 年六月甲寅，遣唐使第二船判官正六位上菅原朝臣清公来到肥前国松浦郡。
- 805 年秋七月戊辰朔，遣唐大使从四位上藤原朝臣葛野麻吕上节刀。
- 805 年秋七月辛巳，葛野麻吕等上唐国信物。
- 805 年秋七月癸未，大宰府奏第三船消息。
- 805 年秋七月壬辰，遣唐大使从四位上藤原朝臣葛野麻吕授从三位，判官正六位上菅原清公从五位下。①

由上述记载可以大致判断上诗应作于 804 年冬季。又根据《日本后纪》延历二十三年（804）六月乙巳条中有"第二船判官菅原朝臣清公等二十七人，去年九月一日从明州入京，十一月十五日返回长安城"的记录，笔者推测此诗的创作时间应是延历二十三年（804）九月一日至十一月十五日之间。作诗的地点"汴州"为今天的开封市。唐代汴州是宣武节度使的管辖地，地势低平，水路纵横。隋炀帝时开凿的通济渠，是流经汴州境内连接唐关中地区和东南地区的交通要道。"安史之乱"后，长安和洛阳遭到破坏，汴州成了新的政治中心。菅原清公一行所经汴州境内的河道应当是通济渠。他们应该是从明州由水路北上，沿炀帝时开通的运河上京。因为抵达长安需要两三个月的时间，故进入汴州境内时已是隆冬降雪的时节。也许是有感于旅途的寂寥和艰辛，菅原清公吟咏了此诗。

第二首诗由诗题《越州别敕使王国父还京》可知是赠给负责送日本遣唐使团至越州启航地的唐朝敕使王国父的。在王国父完成送别任务，即将

---

① 国史大系卷三·日本後紀·続日本後紀·日本文德天皇実録 [M]. 東京：経済雑誌社，1897：第 31—70 頁

返回京城长安之际，菅原清公赠诗给他，表达惜别之情。此诗大致是说他是从文化落后的东方国家来的旅客，感怀天恩来到盛唐，行将归去却仍未尽兴，唯有离别之泪濡湿衣衫，表达了菅原清公身为文化落后国的文人，对文化先进国大唐的谦卑之态。又，《日本后纪》中收录有遣唐大使藤原葛野麻吕上呈日本朝廷的报告，云："敕令内使王国文监送，至明州发遣。三月廿九日，到越州永宁驿。越州即观察府也。监使王国文，于驿馆唤臣等，附敕书函，便还上都。"① 由此也可确认王国文送日本遣唐使至越州后便回京了，这与清公的诗题《越州别敕使王国父还京》完全一致。然而，中国方面的新旧两唐书中却并无"王国文"或"王国父"的人物传记，此人生平事迹尚难以考证。但是，笔者认为"王国父"和"王国文"也许就是同一人，可能是菅原清公误将敕使的名字"国文"写成了"国父"。

现存的菅原清公的四首汉诗均被《凌云集》收录。除上述两首外，还有《九月九日侍宴神泉苑各赋一物得秋山》和《秋夜途中闻笙》二首。《秋夜途中闻笙》亦被认为是入唐后在归国途中所作，全诗如下：

　　　　皇城陌上槐风隶，天汉波间桂月明。
　　　　不知谁家朗第几，写鸾模凤以吹笙。
　　　　金商鸾曲秋声亮，玉管成文夜响清。
　　　　王子偶仙何处在，落滨遗态使人惊。②

据《日本书纪》延历二十三年（804）六月条中所载藤原葛野麻吕的报告，五月三日，遣唐使船抵达明州城的城墙下，五月十八日，二船"于州下鄞县，两船解缆"③，即将前往日本。农历五月中旬正值秋天，如果诗中"皇城"指明州，"天汉波间"指明州海边，那么《秋夜途中闻笙》或许是清公在唐时或是归途中所咏诗作。

---

　　① 国史大系卷三・日本後紀・続日本後紀・日本文徳天皇実録 [M]．東京：経済雑誌社、1897：第 49 頁
　　② 与謝野寛、正宗敦夫注．日本古典全集・懐風藻・凌雲集・文華秀麗集・経国集・本朝麗藻 [M]．東京：日本古典全集刊行会、1926：第 66—67 頁
　　③ 国史大系卷三・日本後紀・続日本後紀・日本文徳天皇実録 [M]．東京：経済雑誌社、1897：第 49 頁

诗中言及的"笙"起源于中国，其历史可以追溯至战国时代。根据《诗经·小雅》，"笙"是当时广为人知的民间乐器。《诗经》的《鹿鸣之什》中有《南陔》《白华》《华黍》三篇，《南有嘉鱼之什》中有《由庚》《崇丘》《由仪》三篇，共计六篇笙歌歌词残存了篇名。到了宋朝，朱子曾整理这六首诗歌，并称之为"笙诗"。唐代的"笙"被纳入唐十部乐。唐代诗人以"笙"为题材吟咏了不少诗篇。《全唐诗》收录沈佺期的《凤笙曲》中有"忆昔王子晋，凤笙游云空"[1]之句，郎士元的《听邻家吹笙》中有"凤吹声如隔彩霞，不知墙外是谁家"[2]，白居易的《吹笙内人出家》中有"金刀已剃头然发，玉管休吹肠断声"[3]等名句。

笙在奈良时代随雅乐传入日本，因其形状类似展翅休憩的凤凰，故也唤作凤笙。笙传入日本后专门用于宫廷的雅乐演奏，在民间并未普及。从上诗的内容来看，应该是菅原清公在路途中夜晚偶然听见笙的演奏，不禁有感而发。然而，平安时代的日本，笙尚未被当作民间乐器使用，故诗人在旅途中听见日本的宫廷音乐——雅乐的可能性不高。因此，上诗极有可能是他旅居唐土期间，听见唐人的笙歌后吟咏的。嵯峨天皇曾作《和菅清公秋夜途中闻笙》，与菅原清公的诗相互唱和，兹从《凌云集》摘录嵯峨天皇全诗如下：

秋欲弹时闻怪音，吹笙写得凤皇吟。
鸣簧公曲添羌笛，列管催调协雅琴。
新声婉转遥夜振，妙响连绵远风沉。
途中暂听肠应断，况复仙郎有兴心。[4]

根据《凌云集》的序文得知该集收录了782年至814年间的汉诗作

---

[1] 彭定求等编，中华书局编辑部点校. 全唐诗（增订本）[M]. 北京：中华书局，1999：第1017页

[2] 彭定求等编，中华书局编辑部点校. 全唐诗（增订本）[M]. 北京：中华书局，1999：第2779页

[3] 彭定求等编，中华书局编辑部点校. 全唐诗（增订本）[M]. 北京：中华书局，1999：第5285页

[4] 与謝野寬、正宗敦夫注. 日本古典全集·懷風藻·凌雲集·文華秀麗集·経国集·本朝麗藻 [M]. 東京：日本古典全集刊行会、1926：第52页

品，故上述唱和诗最迟也应是 814 年以前的作品。从尾联的"途中暂听肠应断"推测，应是嵯峨天皇在某处偶见清公的《秋夜途中闻笙》一诗，有感于诗文的意境而作了答诗。

回国后，菅原清公成为弘仁时期的诗坛领袖之一。他作为弘仁朝以来三朝的文章博士被誉为"诗伯"，深受朝廷器重，历任大学头等文官官职，不仅协助小野岑守参与了《凌云集》的编辑工作，又奉命进入日本宫廷，担任《文选》《后汉书》的侍读。并且，菅原清公还作为时髦的进步文人被世人熟知。据《日本后纪》记载，818 年，他在任式部少辅时，向朝廷奏言在男女服饰上采用唐制，五位以上的位记也改从汉式，大力主张在宫廷的装饰调度、朝仪、舞蹈、装束等方面采用唐朝样式。

关于菅家后人，《扶桑略记》卷二十的元庆四年条中有菅原清公之子菅原是善的记载，言其"幼而聪颖，才学日新。弘仁之末，年甫十一，征侍殿上。常于帝前，读书赋诗"[①]。菅原是善天资聪颖又有家学渊源，自幼学习文章道，仅十一岁便应召侍奉殿上，常于天皇前读书赋诗，风姿绰约。菅原是善继承父业，历任大学头、东宫学士、文章博士直至位列参议，世称菅相公。其薨传有云："上卿良吏儒士词人，多是门弟子也"，可知其门下人才辈出。薨传还记载他"藻思华赡，声价尤高。小野篁诗家之宗匠，春澄善绳、大江音人在朝之通儒也，并以文章相许焉。……天性少事，世体如忘。常赏风月，乐吟诗。最崇佛道，仁爱人物。孝行天至，不好杀生"[②]。诚如薨传所记，当时的日本一流文人皆赞菅原是善诗文辞藻华丽、想象奇幻，诗文中常常流露出对神仙的向往和皈依佛教的思想。

（二）菅家第三代——菅原道真

菅原是善之子菅原道真亦继承了"文章世家"的家业，凭其深厚的才学使菅原家族的文名响彻朝野。道真不仅是当时的大儒，亦可谓江户时代以前首屈一指的汉文学者。其诗文收录于《菅家文草》《菅家后集》，并有著作《类聚国史》二百零五卷及《新撰万叶集》二卷等。现

---

① 国史大系卷六・日本逸史・扶桑略記 [M]. 東京：経済雑誌社、1897：第 606 頁
② 国史大系卷六・日本逸史・扶桑略記 [M]. 東京：経済雑誌社、1897：第 606 頁

今全日本供奉菅原道真的神社多达一万所以上，将其作为"学问之神"广为推崇。

历来有关菅原道真的研究主要围绕《日本三代实录》《菅家文草》《菅家后集》等资料展开。据《菅家传》中的《北野天神御传并御托宣等》记载：

> 右大臣兼右近卫大将赠正二位菅原卿者，左京大夫从三位清公朝臣孙参议从三位行刑部卿兼近江权守是善卿第三子也。母伴氏。大臣年十一，始言诗，遂工属文，博贯百家。贞观四年，为文章生，时年十八，世以为早。九年为得业生，任下野权少拯。①

菅原道真出身书香名门，是菅原是善第三子，富有诗才，长于文章。幼年便得神童之名，十一岁始学诗文，十二岁能吟诵梅花诗，其师岛田忠臣极为震惊。少年时代的道真可谓"博贯百家"，受名门显宦之托代写了许多祈愿文、上表。十八岁入选文章生。其母大伴氏，有贤妇人之名，听闻儿子及第，曾写作名歌以鼓励儿子的学业："久方の月の桂もをるばかり家の風をもふかせてしがな。"（笔者译：久违蟾宫折月桂，捷音共喜郎儿归。少年仍需精勤业，常引东风拂门楣。）元庆三年（879）正月，道真"叙从五位上，以累代儒胤也，月余兼文章博士加贺权守"，晋升为文章博士，继承了家业。少年有文才的道真虽然也遭人嫉妒、诽谤，但作为平安文坛的第一人，他却获得了与渤海使接触的机会。《日本三代实录》中可以找到道真初次被任命为渤海接待使的记录："（日本）贞观十四年（872），为存渤海客使"，其后"丁母忧，停使职"。

日本《日本三代实录》元庆七年（883）条中记载："渤海入觐使裴颋来朝，（道真）俳行治部辅事、号礼部侍郎。"日本朝廷得知渤海大使文籍监裴颋擅长诗文，为在外国使节面前展现日本的汉文学水平，曾命当时一流诗人菅原道真负责接待工作。道真被任命为治部大辅接待裴颋，并与之切磋诗文。宽平七年（895），渤海使裴颋再次访日，道真与前次一样负责

---

① 川口久雄校注. 日本古典文学大系·菅家文草·菅家後集[M]. 東京：岩波書店、1978：第73—74頁

接待渤海使团的工作。并且，道真将这两次接待期间的唱酬诗都收入了《菅家文草》(900) 之中。

二、菅原道真渤海应酬诗的构成

（一）《鸿胪赠答诗序》

如前文所述，菅原道真和渤海使在文学上的交往主要是在元庆七年（883）和宽平七年（895）两次渤海使来访期间。883 年，裴颋第一次来访时，时年三十八岁的菅原道真任职式部少辅兼文章博士，是日本宫廷执掌文笔的官僚学者。裴颋抵达加贺后，道真又被临时任命为加贺权守（遥任）。同时，道真和岳父岛田忠臣还被任命为权行治部大辅和权行玄蕃头，负责接待入京的裴颋一行二十人的相关外交事务。关于此事，道真本人曾在《菅家文草》中自夸"腰底三龟"（卷二 100）、"三条印绶"（卷二 119），表达身兼三职的喜悦。

据《日本三代实录》记载，裴颋初次访日时，在五月的朝堂雅会上日方某位接待使曾与渤海来客互咏诗文，比试文才，结果日方完败，在渤海大使裴颋面前颜面尽失。因此，道真十分清楚与自己大致同龄的裴颋有即吟之才。道真与岛田忠臣分析裴颋恐是有备而来，决定除即席作诗外绝不吟诗，且不打腹稿，直接当面完成诗作，以显示日本文人的文才风雅。连续十余日，道真赴鸿胪馆与渤海使诗赋酬答，展现了出众的才华，一位年轻气盛、自信满满的学者官僚形象跃然纸上。诗宴上，道真对裴颋的诗才赞不绝口："掌上明珠舌下霜，风情润色使星光""座客皆为君后进，任将领袖属裴生"，还评价裴颋的诗才为"七步之才也"。并且，据《菅家文草》记载，道真的"余近叙诗情怨一篇，呈菅十一郎。长句二首，偶然见酬。更依本韵，重答以谢"。① 此诗的割注中，裴颋曰"礼部侍郎得白氏之体"，称赞道真的诗才颇具白居易遗风，由此可知两位东亚一流文人互

---

① 川口久雄校注. 日本古典文学大系·菅家文草·菅家後集 [M]. 東京：岩波書店、1978；第 73—74 頁

相认可了彼此的才学。

渤海使回国之后，菅原道真同岛田忠臣等日本文人一起整理了与渤海使在鸿胪馆长达十二日的竞咏中所作汉诗，编成诗文集《鸿胪馆赠答诗集》，并作序。

鸿胪赠答诗序

　　元庆七年五月，余依朝议，假称礼部侍郎，接对蕃客。故制此诗序。

　　余以礼部侍郎，与主客郎中田达音共到客馆。寻安旧记，二司大夫，自非公事，不入中门。余与郎中相议，裴大使七步之才也，他席赠遗，疑在宿构，事须别预宴席，各竭鄙怀，面对之外，不更作诗也。事议成事定。每列诗筵，解带开襟，频交杯爵。凡厥所作，不起稿草。五言七言，六韵四韵，默记卒篇，文不加点。始自四月二十九日用行字韵，至于五月十一日贺赐御衣，二大夫、两典客与客徒相赠答、同和之作，首尾五十八首。更加《江郎中》一篇，《都虑》五十九首。吾党五人，皆是馆中有司。故编一轴，以取诸不忘。主人宾客，吴越同舟。巧思芜词，薰莸共畦。殊恐他人不预此勒者，见之笑之，闻之嘲之。嗟乎，文人相轻，待证来哲而已。①

在上述序文中，道真不仅详细说明了四月二十九日至五月十一日期间与渤海使诗文酬唱的情形，还提到将日本官员与渤海客的赠答之作五十八首编于一卷诗集中。序文的后半部分还用"吴越同舟"来比喻主客间的温暖友情，用"巧思芜词""薰莸共畦"赞赏两国文人辞章精巧，诗才甚高。诗序的末尾还提及鸿胪馆赠答诗遭到其他宫廷文人的诽谤，他人"见之笑之，闻之嘲之"。道真对种种非议忧心忡忡，在尾句借用《文选》卷五十二魏文帝《典论·论文》开头的"文人相轻，自古而然"之句慨叹"嗟乎，文人相轻，待证来哲而已"。

尽管诗序用"每列诗筵，解带开襟，频交杯爵。凡厥所作，不起稿

---

① 川口久雄校注. 日本古典文学大系·菅家文草·菅家後集 [M]. 東京：岩波書店、1978：第543頁

草。五言七言，六韵四韵，默记卒篇，文不加点"之句描述了诗宴的盛况，然而道真作为正史《日本三代实录》的编撰者之一，却未将他与渤海使的诗文唱酬记录其中。不仅如此，五月十日的朝集堂飨宴上，日方选出五位以上有容仪者三十人陪坐，从五位上的菅原道真却未能入选。此事在《菅家文草》卷七第555首诗中亦有记载。按常理推测，为预防非常事态的发生，有诗文才华又位居五位以上的道真理应被启用。从上述诗序的内容推断，此时的菅原道真遭人嫉恨，周围充斥着嫉妒他才学出众与仕途坦荡的宫廷文人。他们曾非议道真赠答诗水平拙劣，指责其诗作不仅与外交场合不相称，也不合平安文人的判断标准。① 这种非议从道真的诗作《诗情怨古调十韵呈菅著作，兼视纪秀才》中"今年人谤作诗拙，鸿胪馆裏失骊珠"之句中亦可得见。② 当时的道真处在"诗臣"的地位上，这和平安文人中流行的"诗人无用论"相反。对于这些批评，道真在《诗情怨古调十韵呈菅著作，兼视纪秀才》一诗（《菅家文草》卷二118）中以"恶我偏谓之儒翰"作为反驳，其含义和《鸿胪赠答诗序》中"殊恐他人不预此勒者，见之笑之，闻之嘲之"的表述类似。并且，此时的道真还面临着被排挤出政治中枢的危机与烦恼。元庆六年（882）夏末，平安京城内出现匿诗，当权者藤原冬绪诬陷是道真所写。他与渤海使的诗文创作活动未被载入史册或许与此有关。

笔者认为上述诗序的创作带有较强的政治性。道真的渤海唱酬诗群不仅是单纯的外交辞令，亦包含了作者表明"儒翰"立场和抒发心志的目的。道真出身书香名门，自幼接受儒学熏陶，具有诗人、儒者、官员多重身份，始终贯彻以儒家史学观来理解诗歌的理念。序文末尾以"嗟乎，文人相轻，待证来哲而已"这一高调宣言结句，饱含道真对现实的批判，以及渴求后世英哲理解的愿望，亦充分说明此时的道真已经意识到诗歌具有记录历史的重要功能。而道真在外交场合创作的渤海唱酬诗中亦包含了与诗序同样的政治信息。

---

① 《菅家文草》卷二98《有所思》题下双注：当年十一月裴颋一行访日后，道真承担接待任务，一连创作应酬诗九首，却被传言诗作拙劣。对此不满的道真创作了《诗情怨》（卷二118）。

② 川口久雄校注. 日本古典文学大系・菅家文草・菅家後集［M］. 東京：岩波書店、1978：第202頁

（二）元庆年间的渤海应酬诗

颇为遗憾的是，除诗序外，《鸿胪赠答》诗并未被保存下来，只有道真和岛田忠臣的应酬诗流传下来了。仅从此二人的诗作中亦大致能窥见彼时诗宴之盛况。在流传至今的渤日应酬诗中，道真的诗作分别收录在《菅家文草》卷二（第一回访日时的诗十篇）和卷五（第二回访日时的诗七篇）之中。现将裴颋第一回访日时所作汉诗全文引用如下：

卷二（104）　去春咏渤海大使，与贺州善司马，赠答之数篇。今朝重吟，和典客国子纪十二丞见寄之长句，感而玩之。聊依本韵。

掌上明珠舌下霜，风情润色使星光。春游揔辔州司马，夏热交襟典客郎。

恨我分庭劳引导，饶君遇境富文章。若教毫末逢闲日，莫惜纵容损数行。

卷二（105）　重依行字，和裴大使被酬之什。

寒松不变冒繁霜，面礼何须假粉光。灌溉梁园为墨客，婆娑孔肆是查郎。

千年岂有孤心负，万里当凭一手章。闻得傍人相语笑，因君别泪定添行。

卷二（106）　过大使房，赋雨后热。

风凉便遇敛纤氛，未睹青天日已薰。挥汗春官应问我，饮冰海路讵愁君。

寒沙莫趁家千里，淡水当添酒十分。言笑不须移夜漏，将妨梦到故山云。

卷二（107）　夏夜对渤海客，同赋月华临静夜诗。题中取韵，六十字成。

举眼无云霭，窗头玩月华。仙娥弦未满，禁漏箭频加。
客座心呈露，坏行手酌霞。人皆迷传粉，地不辨晴沙。
纵望西山落，何瞻北海家。闲谈知照胆，莫劝折灯花。

卷二（108）　醉中脱衣，赠裴大使，叙一绝，寄以谢之。
吴花越鸟织初成，本自同衣岂浅情。
座客皆为君后进，任将领袖属裴生。

卷二（109）二十八字，谢醉中赠衣。裴少监，酬答之中，似有谢言。更述四韵，重以戏之。
不堪造膝接芳言，何事来章似谢恩。腰带两三杯后解，口谈四七字中存。
我宁离袂忘新友，君定曳裙到旧门。若有相思常服用，每逢秋雁附寒温。

卷二（110）　依言字，重酬裴大使。
多少交情见一言，何关薄赠有微恩。手劳机杼营求断，心任裁缝委曲存。
短制应资行路客，余香欲袭国王门。后来纵得相亲袭，故事因君暗可温。

卷二（111）　夏夜于鸿胪馆，饯北客归乡。
归欤浪白也山青，恨不追寻界上亭。肠断前程相送日，眼穿后纪转来星。
征帆欲系孤云影，客馆争容数日扃。惜别何为遥入夜，缘嫌落泪被人听。

卷二（112）　酬裴大使留别之什。次韵。
交情不谢北溟深，别恨还如在陆沈。夜半谁欺颜上玉，旬余自断契中金。
高看鹤出新云路，远妒花开旧翰林。珍重归乡相忆处，一篇长句惚丹心。

卷二（123）　见渤海裴大使真图有感。
自送裴公万里行，相思每夜梦难成。
真图对我无诗兴，恨写衣冠不写情。①

以上十首汉诗如《菅家文草》目录所示，是"元庆七年，渤海客使裴颋来朝，初度鸿胪馆赠答酬唱诗十首"。第123首诗叙述了裴颋回国之后，道真观其肖像，回忆与其诗文唱酬的情景有感而发。其余九首皆是裴颋等渤海使一行驻留平安京时即席吟咏的唱酬诗。这十首汉诗中仅第108首和第123首是七言绝句，其余八首全部是律诗。并且，若按照律诗的形式分类，第104首、第105首、第106首、第109首、第110首、第111首、第112首是七言律诗，第107首是五言排律。由此可见，盛唐时期流行的律诗在八世纪左右就已经开始影响日本文坛了。此外，第104首和105首、109首和110首是同韵诗，中间的两联——颔联和颈联还构成了对偶句。但从这四首诗的内容来看，除"梁园"外并未引用其他汉籍典故，因而推测这几首诗作极有可能是道真为了在裴颋面前显露诗才，刻意押韵即兴而咏，故没有充裕的时间考虑诗文的内容。另外，第112首诗题下记有"次韵"二字。所谓"次韵"，是指根据前诗的韵和韵的顺序进行唱和。第107首有"题中取韵，六十字成"这一严格的规定，即该诗是从题中取韵字，限定六十字所作。通常，律诗对作者在语句和音律方面的造诣要求很高，自古就有"五律如四十尊菩萨，着一俗汉不得"这一说法。道真所咏汉诗几乎都是律诗，其中七言律诗更是占了过半数，这不单单说明道真追随唐代诗坛的诗风，也许还可以认为道真在与渤海客使竞诗时，希望通过选择最难的诗型进行即兴吟咏，以展示自身的诗才，彰显日本的汉文化水平。

笔者认为，上述《菅家文草》卷二收录的元庆年间的渤海唱酬诗诗形单一，内容浅显，应该是在鸿胪馆的诗宴上即兴而作，不太可能是"宿

---

① 川口久雄校注. 日本古典文学大系・菅家文草・菅家後集［M］. 東京：岩波書店，1978：第190－196頁

构"的结果。正如作于元庆七年（883）五月附于赠答诗卷上的诗序所述，为防止裴颋等人的"宿构"，道真等日本文人决定"对面之外"绝不作诗。并且事先约定双方要不打草稿，现场作诗。估计如此规定的原因恐怕是道真等人担心输给渤海国文名出众的裴颋，想以即兴吟诗的方式进行公平比试。由此观之，兼任式部少辅和纪传道文章博士的少壮派显宦菅原道真可谓代表着律令国家日本的威信与文化水平，而上述他的十首唱酬诗也自然有政治含义。

元庆年间的渤海应酬诗的最大特点是根据当时的情境，分别巧妙灵活地运用作诗法和诗体。道真在接待渤海客时，随机应变尝试了各种作诗法。比如，在第108首诗中，发生了"醉中脱衣"这一事件，道真就以此为题材作诗，赠予裴大使。又有，第109首《二十八字，谢醉中赠衣。裴少监，酬答之中，似有谢言。更述四韵，重以戏之》诗是在宾主尽欢，诗兴大发，醉酒后相互赠衣的情况下而作。而且根据诗题，此诗应该是回赠给裴颋的答诗。此外，《夏夜对渤海客，同赋月华临静夜诗》《过大使房，赋雨后热》《见渤海裴大使真图有感》等诗作，从诗题和诗文内容来分析，也与当时的具体情景、诗人的心情紧密相关。因此，应当可以将这十首道真的元庆年间应酬诗理解成流露坦率心情之作。关于道真应酬诗的写作意图，日本学者谷口孝介评述："并不在于将与蕃客的赠答主题化，而在于将两者的交情作为主题。"① 因此，道真采用了浅显易懂的作诗法。他本人在诗友裴颋回国之后，还念念不忘其交情，赋诗感慨"真图对我无诗兴，恨写衣冠不写情"，可见二人诗缘颇深，可谓渤日诗坛之美谈。

（三）宽平年间的渤海应酬诗

894年，遵守"一纪一贡"②的规定，裴颋作为第三十二次渤海大使再度访日，此次亦由道真负责接待工作。此时的道真官位从四位下，兼任参议、左大辩、式部大辅等职。裴颋的再次到访给宇多天皇极深极好的印

---

① 谷口孝介. 菅原道真の詩と学問［M］. 東京：塙書房、2006：第50页
② 渤日间往来采取朝贡贸易的形式，对于渤海的贡品，日本方面须给予数倍的回赐。渤海得到较大利益，但日本的财政因此受到影响。因此接待使节及回赐的费用达到较大规模后，日本开始限制渤海使节的来朝，并停止向渤海派出使节。

象,为表思念之情,他令纪长谷雄代写《代宇多天皇遗前渤海大使裴颋书》:"裴公足下,昔再入觐,光仪可爱,遗在人心。余是野人,未曾交语。徒想风姿,北望增恋。方今名父之子,礼毕归乡,不忍方寸,聊付私信。通客之志不轻相弃。嗟乎,余栖南山之南,浮云不定;君家北海之北,险浪几重!一天之下,宜知有相思;四海之内,莫怪不得名。日本国栖鹤洞居士无名谨状。延喜五年七月二十一日。"渤海才子裴颋两度使日,引发了日本宫廷文人的高度重视,自然免不了诗文唱酬。道真亦作了七首唱酬诗歌并收入《菅家文草》卷五之中。根据《日本纪略》宽平七年(895)五月十五日条"参议左大弁菅原朝臣向鸿胪馆,赐酒馔于客徒"记载,五月十五日,菅原道真受命前往鸿胪馆,赐酒馔于裴颋,《菅家文草》卷五的七首渤海应酬诗应该就是当时所作。而《菅家文草》目录有云"宽平七年,渤海客使裴颋来朝,再度鸿胪赠答酬唱诗七首",卷五419首诗题题注"自此以后七首,予别奉敕旨,与吏部纪侍郎诣鸿胪馆,聊命诗酒",这两则记载都与上述史料相呼应,印证了史书记录的真实性。为便于解读,将卷五所收七首应酬诗抄录如下:

卷五(419)　客馆书怀,同赋交字,呈渤海裴令大使。
自此以后七首,予别奉敕旨,与吏部纪侍郎诣鸿胪馆,聊命诗酒。大使思旧日主客,将赋交字。一席响应,唱和往复。来者宜知之。
寻思执手昔投胶,拜觐殷勤不暂抛。雪鬓同年分岸老,风情一道忘云交。
皎驹再食场中藿,仪凤重归阁上巢。借问高才非宰相,扬雄几解俗人嘲。

卷五(420)　答裴大使见酬之作。本韵
别来二六折寒胶,今夕温颜感岂抛。持节犹新霜后性,忘筌仍旧水中交。
恩光莫恨初无裼,圣化如逢古有巢。相劝故人何外事,只看月咏望风嘲。

第九章 菅家与平安中后期渤海使的诗文唱酬

卷五（421）　重和大使见酬之诗。本韵

知命也曾读易爻，衰颜何与少年交。成功宿昔应攀桂，求类今宵几拔茅。

声价重轻因道举，文章多少被人抄。自惭往复频酬赠，定使鱼虫草木嘲。

卷五（422）　和大使交字之作。次韵

占明何更索琼茅，倾盖当初得素交。森森任他逾北海，皤皤定是养东胶。

鸡雏自愧群霜鹤，瑚琏当嫌对竹筲。欲以浮生期后会，先悲石火向风敲。

卷五（423）　客馆书怀，同赋交字，寄渤海副使大夫。

珍重孤帆适乐郊，云龙庭上几苞茅。度春欲见心如结，专夜相思睫不交。

宾礼来时怀土雁，旅人归处泣珠蛟。暗之器量容衡霍，愧我区区小斗筲。

卷五（424）　和副使见酬之作。本韵

远客光荣自近郊，羡君翰苑遇菅茅。世间风月虽同道，别后萧朱定绝交。

材器好承多雨雾，宠章只怕几鱼蛟。不须眉面相沾接，推料应嫌我琐筲。

卷五（425）　夏日饯渤海大使归。各分一字，探得途。

初喜明王德不孤，奈何再别望前途。送迎每度长青眼，离会中间共白须。

后纪难期同砚席，故乡无复忘江湖。去留相赠皆名货，君是词珠我泪珠。①

以上七首是形式工整的七言律诗,第 425 首诗是以"途"作韵脚的送别诗,其余六首皆是以"交"为韵脚的同韵诗。根据第 419 首诗"自此以后七首,予别奉敕旨,与吏部纪侍郎诣鸿胪馆,聊命诗酒。大使思旧日主客,将赋交字。一席响应,唱和往复。来者宜知之"之句可知道真在鸿胪馆内为了招待裴颋一行,以"交"字为韵字,进行诗文酬唱。第 419 首至第 424 首诗大概是宴席上吟咏的诗作。只有余下的第 425 首诗是探韵诗,恐怕是在离别的宴会上,由主持者规定了几个韵字分配给赴宴者,而道真得到了"途"字这一韵字,便以"途"为韵脚作了这首诗。

参考日本学者远藤光正的研究,上述诗群和卷二的诗群不同,诗文不仅格调高雅,并且引经据典,遣词厚重,明显经过深思熟虑,有细致推敲的痕迹。上述诗群的每首诗中都运用了数个中国典故,每首诗中的汉籍典故可归纳成表 9-1②。

表 9-1 《菅家文草》卷五七首渤海应酬诗中汉籍典故

诗歌编号	典故出处
卷五（419）《客馆书怀,同赋交字,呈渤海裴令大使》	"投胶"(《文选·古诗十九首》),"拜觐"(《尔雅·释诂》),"皎驹"(《诗经·小雅·白驹》),"几解俗人嘲"(《汉书·扬雄传》)。
卷五（420）《答裴大使见酬之作》	"折寒胶"(《汉书·晁错传》),"持节"(《史记·绛侯周勃世家》),"霜后性"(《论语·子罕》),"忘筌"(《庄子·外物》),"水中交"(《三国志·蜀书·诸葛亮传》),"无褐"(《诗经·豳风》),"有巢"(《韩非子·五蠹》)。
卷五（421）《重和大使见酬之诗》	"知命也曾读易爻"(《论语·为政》),"拔茅"(《周易·泰》),"鱼虫草木"(《论语·阳货》)。
卷五（422）《和大使交字之作》	"琼茅"(《楚辞·离骚》),"倾盖"(《孔子家语·致思》),"东胶"(《礼记·王制》),"瑚琏"(《论语·公冶长》),"期后会"(《孔丛子·儒服》)。

---

① 川口久雄校注. 日本古典文学大系·菅家文草·菅家後集 [M]. 東京:岩波書店,1978:第 431—436 頁

② 遠藤光正. 渤海国使と菅原道真の唱酬詩 [A]. 東洋研究 [C]. 東京:大東文化大学東洋研究所、1992:第 53—87 頁

续表9-1

诗歌编号	典故出处
卷五（423）《客馆书怀，同赋交字，寄渤海副使大夫》	"乐郊"（《诗经·魏风·硕鼠》），"云龙"（《文选·东都赋》），"苞茅"（《左传·僖公四年》），"心如结"（《诗经·曹风·鸤鸠》），"专夜"（《白氏文集·长恨歌》），"泣珠蛟"（《文选·吴都赋》）。
卷五（424）《和副使见酬之作》	"萧朱"（《后汉书·王丹传》），"宠章"（李善注《礼记》），"沾接"（《世说新语·政事第三》）。
卷五（425）《夏日饯渤海大使归》	"德不孤"（《论语·里仁》），"青眼"（《晋书·阮籍传》），"忘江湖"（《庄子》）。

从表9-1可以看出，这些诗篇从《文选》《尔雅》《楚辞》《诗经》等文学书籍，《汉书》《后汉书》《晋书》《史记》等史书，《论语》《孔子家语》《庄子》《礼记》等经书中引用了大量典故。这些汉诗创作于道真五十岁时，正是他在宇多天皇时期做参议的官场生涯鼎盛期，可以认为这也是其学问、见识最为丰富的成熟期。因此，这些诗群不仅形式工整且内容充实，还纯熟自如地运用了许多汉籍典故，亦有可能道真为了战胜裴颋而提前打好了腹稿。

并且，再次和裴颋赛诗，吟咏风格厚重的汉诗，对五十多岁的道真来说，也是培养门下弟子的一种有效方法。正如《菅家传》宽平七年（895）条的记载："今年渤海大使裴颋重来朝。别奉敕与式部少辅纪长谷雄到鸿胪馆，聊命诗酒，唱和往复，远及数篇。日暮赋饯别诗，门生十人，著䴅尘衣，从其后焉。后代别学生能属文者十人，预饯客之座，自此之始也。"① 根据这一记载，895年，在来访的渤海客使饯别宴上，道真的门生十余人跟随。废止遣唐使派遣的建议已经在上一年执行，因而道真率众弟子参与饯别的诗宴也是给门下弟子提供一个磨炼文章、参与东亚国际汉文学交流的难得机会。以此为契机，他们和渤海使的诗宴也就具有了"文场"的意味。在鸿胪馆这一"文场"中双方进行的诗文酬唱，推动了两国的文学交流。并且，渤海使的唱酬诗带来了最新的汉文学动向，这无疑强烈地刺激了平安朝文人们的创作欲望，极大地促进了平安朝诗文水平的提升。

渤海裴家与日本菅家的下一代之间亦有深厚的文学交往。裴颋之子裴

---

① 川口久雄校注. 日本古典文学大系·菅家文草·菅家後集［M］. 東京：岩波書店、1978：第74頁

璆作为渤海大使曾经第三次到访日本。他和道真之子淳茂相会，互赠诗文，使菅家和渤海使的交情愈加深厚。908年，裴璆初次被派往日本，因父裴颋的缘故，他一到日本就受到了日本朝野的高度重视。朝廷以盛大的曲水宴招待了裴璆，醍醐天皇也设私宴接见了他。回国前，日本友人们亦在鸿胪馆给裴璆饯行。和裴璆同龄的道真之子菅原淳茂继父亲道真的文职，成了欢送裴璆的日本主要官员。文藻秀丽的二人，言及先辈的交情均是无限感慨。根据《渤海国志长编》卷十八《诗》记载，淳茂赠予裴璆《初逢渤海裴大使有感吟》一诗。诗曰："思古感今友道亲，鸿胪馆里口余尘。裴文籍后闻君久，菅礼部孤见我新。年齿再推同甲子，风情三赏旧佳辰。两家交态人皆贺，自愧才名甚不伦。"日本古籍《江谈抄》卷四有云："裴文籍后闻君久，菅礼部孤见我新，逢渤海裴大使有感。淳茂。故老曰，裴公吟此句泣血云云。裴璆者，裴颋子也。溯以文籍少监入朝，菅相公以礼部侍郎赠答。故有此句。"裴璆读到此诗三、四两句时，大为感动，甚至"泣血"。毫无疑问，这般的"诗文世交"正是渤海和日本间的友谊的缩影。同龄老友道真和裴颋去世后，他们的后辈继承先人的遗志，使两国的友谊进入了新的境界。

综上，《菅家文草》所载两组渤海唱酬诗及诗序，均以描写和叙述为表现方式，行文雕琢技巧，驰骋才力，表现出风格典雅、用典妥帖、声韵丰富的共性和娴熟的近体诗创作技巧。这些诗歌实质是在渤日外交活动中产生的交际文学，具有国家外交和私人酬赠的双重属性以及应制诗歌和酬赠诗歌的特征。作为外交活动的一部分，这些诗篇彰显了日本国的文化品位，记录了渤日外交中的重要场景和历史画面，具有文学和文献的双重价值。菅原道真在与渤海使的文学交往中实现了外交目的，稳固了外交成果，深化了双方的友谊。此外，道真的渤海唱酬诗的创作风格还逐渐表现出从外交辞令到个体抒情的转向。道真通过晓畅优美的汉诗唱和展现了温文尔雅的文人风度，诗中的主题和技巧都体现了对唐诗的模仿和热爱。实际上，随着渤日两国文臣交往的深入，渤日赠答汉诗的创作和政治的关系越来越松散，文人化交游和私人间的交谊成为诗歌表现的主流。后期的渤日唱酬诗中不再出现正式的宴会赋诗和宏大的政治场景，而是以文人间的诗酒风流为主题，展现出灵动的诗意，具有浓郁的人文气息，更加贴近唐人的文化情怀和审美观念。

终 章

一、唐代东亚诗歌互动的特点

中国唐代与日本奈良时代和平安时代初期（七至十一世纪）大致处于同一时期。这一时期的东亚汉文化圈内，中国、日本与朝鲜半岛的诗歌互动比以往任何时代都更为频繁，来唐的日本、朝鲜使臣和僧侣成为唐人赠诗的主要对象，东亚文学交流进入第一个历史高潮。这一时期，不仅有大量新罗人在唐学习、生活，日本和唐王朝也保持着密切的外交往来，基本上每二十年均派遣一次大规模的遣唐使团来唐。并且，来唐的东亚使节、留学生、学问僧大多是饱学之士，他们在唐期间与唐朝文人的诗文交往甚多。这一时期的东亚诗歌互动（主要指唐日两国）主要有以下特点。

第一，唐朝文人给日本及朝鲜的留学生、学问僧赠诗的情况较为多见，但日本人、朝鲜人给唐人的赠诗却比较少，并且他们给唐人的赠诗普遍水平不高，尚处于模仿阶段，作者也仅限于淡海三船、空海、菅原道真等少数一流学者。除本书各章所论及的日本留学生阿倍仲麻吕、学问僧空海等人外，《全唐诗》还收录了二十余首赠给有名或无名的日本僧侣、使节的唐人送别诗。例如，送给日本使节的诗有唐玄宗的《送日本使》、沈颂的《送金文学还日东》、方干的《送人游日本国》、林宽的《送人归日东》、曹松的《送胡中丞使日东》、许棠的《送金吾侍御奉使日本》、徐凝的《送日本使还》、钱起的《重送陆侍御使日本》、刘长卿的《同崔载华赠日本聘使》等。赠给外国僧人的唐人诗歌则更为多见，除了赠与圆仁、圆载、圆珍等日本高僧外，也有许多赠给日本以及朝鲜无名僧人的诗篇。如，钱起的《送僧归日本》、张籍的《赠海东僧》、刘禹锡的《赠日本僧智藏》、贾岛的《送褚山人归日本》、无可的《送朴山人归日本》等。

第二，从本书各章节所述东亚往来诗歌来看，各国文人间赠诗的主题大多是讴歌东亚各国间的友好情谊，表达世世代代密切维系双方政治经济文化交往的愿望。同时还可以看到诗歌中所描绘的跨越波涛汹涌的大海、历经艰险来唐的各国使节的勇敢身姿。这些赠诗的诗境雄大奇拔，想象力丰富，富有较强的艺术性。除本书各章讨论过的赠给阿倍仲麻吕、鉴真、空海等僧俗文人的往来诗歌外，《全唐诗》还收录了许多晚唐诗人赠给日本及朝鲜人的诗作。例如，韦庄的《送日本国僧敬龙归》"扶桑已在渺茫中，家在扶桑东更东。此去与师谁共到，一船明月一船风"，就是对日本的地理位置和日本僧归途的浪漫想象。贯休的《送僧归日本》"梵香祝海灵，开眼梦中行。得达即便是，无生可作轻"使用"得达"与"无生"等佛教用语，祈祷渡海平安。又有方干的同题诗："四极虽云共二仪，晦明前后即难知。西方尚在星辰下，东域已过寅卯时。大海浪中分国界，扶桑树底是天涯。满帆若有归风便，到岸犹须隔岁期。"虽然中国与日本同在天地四极之中享受着同样的风月，但由于相距遥远，"晦明"却是不同的。远在东海之中的日本，即便是顺风，也是需要经历一年的时间才能到达的地方。吴融的《送僧归日本国》："沧溟分故国，渺渺泛杯归。天尽终期到，人生此别稀。无风亦骇浪，未午已斜晖。系帛何须雁，金乌日日飞。"在咏叹航海路途危险的同时，借用"鸿雁传书"的故事表达了离别之情。唐日往来诗中还记述了东亚各国留学生和学问僧刻苦求学、传播佛法的情况，他们的在唐生活、病逝和离别的悲伤都是诗文的重点内容。除各章所述《怀风藻》收录的日人在唐诗、鉴真相关诗群外，《全唐诗》中还收录了十来首唐日往来诗。例如，项斯的《日本病僧》"云水绝归路，来时风送船。不言身后事，犹座病中禅。深壁藏灯影，空窗出艾烟。已无乡土信，起塔寺门前"，描绘了连姓名都不知道的日本僧人因患病而客死异乡的悲惨形象。司空图的《赠日东鉴禅师》"故国无心渡海潮，老禅方丈倚中条。夜深雨绝松堂静，一点飞萤照寂寥"，用素描的笔法速写出一个无法回到故土的日本老年僧人的形象，折射出的日本学问僧的精神苦闷正是规模宏伟的遣唐使派遣事业的个人代价。张籍的《赠海东僧》"别家行万里，自说过扶余。学得中州语，能为外国书。与医收海藻，持咒取龙鱼。更文同来伴，天台几处居"，描述日本僧人在唐土学习汉语，并在唐治病的美谈。

第三，不仅限于上述唐人的赠使诗和赠僧诗，外交宴席上唐人与东亚文人的诗歌唱和也是唐文化圈内诗歌互动的重要组成部分。在外交飨宴场合下吟咏的诗歌可以大致分为如下几类：第一类是以"华夷观念"为基础、"君臣和乐"为主题的公宴诗。比如，长屋王在私邸宴新罗客诗群、历代渤海使的奉和诗皆属于此类。这类飨宴诗大多是日本、新罗、渤海等唐王朝的附属国、朝贡国以唐文化的审美倾向为标准，为了显示本国汉文化水平之高、夸耀国力之强盛而吟咏的政治性诗篇。第二类是以"同志交游"为理念的私宴诗。唐人在送别宴上给阿倍仲麻吕、空海、最澄的赠诗均属此类。这类诗宴召开的主体不再是国家机构或达官显贵，而是和东亚文人们友情深厚的唐朝文人僧侣等普通唐人。因此，这种场合下的飨宴诗明显带有"私"的性质。第三类，将"君臣和乐"与"同志交游"相融合而创作的飨宴诗。比如，王孝廉一行在日本朝廷的内宴上所吟的唱和诗就是典型一例。特别值得关注的是菅原道真与渤海客的鸿胪馆应酬诗群。在"鸿胪馆"这一官方场合所设的诗宴当然具有"公"的性质，但是道真与渤海大使裴颋私交甚厚，因而他们之间的宴会亦可理解为具有"私"的性质的诗宴。此外，王孝廉在归途中与日本领客使的唱和诗也可划归此类。外交场合下吟咏的飨宴诗，除《怀风藻》所载"作宝楼宴新罗客"诗群、"敕撰三集"与《菅家文草》所载渤海应酬诗群外，还有《扶桑集》所收岛田忠臣的元庆年度的渤海应酬诗、都良香的《代渤海客上右亲卫源中郎将》以及大江朝纲、藤原雅量等平安朝文人与渤海大使裴璆的唱和诗等。第四类是遣唐使出发前，由日本天皇或天皇的敕使主持召开的送别宴上所吟咏的遣唐使人歌。这些送别歌与以上三类飨宴诗性质不同，这类和歌是为祈祷遣唐使的航海安全而吟咏的、带有宗教色彩的咒语性歌谣。并且，由于和文学天然就带有"情爱"的特质，遣唐使人歌的作者并非用汉诗，而是使用本国的语言来表达内心深处对渡海赴唐的恐惧。

二、十世纪以后东亚诗歌互动的中断

安史之乱以后，东亚世界的"盟主"——唐王朝势力减弱，古代王朝的国家体制也随之衰败，唐朝中央朝廷的统治能力逐渐下降。894年，日本政府任命菅原道真为遣唐大使，纪谷长雄为副使。然而，此时归国的日本僧中瓘却向日本朝廷报告了唐朝凋敝的情况。在菅原道真的建议下，日廷终于废止了绵延两百余年的遣唐使派遣事业，唐朝与日本的正式交通从此中断。但是，从遣唐使被废止的九世纪下半叶直至919年最后一次渤海使赴日，日本和渤海国的外交关系一直存续。要言之，从七世纪至十世纪上半叶的四百多年间，日本通过遣唐使与渤海使直接或间接地维系了与唐王朝的国家级别的外交往来。但从十世纪前期开始，东亚地区的政局开始发生激烈变化，907年唐王朝灭亡，迎来了五代十国的分裂时期。东亚王朝国家群也渐渐衰弱，唐王朝的灭亡引发了东亚地区政权更迭的连锁反应：926年渤海灭亡，935年新罗灭亡。仅剩下的岛国日本虽然仍旧保持着古代王朝国家的形态，但也日渐衰弱。至此，曾经规模宏大的古代东亚王朝国家间的国际交流随着渤海国的灭亡就此中断，唐王朝领导下的古代东亚世界政治一体化宣告结束。

从另一个角度来看，遣唐使与渤海使的废止却意味着解除了国家权力对于对外交往的统治与压抑。东亚商人间的自由交往日渐隆盛，迎来了"海上交通的中世"。实际上，自平安时代中期开始，就有搭乘中国商船来唐的日本僧侣，亦有中国的吴越地区与日本的海上通路，中日间的交通并非完全断绝。平安时代中后期，停靠在日本的博多、敦贺等地的往来于东亚海域的各国商船渐渐增多。从九世纪下半叶开始，新罗和唐朝的商船取代了遣唐使船，频繁现身在日本九州沿岸，东亚地区的商业活动欣欣向荣。但是，不同于遣唐使时代的学问僧和留学生，平安时代中期搭乘唐和新罗的商船来唐的日本僧侣多采取"请益生"的形式，在唐的滞留时间也由遣唐使时代的十几年、几十年缩短到三至五年。同时，来唐求法的人数也大为减少。由于留唐时间短暂，日人与唐人诗文交往的机会也随之减少。并且，在重视商业贸易交往的时代，商人更关注现实的商业利益，很少有传播新学问、新文化的想法。

自渤海大使裴璆赴日之后，朝鲜半岛和日本的官方往来断绝，渤日间的汉诗交流也自然随之消亡。关于当时东亚汉诗交流衰微的情况，菅原道真的孙子菅原文时曾在957年上奏的《封事三个条》中有详细陈述。菅原文时在奏章中说："鸿胪馆之不可复为文场矣""今陈不废此馆者，盖亦为文章道焉"。他请求复兴渐成废墟的鸿胪馆，勉励文士。诚然，鸿胪馆的存在作为"文场"的象征，可以说是律令制国家文人的极大精神支柱。但到了十世纪，天皇丧失了政治权利，摄关家的政治势力渐渐强大。借助渤海国来朝这样的外交盛事来维系律令制国家体面与荣光的必要性已不复存在。既然已无须通过与渤海使的诗文唱酬来粉饰天皇的权威，那么像菅原文时这样的御用文人也自然会退出政治舞台,以往在日本宫廷内召开的诗宴亦逐渐消失。正如平安时代末期的宫廷文人藤原雅量的诗句"江亭日落孤烟薄,山馆人稀暮雨飞",历经了二百八十年漫长岁月的渤海与日本的外交唱酬诗终于离开了历史舞台。

综上所述,东亚古代国家层面上的外交关系一旦中断,随之成长、发展、繁荣起来的记录了东亚各国友好交往的长达四百余年的诗歌互动也从东亚文化与文学交流的历史舞台上消失了。一方面,日本、朝鲜与中国进行文化交流的意图减弱;另一方面,这些东亚国家的民族文化个性逐渐觉醒,在吸收和消化前期接受的汉文化与汉文学的同时,开始创作具有本民族特色的文学。特别是从平安时代开始,随着奈良时代末期发明的假名文字的实用化,日本文人汉诗创作的热情降低,假名书写的文学作品渐渐在贵族社会中普及,汉文学的影响力减弱。七至十世纪的东亚交往诗歌完成了最后的历史使命后,在时代的剧烈变动中最终被假名文学所取代。

三、东亚诗歌互动的文化与文学价值

作为本书的结论,如若考虑七至十世纪东亚诗歌互动的文化与文学价值,可以借用王勇极富文学浪漫色彩的评论来概括:"声音的对话会随着时间而消逝,事务性的笔谈也难以广泛流传。与此相反的是被称之为'诗的对话'的汉诗——以这一文学形式而留存下来的资料却数量众多,直至今天这些'诗的对话'仍然跨越国境与民族,触动着东亚文人的心弦。"[①]诚然,对于东亚地区的诸民族而言,数千年的历史文学几乎都用汉字记录、用汉文书写,因而在汉诗中也凝聚着东亚各民族的智慧和情感。具体而言,其文化与文学价值有以下几点。

第一,用汉字书写的汉诗在儒家文学观中被视为正统文学,是东亚诸国学者所共有的珍贵文化遗产。不可否认,汉诗曾在东亚地区广泛流行,在长达千年的时间里东亚世界中的确覆盖着一个国际汉诗体系。东亚各国的汉诗人拥有帝王、官僚、僧侣等不同层次的社会地位和身份,他们吟咏

---

① 王勇. 書物の中日交流史[M]. 東京:国際文化工房、2005:第49頁

的汉诗必然能反映出当时社会的各方面情况。换言之,长期以来东亚诗人创作的汉诗中折射出古代东亚世界的政治、宗教、文艺等主流意识形态,代表着整个东亚社会知识阶层的普遍价值观。日本更是将汉诗视为"国文学"的一部分,尽管日本汉文学模仿了中国汉文学的各种体裁,但却还是能反映出日本本民族固有的思维意识。因此,若我国学者想理解周边民族的文化发展轨迹、各时代的学术思想、主流的意识形态等问题,则必须将周边国家的汉文典籍特别是汉诗所代表的东亚汉文学作为阅读的重点。

第二,汉诗,特别是交往汉诗,是在东亚各国的交通往来中诞生的东亚文人思想精神的结晶。在漫长的历史时期,汉诗被视为一种国际文字的同时,也承担着传递文化和沟通思想的功能。尤其是在东亚世界开展外交活动之际,交往双方要取得理解与信任并非易事,但从遣唐使和菅原道真的时代开始,在以中国人为中心的人员往来中,汉诗作为共通的语言在公私场合被反复吟唱,汉诗的酬答唱和成为异国人士彼此顺利进行精神交流的前提。这些汉诗跨越了民族和思想的差异,在七至十世纪的以汉文学为中心的书籍、书法、美术、宗教等多领域的交流中,被赋予了精神与思想上的意义。例如,998年,宋人羌世昌访问日本之际,《源氏物语》的作者紫式部的父亲藤原为时在欢迎宴会上赋诗:"言语虽殊藻思同,才名其奈昔扬雄。"藤原为时的诗句不仅显示出他本人良好的汉文教养和艺术水平,还抒发了自己能够通过汉诗表达情感、沟通思想的喜悦。如上例所示,用汉诗来表达诗人自身的"爱憎好恶"已经成为东亚世界的通例。汉诗作为当时的官方文学,可以认为是由东亚世界全社会的文化精英,即东亚文人所共同创造的文化。

最后,汉诗是东亚文人所共有的学术资源。在日本、朝鲜等邻国的汉诗作品中,保存着在中国早已逸散的汉文文献。通过对邻国汉诗的研究,能够弄清楚汉文化域外传播和接受的历史脉络,加深我们对本国历史文化的认识。因此,本书的意义正在于通过研究以唐日往来诗为主的东亚诗歌互动情况,发现汉诗研究的新元素,将曾经辉煌灿烂的汉诗作为崭新的学术资源,从不同的视角理解东亚往昔的历史和文化。

但是,从十九世纪末开始,在中国以外的地区,以汉诗为代表的汉文学开始衰弱,汉文学成为学术界研究的课题,在现实生活中书写汉字、创作汉诗的文化人出现断崖式锐减。东亚文学发展史上最重要的文学形式——汉诗面临着衰微的命运。尽管曾经作为科举教育内容、政治统治工具、宗教思想载体的汉诗已经不复存在，但作为一种高雅艺术的汉诗依然富有魅力。并且，在考察东亚地区的政治、经济、文化之际，作为历史史料的汉诗还有充分的史学价值尚待挖掘，而本书的目的正是通过对东亚诗歌互动情况的研究，推进学界从历史文化的角度加深对东亚汉诗的认识。不仅如此，本书所论及的内容对于维系现今中国与东亚诸国的友好关系也是有益的尝试。正如宋儒的诗中所言"乐意相关禽对语，生香不断树交花"，东亚诗歌交流互动领域的相关研究必然会成为"生香不断"的文化事业。

参考文献

班固，2004. 二十四史全译（珍藏版）·汉书［M］. 许嘉璐，主编. 上海：汉语大词典出版社.

蔡毅，2007. 日本汉诗论稿［M］. 北京：中华书局.

崔致远，2018. 崔致远全集［M］. 李时人，詹绪左，编校. 上海：上海古籍出版社.

范晔，2004. 二十四史全译（珍藏版）·后汉书［M］. 许嘉璐，主编. 上海：汉语大词典出版社.

高文汉，2000. 中日古代文学比较研究［M］. 济南：山东教育出版社.

刘昫，等，1975. 旧唐书［M］. 北京：中华书局.

刘知几，2009. 史通通释［M］. 浦起龙，通释. 王煦华，整理. 上海：上海古籍出版社.

欧阳修，2001. 欧阳修全集［M］. 李逸安，点校. 北京：中华书局.

彭定求，等，1999. 全唐诗（增订本）［M］. 中华书局编辑部，点校. 北京：中华书局.

沈约，2004. 二十四史全译（珍藏版）·宋书［M］. 许嘉璐，主编. 上海：汉语大词典出版社.

司马迁，2006. 史记［M］. 北京：中华书局.

脱脱，等，2004. 二十四史全译（珍藏版）·金史［M］. 许嘉璐，主编. 上海：汉语大词典出版社.

王晓平，2009. 亚洲汉文学［M］. 天津：天津人民出版社.

王元明，增田朋洲，1993. 中日友好千家诗［M］. 上海：学林出版社.

魏征，等，2019. 隋书［M］. 北京：中华书局.

吴兢，2009. 贞观政要［M］. 骈宇骞，骈骅，译. 北京：中华书局.

元稹，1982. 元稹集［M］. 冀勤，点校. 北京：中华书局.

圆仁，1986. 入唐求法巡礼行记［M］. 顾承甫，何泉达，点校. 上海：上海古籍出版社.

真人元开，1979. 中外交通史籍丛刊・唐大和上东征传 [M]. 汪向荣，校注. 北京：中华书局.

钟嵘，2006.《诗品》译注 [M]. 周振甫，译注. 南京：江苏教育出版社.

1897. 国史大系卷二・続日本紀 [M]. 東京：経済雑誌社.

1897. 国史大系卷九・公卿補任前編 [M]. 東京：経済雑誌社.

1897. 国史大系卷六・日本逸史・扶桑略記 [M]. 東京：経済雑誌社.

1897. 国史大系卷三・日本後紀・続日本後紀・日本文徳天皇実録 [M]. 東京：経済雑誌社.

1897. 国史大系卷五・日本紀略 [M]. 東京：経済雑誌社.

1897. 国史大系卷一・日本書紀 [M]. 東京：経済雑誌社.

1898. 国史大系卷七・古事記・旧事本紀・神道五部書・釈日本紀 [M]. 東京：経済雑誌社.

1898. 国史大系卷十二・令義解・類聚三代格・類聚符宣抄・続左丞抄 [M]. 東京：経済雑誌社.

1958. 日本古典文学大系 8・古今和歌集 [M]. 佐伯梅友，校注. 東京：岩波書店.

1999. 新日本古典文学大系・万葉集・二 [M]. 佐竹昭広，等校注. 東京：岩波書店.

1999. 新日本古典文学大系・万葉集・一 [M]. 佐竹昭広，等校注. 東京：岩波書店.

2002. 新日本古典文学大系・万葉集・三 [M]. 佐竹昭広，等校注. 東京：岩波書店.

2003. 新日本古典文学大系・万葉集・四 [M]. 佐竹昭広，等校注. 東京：岩波書店.

阿部正路，1982. 日本文学概論 [M]. 東京：右文書院.

波戸岡旭，1989. 上代漢詩文と中国文学 [M]. 東京：笠間書院.

波戸岡旭，2005. 宮廷詩人菅原道真—『菅家文草』『菅家後集』の世界— [M]. 東京：笠間書院.

蔵中進，1976.『唐大和上東征伝』の研究 [M]. 東京：桜楓社.

川口久雄，1978. 日本古典文学大系・菅家文草・菅家後集 [M]. 東京：岩波書店.

川口久雄，1990. 平安朝日本漢文学史研究・上・王朝漢文学の形成 [M]. 東京：明治書院.

川崎庸之，1982. 平安の文化と歴史 [M]. 東京：東京大学出版会.

村井章介，1995. 東アジア往還：漢詩と外交 [M]. 東京：朝日新聞社.

島津忠夫訳，1977. 小倉百人一首［M］. 東京：角川書店.

渡辺昭宏，宮坂宥勝，1979. 日本古典文学大系・三教指帰・性霊集［M］. 東京：岩波書店.

岡田正之，1929. 日本漢文学史［M］. 東京：共立社書店.

古瀬奈津子，2003. 遣唐使の見た中国［M］. 東京：吉川弘文館.

谷口孝介，2006. 菅原道真の詩と学問［M］. 東京：塙書房.

国史研究会，1914. 古事談・続古事談・江談抄［M］. 国史叢書. 東京：国史研究会.

黒板勝美，1987. 国史大系・尊卑分脈・第一篇［M］. 東京：吉川弘文館.

黒板勝美，2007. 国史大系新訂増補・日本高僧伝要文抄・元亨釈書［M］. 東京：吉川弘文館.

後藤昭雄，1993. 平安朝漢文文献の研究［M］. 東京：吉川弘文館.

後藤昭雄，1993. 平安朝文人志［M］. 東京：吉川弘文館.

紀貫之，1966. 土左日記・かげろふ日記・和泉式部日記・更級日記［M］. 鈴木知太郎，校注. 東京：岩波書店.

家永三郎，1966. 日本文化史［M］. 東京：岩波書店.

菅原道真，1916. 類聚国史［M］. 東京：経済雑誌社.

江村北海，1771. 日本詩史［M］. 江戸：平安書肆.

空海，1984. 弘法大師全集・第5巻文鏡秘府論［M］. 東京：筑摩書房.

空海，1984. 弘法大師全集・第6巻性霊集［M］. 東京：筑摩書房.

空海，1984. 弘法大師全集・第7巻高野山雑筆集［M］. 東京：筑摩書房.

空海，1984. 弘法大師全集・第7巻拾遺雑集［M］. 東京：筑摩書房.

林羅山，1988. 羅山先生文集［M］. 京都史蹟会，編. 東京：ぺりかん社.

木宮泰彦，1977. 日華文化交流史［M］. 東京：冨山房.

奈良六大寺大観刊行会，1972. 奈良六大寺大観［M］. 東京：岩波書店.

南条文雄，等，1912—1922. 大日本仏教全書［M］. 東京：日本仏書刊行会.

清水茂注，江村北海，1995. 日本詩史・五山堂詩話［M］. 東京：岩波書店.

塙保己一，1994. 群書類従［M］. 東京：八木書店.

森克己，1972. 遣唐使［M］. 東京：至文堂.

山口修，1996. 日中交渉史：文化交流二千年［M］. 東京：東方書店.

杉本直治郎，2006. 阿倍仲麻呂伝の研究［M］. 東京：勉誠出版.

上田雄，2002. 渤海使の研究：日本海を渡った使節たちの軌跡［M］. 東京：明石書店.

上田雄，孫栄健，1990. 日本渤海交渉史［M］. 東京：六興出版社.

石上宅嗣卿顕彰会，1930. 石上宅嗣卿［M］. 東京：石上宅嗣卿顕彰会.

時枝誠記，1978. 日本古典文学大系・神皇正統記・増鏡［M］. 東京：岩波書店.

矢島玄亮，1987. 日本国見在書目録－集証と研究－［M］. 東京：汲古書院.

市河寛斎，1788. 日本詩紀［M］. 鶚軒文庫本.

市河寛斎，2000. 日本詩紀［M］. 後藤昭雄，解説. 東京：吉川弘文館.

太田次郎，1993. 中唐文人考——韓愈・柳宗元・白居易［M］. 東京：研文出版社.

藤原頼長，1966. 台記［M］. 増補史料大成刊行会，編. 東京：臨川書店.

藤原実資，1915. 小右記［M］. 東京：日本史籍保存会.

筒井英俊，2003. 東大寺要録［M］. 東京：国書刊行会出版.

王勇，2005. 書物の中日交流史［M］. 東京：国際文化工房.

王勇，久保木秀夫，2001. 奈良平安期の日中文化交流—ブックロードから—［M］. 東京：農山漁村文化協会.

小長谷恵吉，1976. 日本国見在書目録解説稿［M］. 東京：小宮山出版社.

小島憲之，1964. 日本古典文学大系69・懐風藻・文華秀麗集・本朝文粋［M］. 東京：岩波書店.

小島憲之，1965. 上代の日本文学と中国文学・下［M］. 東京：塙書房.

小島憲之，1968. 国風黒暗時代の文学・上－序論としての上代文学－［M］. 東京：塙書房.

小島憲之，1996. 国風暗黒時代の文学・下・Ⅱ－弘仁・天長期の文学を中心として－［M］. 東京：塙書房.

小島憲之，2002. 国風暗黒時代の文学［M］. 東京：塙書房.

伊藤博，1996. 万葉集釈注・五［M］. 東京：集英社.

与謝野寛，正宗敦夫，1926. 日本古典全集・懐風藻・凌雲集・文華秀麗集・経国集・本朝麗藻［M］. 東京：日本古典全集刊行会.

斎部広成，1870. 古語拾遺［M］. 東京：相悦堂.

中西進，1991. 山上憶良・人と作品［M］. 東京：桜楓社.

猪口篤志，1972. 日本漢詩［M］. 東京：明治書院.

猪口篤志，1984. 日本漢文学史［M］. 東京：角川書店.

佐伯有清，1986. 新撰姓氏録・本文篇［M］. 東京：吉川弘文館.